2019年

中国

微型小说

排行榜

微型小说选刊杂志社　选编

百花洲文艺出版社
BAIHUAZHOU LITERATURE AND ART PRESS

图书在版编目（CIP）数据

2019年中国微型小说排行榜 / 微型小说选刊杂志社选编. —— 南昌：
百花洲文艺出版社, 2020.1
ISBN 978-7-5500-3399-3

Ⅰ.①2… Ⅱ.①微… Ⅲ.①小小说 – 小说集 – 中国 – 当代 Ⅳ.①I247.82

中国版本图书馆CIP数据核字（2019）第210387号

2019年中国微型小说排行榜

微型小说选刊杂志社　选编

出　版　人	章华荣
责任编辑	李梦琦　丁文勇
书籍设计	方　方
制　　作	何　丹
出版发行	百花洲文艺出版社
社　　址	南昌市红谷滩世贸路898号博能中心一期A座20楼
邮　　编	330038
经　　销	全国新华书店
印　　刷	江西千叶彩印有限公司
开　　本	720mm×1000mm　1/16　印张　19.75
版　　次	2020年1月第1版第1次印刷
字　　数	310千字
书　　号	ISBN 978-7-5500-3399-3
定　　价	42.80元

赣版权登字　05-2019-251

目 录

寻找王×成

张　港

1973 年之冬，冷得邪乎，兴安岭上龙门农场，田鼠冻得钻进知青宿舍。于是，可怕的鼠疫暴发。

1 月 27 号之夜，狂风打鼓，大雪拍门。一辆马爬犁从三分场驰到场部卫生院，抬下上海人李志鹏。

李志鹏脸泛了青。高烧的人这个脸色，是真不行了。

李志鹏脸色难看，要说又说不出声音。他指我上衣口袋，比画着。我明白了，他是要写字。我的破钢笔，其实只是摆设，极少用它。那李志鹏，哆嗦着接笔，哆嗦着摸出一块挺旧的手绢包。在手绢上，他费力写出个"王"，笔就不出水了。我接来笔，用舌头洇了洇，来水了。他接着写，写得太费力，写了老长时间，之后他就闭上眼睛。送他来的上海人冲他比画："把这个包——交给这个人——对吗？"

李志鹏点点头，我们几个人，连声喊："一定，一定，一定。"李志鹏眼睛睁一下又合上，再也没有睁开。

上海小伙子李志鹏，他就这样走了。最后陪他的，只有三个上海知青加上一个东北的我。处理完后事，我们想起了那手绢包。

脏兮兮的旧手绢，里面竟是钞票，零零碎碎，共 35 元。皱手绢上的字，歪歪扭扭，第一个是"王"，第三个是"成"，中间这个，有人说是"之"，有人说像"云"，有人分析是"立"。不管怎么说，一定要将这手绢包送到王什么成手上——因为我们点头了，我们答应了李志鹏。

龙门农场也就五六千人，找一个人还不难。我们先从三分场开始，先从上海人入手，可是，没有王什么成。

我们成立了"专案小组"，分工负责，分片包干，拉开大网。然而，还是找不到。

一转眼，上海知青大返城，"专案小组"最后剩我一个。每一个走时，都对我说"一定一定，一定找到王什么成"。

之后，我与上海那边书信不断，上海那边与我书信不断。

一晃儿，我也离开了农场，也娶着了媳妇。我讲手绢包的事。媳妇手指尖儿在舌尖抹湿，一张一张数过。她手指头塞我秋衣破洞里，一转一搅："真的不少哩！够件毛衣哩！"她头枕我臂上，日子穷而且甜。

儿子降生，特能吃，而他娘没奶。因为钱断了，所以奶粉断了。媳妇先是骂我无能，又是骂我无能，最后，她摸出手绢包摔炕上。我狠狠瞪她，说："不行！"

急急匆匆，赶路搭车，与上海那边书信不断，上海那边与我书信不断，可是，那个王什么成，就是找不到。

寻找王某成的队伍发展壮大，我们这些最穷的人家，最先安装上电话，打着长途研究王什么成，研究手绢包。

那一年，上海那边来了兴致勃勃的长途："找到了，在上海，原来的龙门知青。"电话要我带上东西，赶赴沪上。"邮不行吗？""不行，面当面，物对人，得确认。"

想想那个大风雪之夜的李志鹏。我带上干粮，买了坐票。

上海那人叫王子成，手绢不对，钱的面额也不对。虽然路费是上海人凑齐的，可我欠了债。债是大田里的野草，锄了又长，锄了又长。

一晃儿，发现自己老了。这个手绢包，让我多出许多皱纹。那个大风雪之夜，李志鹏最后那样子，总在梦里，总在醒时。我与上海那边通话，决定发起一次大规模的总攻——不管不顾地不分时间地点人物，大讲这个手绢包，发动群众，大讲这个王什么成。

这天，接到个电话，那人自称叫于诚，龙门农场的，在城里治病。事情重要，电话说不清楚，要我到医院会面。

忐忑路上，我大梦初醒，捶胸顿足：这自称叫于诚的人，莫不就是我找了二十年的王什么成？

比我还老的于诚，果然就是"王什么成"。

于诚摸着手绢包："是不是三十五块？是不是两张十块，一张五块，剩下一元的，还有两张五角？"

"是是是，对对对！"

"两张十元，卖榛子钱；一张五元，土豆钱……"老于诚老泪纵横。

"找二十年了啊呀！原来是你。"

在农场时，我是知青，他是山东移民，我们相隔四十多里。

于诚翻来覆去看手绢，翻来覆去摩挲那些市面上已难见的旧纸币。

突然，他将钱拍我手上，他说："张眼镜！这些钱是你的呀！"

我傻了，我不能不傻。

老于诚缓缓气，说："去过六分场吧。"

我没去过。

"去六分场的路，总去过吧！"

我记不得。

"一辆胶轮拖拉机着火，你们知青扑火。这还不记得？"

好像——这事有。

"有个人，烧了毛衣。后来我打听了，他叫张眼镜。我就攒了钱，托人买上海毛线，我得赔人家毛衣呀。托来转去，没了下落。想不到，钱钱钱，钱在这儿，你你你，你在这儿。"

泪如雨，我不会说话了。

朱 鹮

陈 毓

　　老饕年轻的时候在华阳当过知青，老了爱忆当年，几次约我们陪他回去看看。

　　上次说是在早春，现在已经初冬。老饕感慨，离开这多年，竟没回去过。老饕说，没回也正常，没颜面，想一想，我们吃了村里那么多东西，却没回报啥。

　　老饕在华阳吃过娃娃鱼。

　　"味道实在不咋样。"

　　"不如鳖。"

　　"更不如桃花瓣鱼好吃。"

　　"熬一锅白汤，岛屿一般浮着鱼脊。"

　　"香气捂都捂不住。"

　　回忆弥漫口水中消化酶的味道。

　　好在出发了。车上高速、下高速，入国道、出国道，之后是盘山水泥路，所见干净，清爽，像一个人睡到自然醒，清明饱满。

　　老饕感叹交通的方便，说他当年来，可是走了两天一夜，乘绿皮火车，坐长途汽车，再搭手扶拖拉机，最后进村那段，是被顺路的老乡用牛车捎带上的。

　　去看老饕耙过的地，地已退耕还林，现在种着一坡的厚朴。老饕记忆中的知青点，早先是生产队，现在重新划分归并，名儿都不同了。

　　当年老饕插队的华阳村因为秦岭自然保护区的设立，现已升级为镇。保护区跨越汉中洋县、佛坪。佛坪的三官庙、大古坪和洋县的长青华阳，三大保护区呈"品"字，摊在秦岭腹地的这块秘境中。大熊猫、金丝猴、羚牛和朱鹮，被称为"秦岭四宝"。大熊猫、金丝猴、羚牛三个保护区都有。朱鹮却只在华阳保护区内出现。

　　老饕带我们来，老饕是忆旧，我们呢，旅游顺带找点好吃的。朱鹮能见就见，见了也不能吃。

　　问老饕当年在华阳是否见过朱鹮，老饕不确定，说或许见过，或许见过的是白鹭。

四十年前，被判定"已经灭绝"的朱鹮忽然在华阳被发现，七只，引起国际自然保护专家的关注，最终促成一个国家级保护区的设立。

不时出现在路边的朱鹮广告牌，提醒我们这里的美与静是和朱鹮相关的，是朱鹮和华阳关系中的因果。朱鹮喜欢山地、森林、丘陵、溪流、水田、河滩、池塘，华阳一样不少；朱鹮捕食小鱼、河虾、泥鳅、青蛙、螃蟹，华阳样样生长。

保护区最初设立，但专家担心人。人百年来耕作生息在这片地域，现在鸟出现了，首先提醒专家的是人，需提防的也是人。但不能因此就让人搬迁，人也是生态的一部分，但可以制约人。华阳该是华阳人和朱鹮、大熊猫、羚牛、金丝猴共有的华阳。山石林木、每一滴水、每一条河流都是。百十年来人在这片土地上种稻子、种油菜、种玉米、种洋芋，现在人继续种，池里养荷花继续养，但森林茂盛甚至更茂盛，河流丰沛甚至更丰沛。

眼前的景象叫我们惊讶、恍惚，像是我们回到了过去，我们看见农耕文明积攒下来的经验在这里被推广应用，比如堆肥和使用堆肥。垦殖区种植着本土的传统作物。田园如图画，如唐诗宋词，如果我们不是开着越野车来，我们也会给镀上古意吧。

初冬时节，木叶萧瑟，河流深长，阳光照耀山林，一片白如雪，一片红似火，一片灿如金。白的是白桦，红的是红枫黄蜡，黄的是青杨叶子，阳光照耀眼前长路恍若指引，收获过稻田的田地在初冬一片金黄，那是农人割过稻子的田地又长出了稻谷苗，农人任这谷禾枯黄在地，冬天割了喂猪牛喂鸡鸭。

白鸟悠悠下，朱鹮三五飞，这桀骜孤僻的鸟在起飞的那一瞬真是美艳，美在姿态，艳在颜色。红冠、红掌、红尾、雪白的羽毛，展翅的那一刻，显现太阳鸟一般的明艳色彩。朱鹮慵懒滑翔，落脚在河溪边，长而弯曲的嘴插入水中，捉鱼吃。等待它起飞，不料是何时分。

远山覆雪，也可能是雾凇；峡谷云雾蒸腾，时雨滴答一阵。厚朴硕大的叶子积满林地道旁，如华丽的毯子，人走上去，噗噗响动。茱萸果实嫣红，看着喜人眼目。我们赞叹、赞颂。停车、再停车。

我们说回到了从前，但从前怎可比眼前的幽美富足。我们说去了未来，但不确定未来是否会有这么美好原始的生态和自然。农民在地里间苗的姿态是原始的、优美的，鸟掠过河谷，鸣声跌进河水是古意的、诗情的。

我们如此喜欢，全心全意。

老饕想起来，他在华阳吃过一种香米饭、喝过一种黑米酒。有人立即附和，这里出产香米，卖几十块钱一斤。

还有茱萸酒，价格不菲。还有五味子酒，真个好滋味。

白墙青瓦，还是传统的房子和山水搭调，我要画一组写生，一个新近学绘画的人说。

开车过来有好几个小时了吧？你看，我一直奇怪呢，现在明白了，这一路我没看见一个塑料袋，没遇见一个塑料瓶，这真实吗？另一个说。

山头俯视，河流滔滔向前，河水清且涟漪，有人造句，最后总结，这河是从《诗经》里流淌出来的。

去看大熊猫，和"请勿挑逗熊猫"的牌子合影。三点钟，在饲养人的监督下给下山觅食的金丝猴投花生，有人尝一颗花生，慨叹花生新鲜，肯定是当季的。

我们去寻朱鹮，朱鹮飞过长着桦木和领春木的山坡，朱鹮飞过菜地，朱鹮飞过河谷……后来我们在一段清浅的河流边发现四只朱鹮，朱鹮吃鱼，长长的弯曲的嘴巴伸向溪流，再一仰脖子，把一条清流里的鱼儿吞进肚子。我们眼看着朱鹮逮鱼吃，一俯一仰，俯仰由它。

朱鹮的吃启发我们的饿，有人问，这大半天了，我们都没好好吃点东西，我们赶紧去寻点好吃的！

老饕冷淡地说，他倒是很想涉水过河，向对面地里拔萝卜的老乡讨一根带泥巴的萝卜，就用这河水洗一洗，吃一吃。但他要忍一忍。

我们眺望远处，河流泛着粼粼波光，像是涌动着一川碎银子。

老饕的话使我们迷茫。那个无所不吃的老饕，现在要对一根泥萝卜保持克制，这到底是怎么回事。

陌生人的欠条

徐 东

那时我刚来深圳不久，租住在劳动村，有份赚钱也不太多的工作。每天早上我去同一个早点摊。摊主是个中年男人，卖些肠粉、汤粉之类的早餐。

有天早上我在路边的桌子上吃肠粉，有位二十出头的年轻人走过来，伸着一只手，不好意思地对摊主说，我就这一块钱了，可以给我一份吗？

一份肠粉当时也需要三块钱的。摊主看了一眼那个落魄的年轻人，拒绝了他。摊主不确定那个年轻人是不是故意想要占他的便宜，他是那么忙，也并没有太多时间多想。

我看着那位被拒绝的年轻人失意地走向一边，飞快地吃掉余下的肠粉跟了过去。我和他本来是相反的方向，当我故意走过，回头看他时，我看到一张苍白无助的脸。大约因为忽然有个人回过头来看，他吃了一惊，身体微微向后顿了一下。

我向他点点头，不好意思地说，你，需要帮助吗？

他犹豫着，点了点头。

我说，你是从什么地方来的呢？

他有些语无伦次地说，兰州。我到了深圳的蛇口，手机、银行卡、钱包都丢了……我上过大学，在找工作，可现在特别不顺利，找不到工作……我也可以干体力活，我想好了，总得让自己生存下去！

他很瘦，胳膊上还有一块擦伤。可能因为没有钱，也没有住处，身上的衣服有些脏。

我说，你需要钱吗？

他看了我一眼说，你……

我说，你需要多少？

他想了想说，十块，五块也可以……

我笑了一下说，为什么不多要一些呢？

他也笑了一下说，我不知道什么时候能找到工作，也不知道将来该怎么还……

我说，没关系，就当我送你了——你觉得需要多少？

他说，谢谢你，我想我要十块钱就好了——我两天没有怎么吃上东西了，如果能吃上一顿饭，我就可以走路去找工作了。

我说，你也不一定今天就能找到工作的啊。

他说，可是，我觉得不该向一个陌生的人开口要太多的钱——除非你愿意留下你的联系方式，将来我有钱了可以还你。

那时我刚发了工资不久，钱包里还有一千多块。我想着要不要给他五百或者三百，但最后我还是照他的要求，给了他十块钱。

他接过钱的时候，感激地看着我。

我说，祝你一切顺利。

他点点头，给我鞠了一躬说，谢谢，谢谢你。

我看着他那样有礼貌，想了想又拿出两百块钱说，拿着吧，不用考虑还了。

他犹豫着从背包里掏出纸和笔说，请留下您的联系方式吧，等我赚到钱我给您寄过来。

我说，不用了。

他说，如果您不方便留联系方式，我不能接受您那么多。

我说，为什么呢？

他说，我也说不好——我只是觉得两百块钱不是个小数目，我不该平白无故地接受那么多。

我想了想又从钱包里掏出三百块钱说，好吧，我给你留个地址，等你有钱了再还我。

他笑着接受了，非要给我写个欠条：

> 本人来深圳找工作，举目无亲，因不小心丢失了钱包，遇到困难，有幸遇到 ×× 先生，他好意借我 500 元，本人承诺找到工作，领到工资后第一时间还清欠款。
>
> ×××
>
> 2007 年 10 月 5 日

十二年后的一天，我又见着了他。

我早忘记了他的模样，或者他的变化太大，让我想不起曾经的那个年轻人。

他微笑着说，当年我写给您的欠条还在吗？

我说，早就丢了。

他说，我还能认得您——当时我给您寄了欠您的钱，还写了一封感谢信，但后来退回来了。那时找到工作的我很快就被派到外地去工作了，等我再次回到深圳时，再去您地址上留的您原来的单位问，可您的单位也不知搬到什么地方了。

我说，你是怎么找到我的呢？

他说，我在网上搜您的名字，又与发表您小说的编辑取得联系，这才找到您的联系方式。我真没想到您是位作家。如果您愿意，我想给您五十万，对于现在的我来说五十万并不算一个大数目。

我想了想说，我不能接受，因为一直没有得到你的消息，我在心里早就把你当成了一个骗子，早就把你忘了。

他笑笑说，您是个好人，实在人。现在我想给你一百万，如果您可以接受的话，我会是十分开心的，因为我一直想要感谢您。

我说，如果现在我再遇到像你当初的情况，可能不会再那样做了。

他说，人都是会变化的，这个我理解，这十多年来我也经过多次蜕变，才有了今天。

我说，虽然我变得现实了许多，但仍然很难接受你那么多钱——虽然我仍然租住在别人的房子里，很需要一百万付个首付，买一套属于自己的房子。

他有些吃惊地说，您这样的好人竟然还没有自己的房子？这样吧，我是真诚的，我给您五百万，去买上一套吧。我想和您成为朋友——如果您不嫌弃的话。

看着他真诚的目光，我仍然觉得他是陌生的，因此我说，对不起，我无法接受。

他急了，有些生气地说，您必须接受——因为当初我都快饿死了，没有您就没有我的今天——您一定要给我一个报答你的机会。

我说，可是我觉得不该接受，因为我的生活还过得去，和你当初不一样。

他说，您可以这样想，您就当买了一张彩票，不小心中了。

我摇摇头说，我当初对你的好意，或者说好心，不应该用金钱来衡量，不是吗？

他说，那我该怎么样报答您呢？

我说，不需要——如果你想要报答的话，请今后遇到需要帮助的人，去力所能及地帮助一下别人吧。再说，您今天的出现，已经算是报答我了。

他郑重地点了点头，留下了五百块钱，走了。

回到家，我对着镜子看，觉得镜子里的自己多少有些冒充高尚，没有出息，不由得有些痛恨自己，觉得自己这一辈子，再也没有什么飞黄腾达的机会了。

由于丢掉了那个人的欠条，我至今不知道他叫什么名字。这样也好，省得我总是记起 ××× 曾经欠着我一份人情。

当我向朋友说起这件事的时候，几乎所有的人都这么说，傻了，你怎么不接受啊！

我说，因为我不能心安理得地接受，所以我不能接受。

姨 妈

蔡 楠

　　父亲走了。也许在他风雪中驾车返回老家的路上，父亲就走了。是本家水泉哥给他打的电话，说父亲突发急病，让他赶紧回去。他扔下手头的工作，叫了救护车，就想飞回老家，可天却飘起雪花。很破碎很疯狂的雪花。他的车子只能爬，不能飞。到了老家门口，他叫的救护车先他而到。炕上炕下围了一堆人，一个戴眼镜的白大褂正给父亲按压胸部，父亲脸色发青，已经没了呼吸。人工呼吸，人工呼吸哦——他冲上前，嘴对准了父亲的嘴。父亲牙齿整齐，却冰冷。父亲83年来没刷过牙，可牙却整齐。五分钟后，他的嘴都麻木了，父亲的牙仍然整齐，却冰冷。胸部也没有起伏的迹象。我爹没病，他不会死，这到底是怎么回事？说——

　　我也没有想到，我真的也没有想到——一个怯怯的声音在他的背后传来。这声音知道逃不过他的寻找，就从人堆里挤到了他跟前，这不是下雪了吗？屋檐上有冰锥锥，你爹早上起来就举着竹竿去捅冰锥锥。你爹仰头捅了有一个小时。他捅着，还嘟囔，亏了这屋顶没换，屋顶跑水的地方也坏了，要不哪有这么多好看的冰锥锥！我那时正在熬粥，我说，天气好了，抓紧让双福给换换屋顶吧！你爹说，换什么换？他工作忙。粥熬熟了，我出去叫你爹吃饭，却见他蹲在地上捂着胸口呸呸地嗑牙花。我扶他起来，问他咋的了，他说没事，就是有点憋闷。我赶紧把我的速效救心丸塞进他嘴里两粒。他缓了缓，说，没事了。就又起来去捅炉子，他说天冷，你的心脏不好，让火旺些。谁知道，捅了没几下，他就栽倒在炉子旁——

　　大姨啊——你真笨，他指着那个怯怯的声音说，我爹这是心肌梗死。你应该给他嘴里至少塞15粒救心丸，不让他动，就坐着，然后你就去叫医生。我都蒙了，大姨抽噎着，我哪想得到这么多啊。大姨是父亲的后老伴儿，也没办结婚证，就是一起过日子就伴儿的那种关系。起初，他和姐妹们都不同意父亲再找。他想将父亲接进城。父亲说，他进城睡不着觉，也上不了厕所，他屁股一沾到坐便器，就便秘。父亲就常往婚姻介绍所跑，跑了半年，后来就联系上了这个大姨。一家人吃饭的时候，父亲说，其实是你妈临死前让我找一个伴儿，好让双福安心工作。以后呢，你们就别往家跑了，也不用给我钱了，我还能干，我和你大姨种烟卖烟，再加上国家给的老年补助和粮食补贴，就够了。但他怕父亲被骗，就要过来大姨的身份证。他说大姨，我去给你办医保。他没用大姨的身份证办医保，却给大姨重办了身份证。身份证和医保卡的名字都换成了母亲的名字。大姨的身份证他就收了起来。他没有上报母亲去世的信息。派出所的户籍上，母亲还健康地活着。然后呢？然后就是大姨和父亲一起过了十年。再然后呢？就是现在了，父亲走了。有着十几年心脏病的大姨平安无事，而健壮如牛的父亲却骤然离去了。父亲不能复生了。救护车要走了。他握住戴眼镜的白大褂的手，说辛苦了！戴眼镜的白大褂说，救护车的钱谁付？500元。他打开微信付费，乡下却没有网络。大姨急忙从西屋里取出了钱，递给了戴眼镜的白大褂。一屋子的人都闻到了钱上的烟味儿，父亲和大姨的钱原来是藏在烟叶子里的。接下来，就是他料理父亲的后事。父亲圆坟那天，大姨的儿子风尘仆仆地来了。开着一辆面包车，他是来接他母亲回家的。他当然希望大姨走，尽快走。哪怕给她10万块钱，甚至将她儿子的面包车装满东西都行，只要大姨别提继承房产的事情。自从雄安新区成立以来，附近县市的房价直线攀升，听说开发商正策划乡村征地事宜。他想找大姨商量一下善后的事情，可找不到她。这时候，一个电话打了进来，是村主任水泉哥。

他揣着10万块钱的银行卡来到了水泉哥家，就看到了大姨端坐在沙发上，茶几上是父亲赶集卖烟常带的小背包，脏兮兮的，散发着浓烈烟味儿。

大姨见他进来，就打开小背包，拿出了几张卡。大姨说，双福啊，我吃完中饭就要走了，有些事情得当着你水泉哥的面交代给你。这第一张卡里，有27855元钱，是我和你爹种烟卖烟的积蓄。密码是你的生日。你爹说哪天交给你，给孙子买房用，钱不多，添点儿是点儿吧！这两张卡，是我和你爹的医保卡。还有这两张，是俺俩的老人补助卡和粮食补贴卡，要到镇上邮政银行去支，你爹腿不好，不能长时间骑三轮，我们也没支过，你就开车去支吧！还有这个粮食本，里面有4000多斤麦子。你爹不让卖，怕哪一天遇到饥荒，有钱也买不到粮食，就将麦子存到了面粉厂。你啥时候吃，啥时候去取吧！我要走了，只要两样东西，一个是那台电视机，就是你买了大电视替换下来的那台。你爹爱听戏，我就把频道锁在了中央十一台，我带回去守着它，也是个念想。另一样东西呢，就是我的身份证，你还给我吧！我的真实姓名叫赵芙蓉，家住内蒙古赤峰市三座店——

他朝面前的女人走过去，扑通跪倒，抚着她的膝盖，哭喊着，姨——妈——

姨妈走了。他却多年没有联系她。他想将来有机会亲自去看她，然后接她回来，给她养老送终。

可至今，他都没勇气成行。

捉嘟噜蟹

于心亮

那个时候，海边的滩涂很大，退了潮，有许多跳跳鱼，还有嘟噜蟹，看见人，胆小的就逃开，胆大的就不动，冷静地斜瞅着你。当然是有鸟的，慢吞吞踱着步，偶尔懒洋洋低头啄一口……滩涂那么阔大，想走近去看看，鸟就呼扇几下翅移开，再好脾气地落下。

有意思的还是捉嘟噜蟹，回家用盐腌渍好，用来就饭（吃苞米饼最香）。急性子人喜欢光着脚在滩涂上撵，呱唧呱唧踩得泥水四溅，有时冷不防"扑哧"一声陷进稀泥里，结果越鼓拥越深，没办法就扯着嗓子喊人……来救助的人都是先哈哈乐上一阵，然后再像拔萝卜一样把人给拔出来。

慢性子人采用的方法一般是钓，大多采用青蛙肉，用线拴住放进洞里，一点一点把嘟噜蟹引诱出来，一伸手逮住。蟹子大，洞就大；蟹子小，洞就小。大人喜欢钓小洞，孩子喜欢钓大洞。大人说钓小嘟噜蟹回去好腌，也好咬。孩子们是绝对不听的，不说还好，一说反而专找大洞钓！

比较省事的是晚上用灯照，大都用嘎斯灯，火苗不大，却很亮，一照，四周围全是嘟噜蟹。它们白天躲着睡觉，晚上爬出来满地跑，四处找食儿。此时只要低头捡就行了，要大的就捡大的，要小的就捡小的……小孩子们夜晚是很少去的，滩涂那么大，想想就害怕。

当然还有更省事的，就是傍晚去滩涂挖炕席大小的坑儿，铺上光滑的塑料布，里面丢进鸡肠子之类的诱饵，然后回家只管睡大觉就行了。夜晚里，嘟噜蟹闻到味儿爬进坑里吃，结果进去就出不来了，有光滑的塑料布阻挡，爬不上来，钻不下去，只能束手就擒。

不过这种法子容易被人戳脊梁，海边的人们捉嘟噜蟹都是捉一点，腌一点，吃一点，主要是图个新鲜，图个玩耍。腌多了吃不完容易坏掉，一吃就拉肚子，而且特别凶猛，住在海边的人大多都吃过亏。可是肚子刚一好，没过几天，又跑去捉来，又腌上，又吃上了……

那个时候，我妈就经常去捉，夜晚里提个嘎斯灯，独自在滩涂上转悠。我则坐在岸边，过一会儿就摁亮手灯，朝我妈晃一晃，让妈妈知道我在，也给妈妈壮壮胆儿。

有时候，我会大声喊："妈妈——！"

妈妈就会大声应："欸——"

有时候，妈妈也会大声喊："儿子——！"

我也大声应："欸——"

有时候我实在忍不住，就拿着手灯偷偷溜到滩涂上，去捉嘟噜蟹……白天它们跑得可快了，晚上让灯光一照，则傻愣愣地待在那里，一动也不动。我捉呀捉呀，一会儿就能捉许多只，简直太开心了。妈妈则急慌慌地跑过，训斥我："让你老实待着，咋不听话？！"

我小声说："我想帮你一起捉，妈妈你太累了。"

妈妈就抱紧我，声音发颤地说："好儿子听话，去岸上等妈妈，妈妈不累！"

妈妈果然不累，她捉呀捉，捉呀捉……很快就捉了两半桶嘟噜蟹子。此时妈妈就带我回家，我亮着手灯在前头领路，妈妈则挑着担子在后面颤悠悠地走……走一会儿，妈妈就说："儿子，背首诗给妈妈听吧！"我就在黑地里，在我们娘儿俩窸窣的脚步声里，大声背诵起来：

锄禾日当午，

汗滴禾下土。

谁知盘中餐，

粒粒皆辛苦。

……

回到家，妈妈就忙活着腌渍嘟噜蟹，先把嘟噜蟹洗净，控干水放进坛子里，随后加上花椒、大料、姜片、葱白、白酒、盐巴……然后盖上盖子，静等几天就成了。

腌渍好了嘟噜蟹子，妈妈就会踩着自行车骑行五六十里地，去往北部的山村里卖，一毛钱一碗儿，两毛钱三碗儿……妈妈每次都将碗盛得鼓尖儿给人家，很受山里人家的喜欢。有的人家没有钱，就给些红枣、板栗、柿子来代替，妈妈也都乐呵呵答应了……

　　就这样，妈妈一点一点积攒钱，不光供着恢复高考后考上大学的爸爸念完大学，还不间断地给爷爷看医生买药，偶尔还给我和妹妹买好吃的。妈妈对自己，则是每天三顿饭都是啃饼子，吃腌嘟噜蟹子，妈妈说："腌嘟噜蟹就是好吃，怎么吃……也吃不够！"

　　爸爸读完大学参加工作第一个月发工资，给妈妈买了一只烧鸡，专门给她吃。妈妈捧着烧鸡，眼泪扑簌扑簌止不住地落了下来……这只烧鸡，妈妈最终把鸡腿给了爷爷吃，把鸡胸脯给了我和妹妹吃，把鸡翅膀给了爸爸吃，她则津津有味啃了两只鸡爪子……

　　妈妈对爸爸说："还是腌嘟噜蟹子好吃，烧鸡……以后别买了，大贵大贵的！"

　　……

　　一晃眼儿许多年过去了。前些日子，我陪老妈回了趟老家。

　　现在滩涂少了，也小了很多很多。看见鸟儿飞过一群，人们就惊呼不已。妈妈说："以前滩涂那么大，落成百上千只鸟也显不出规模来，现在看见这么几只就惊奇了？唉……"

　　好不容易捉了一点儿小嘟噜蟹儿回去，腌渍好后母亲放嘴里磨来嚼去老半天，然后就掉泪了："儿啊，咬不动了。"

知了叫声声

非　鱼

　　院子里的苦椿树、泡桐树上爬满了知了，吱哇吱哇叫得大妞心烦。大中午的，整个院子全是它们的天下了。

　　娘在窑里歇晌，门一关，隔开了热气和知了，倒显得格外凉爽安静。大妞躺在娘身边，左翻腾，右翻腾，睡不着。她在等一个声音。

　　该来了啊。今儿晌午去别村了？车链子断了？掉水渠里了？半路被狗咬了？

　　不停翻腾的大妞终于把娘吵醒了，她的屁股上挨了一巴掌：身上生虱了，安生睡会儿。

　　挨了打的大妞一动不动，使劲地闭着眼，装睡。她知道把娘吵醒的下场，那意味着即便是等来那个声音，她也不能跑出去。

　　窑里重新静下来，娘发出细微的呼噜声。大妞从炕上溜下来，轻手轻脚开了门，在院子里站了一会儿，除了无休止的知了叫声，别的任何声音都没有。

　　她打开院门，上到崖头上，路上空无一人，甚至连一只鸡一条狗都没有。远远地能看到苦楝树下的碌碡上蹲了一个人，赤脊背勾着头。大妞知道，那是有望叔在吃饭。有望叔跟那个碌碡最亲，早上的酸滚水，晌午的蒜面条，后晌的红薯黄面汤，他都巴巴地从地坑院端到崖头上，还得蹲在碌碡上吃。

　　大妞溜达过去，从地上捡起一个苦楝籽，扔进有望叔的大海碗里：有望叔，给你加点菜疙瘩。

　　看见是她，有望叔从碗里挑出那个苦楝籽，笑了：吃嘴娃又等卖凉粉哩？为嘴伤心，跑断脚后跟。老吃嘴将来都寻不下婆家。

　　听见他说寻婆家，大妞脸憋得通红，额头上立马沁出一层细汗。她扭身爬上老柿子树，找一个枝杈靠着，两条细瘦的长腿晃来晃去。她揪下一片油光肥厚的柿树叶，卷成喇叭筒，小头捏扁，嘟嘟嘟吹起来，比知了叫还难听。

　　她终于听到了那个等了一中午的声音：凉——粉——挠凉粉——

　　人应该还在后沟。

她麻利地爬下柿子树，回到自家院里，悄悄打开上窑门，娘还在打着呼噜。拉紧上窑门，从做饭窑里拿一个瓷碗，再到西窑里装一碗玉米，她的计划基本大功告成。接下来要做的，是一路跑上崖头，等待那个推着自行车的卖凉粉人出现。

这凉粉和别处的不同，叫"一生凉粉"。绿豆做原料，磨浆发酵，闻起来一股酸浆味。凉粉切薄片，放在大铁鏊上烙干水分，再和葱花、蒜汁、辣椒一起炒热，耳朵里满是斜了半拉角的大铁铲子在鏊子里叮叮当当。一碗炒凉粉，配上石子火烧，再来一碗醪糟汤，哎呀呀，美气哩。观头村有句俗语：不吃凉粉腾板凳。这卖凉粉的摊子都挤不下了，撵着人走。

吃炒凉粉要到集上去，娘不领着大妞，就意味着她只能不停地想，不停地流口水，肚子里不停地抓挠。好在一到夏天，卖凉粉的人会推着自行车转村叫卖。车后一个大掌盘，盘里一整块凉粉，一只大搪瓷茶缸里半缸清水，挂一个黄铜的挠子，卖凉调的挠凉粉。可以用钱买，可以拿麦子、玉米、绿豆换。挠好的一碗凉粉，回家用蒜汁、醋、香油一调，哎呀呀，照样美气哩。

拿钱买，是不可能的，实在想吃，大妞只能偷偷地拿粮食换。换回去，娘再生气，顶多骂几句，或者打一顿，横竖不能倒了喂狗，总是要让她吃的。

大妞等的就是这个声音。大多时候，娘在干活，或者醒着，她只能硬生生听着那个声音一点一点走远。

有望叔端着空碗还在碡碌上蹲着，看见大妞，喊她：吃嘴娃又偷换凉粉。

大妞白他一眼：你管。

有望叔说：卖凉粉的拐北沟那边了，今儿吃不上了。

大妞说：你骗人。

有望叔说：你听他在哪儿吆喝，走远了。

大妞好不容易把一碗玉米偷出来，卖凉粉的又走了。她快急哭了，站在大太阳底下，不知所措，顺脖子汗流。

看着她的样子，有望叔笑了：不哭，不哭。我给你喊喊。

哎，卖凉粉的——

哎，有人换凉粉。

哎——来哩。

听到那个熟悉的声音应答，大妞红嘟嘟的小脸立马换了笑模样。

有望叔让大妞在苦楝树下等，她不，非要站在路上，生怕卖凉粉的看不到她。

一杆小秤称了玉米，换算成凉粉。揭开搭在凉粉上的湿布，凉粉坨上撩点水，黄铜挠子左弯一下，右弯一下，一缕一缕筋道的凉粉放进大妞的碗里，称完，有望叔说：给娃再搭点，等你一晌午了。

卖凉粉的都是乡里乡亲，好说话，拿起挠子又挠两下：端好了。大妞赶紧抓起一缕放进嘴里，生怕吃晚了那点凉粉跑了。

一碗玉米换了大半碗凉粉，大妞的心快飞起来了。柿子树、榆树、楸树上的知了依然在吱哇吱哇地叫，大妞啥都听不见，两条细瘦的长腿已经奔进了门洞。

有望叔在后面喊：编好瞎话啊，看咋给你娘说。

大妞哪里管得了那么多，在挨打和凉粉之间，当然凉粉更重要。

记着一只狗

刘国芳

这天，我又去了李饶村，天有些冷，寒风瑟瑟。寒风中我看见路两边的山茶花还开着。花一开，天再冷，也让人觉得有生气。我是在抚州一个叫牛角湾的地方拐上这条路的，是一条山路，在山路上走几百米，是朱家村，朱家村过去，是白岭村，再过去，是祝家村，祝家村过去，便是李饶村。这条路，我可能走了几十次或者更多。我喜欢乡下的景致，山路蜿蜒，两边开着各种各样的花，从二三月份算起，最早是映山红，就开在路两边，随手就可以折一大把。然后是蔷薇花，白的或者水红的，这花没人折，但好看。接下来到六月份了，栀子花开了，这时候便是一路花香。再后，在别的花都谢了的时候，山茶花忽然开了。在我们抚州，山茶花也叫玉茗花，这花差不多开在冬天，满山满岭地开着，这花一开，就让人觉得抚州的冬天也像春天般美好。通常，我走了一段山路便会走进一个村子，村里人少，见不到什么人，但狗一定有，才进村，就会听到狗吠，在狗的吠叫声中，还是有人出来，因为我常来，他们都认得我了，见了我，他们会点一下头，甚至，有人跟我说起话来，他们说："又来了。"

我说："来玩下。"

他们又说："好像你经常来。"

我说："是，我喜欢乡下。"

他们说："你这人真怪，我们都往街上去，你还往乡下来。"

我再次说："我确实喜欢乡下。"

他们说："你以后看不到这儿了。"

我问："为什么？"

他们说："要拆，这一带要建住宅小区。"

我没什么反应，因为，我不相信这一大片地方能拆得了。我甚至跟他们说："拆这一大片地方，那要多少钱呀？"

让我没想到的是，再去的时候，朱家村就拆了，我在朱家村看到的是断壁残垣。白岭村也拆了，我在白岭村看到的是一片废墟。祝家村同样拆了，这儿，只剩下倒篱烂壁。这就让人很伤感了，一个个村庄，就这样消失了。李饶村离市区相对远些，难道也这么快拆了？到了后，发现李饶村还在，但墙上到处写着"拆"字，见我来了，一个人说："马上就要拆了。"

我问："真要拆？"

一个人说："要，拆迁款马上就要下来，钱一到，我们就搬。"

我说："你们在这儿住了一辈子，是不是舍不得搬？"

这回几个人同时说："没有什么舍不得，能住到抚州去，还在这鸟不拉屎的地方做什么？"

没想到村民这样的心态，我"哦"了一声。

再到李饶村，便开始拆迁了。我看到一些房子已经被挖机挖了，还有一些房子没拆，但窗子已经撬了，门也被撬了。人已经搬走了，我在村里走来走去，没看到一个人。

忽然，我听到一声狗叫。

循着叫声过去，就看到一只狗了，一只长毛白狗，因为毛长，又因为白色，那狗便让人觉得特别脏。狗看到我，注视着我，发出低沉的呜咽声，像在哭诉。我忽然觉得这是一只被人遗弃的狗，人搬了，搬到城里的高楼里去了，狗就不要了。我忽然记起身上还有一个包子，是早上买的，买了三个，吃了两个，剩下一个。我拿出来，扔给狗。狗大概太饿了，扑过来一口把包子吞了。然后，狗又看着我。只是，我身上再无包子了，我只能伸伸手，向狗表示歉意。

后来，我走开了，狗跟着我，一直跟着，我没驱赶它，让它跟着，同时走几步回一下头，看它会一直跟着我到哪儿。我甚至想，如果它跟我到了城里，我就多买几个包子，让它饱餐一顿。但那只是我的想法，当我走出村也就是走出李饶村时，我忽然发现狗不走了，它停下来，注视着我。我其实想让它跟着，为此，我向它招了招手，但狗仍然站着不动，它只是注视着我。然后，在我走远后，它屁颠屁颠地跑了回去。

几天后我又去了李饶村，为那只狗而去。我那天想如果它跟我到城里，我就让它饱餐一顿，但它没跟来，我就觉得我应该去看看它。我买了好多包子，沿山路蜿蜒而去。到了，忽然发现狗就站在村口，正注视着我。难道它知道我会来？不大可能，或许，它在痴痴地等着它的主人，等他们回来，然后，像从前一样。只是，狗可能不知道，它的主人永远都不会回来了，因为，这个村子，过不了几久，会消失得无踪无影。

我这天在村里待了好久，狗跟着我，我不时地扔一个包子给它，当然，有时候，我还把一些包子扔在一些角落里，我相信，狗过后在村里找东西吃时，会找到这些东西。半晌午的时候，来了一个人，是这个村的人，我见过他，我问他："这狗是谁家的，怎么不要它了呢？"

他说："这样的狗有什么用。"

我无语。

我走的时候，狗仍然跟着我，但也只是跟到村口，狗又停了下来。然后，像上次一样，站在那儿注视着我，我仍招手，想让它跟着我，但没有，狗一直在那儿站着。显然，它既在目送着我，也在眼巴巴等着它的主人回来。

再去的时候，李饶村已经看不见了，我看到的，是一个建筑工地，十几台挖掘机在施工，一片轰鸣。

那只狗，不知所终。

但奇怪，以后很久，我都记得那只狗。李饶村后来变成了一个高档住宅小区。只是，看到这个小区时，我不会想到别的，只会想到——那只狗。

叫上他吧

骆　驼

你等等，给你说个事。快到酒店时，父亲站在墙角，叫住了我。

我转过身，看着父亲。

父亲狠狠地吸了一口烟，说，今年叫上他吧。

我问，谁？

父亲说，叫上你姜叔吧。

不叫他！我口气生硬地说，他欺负我们一家人，欺负得还不够吗？叫他干吗？

父亲又深深地吸了一口烟，慢慢吐出来。说，就算我给你求个情了，叫上他吧。

我的心一下子就软了。但还是口气生硬地说，要叫你叫他，我不会像前些年请其他叔叔那样，去他家里请他。

父亲一下子笑开了，说，不用，不用，现在都是打个电话就行了。

往事如昨，令人七窍生烟。

父亲退休前是老家乡政府的炊事员。那一年，县城某单位领导来乡镇指导工作，尝到父亲的手艺后，执意要将父亲调到他们单位，但时任乡政府乡长的姜乡长不同意。他说，除非那个领导从县城给他调一个炊事员来换。那位领导只好摇摇头，悻悻地走了。我们一家去县城生活或学习的梦，瞬间破灭。

那时候，我刚读初中，姜乡长常常半夜来敲伙食团的门，叫父亲起来给他们弄吃的下酒。在假期，我常常看见姜乡长不到午饭时间，就早早来到伙食团，他手中拿着筷子和空碗，在正在厨房忙碌的、至少比他年纪大十多岁的我的父亲的头上乱敲。他边敲，还边唱着不着调的自编的歌曲，内容都是埋怨父亲还没有把饭做好。虽是冬天，我看见父亲的头上冒着热气，大颗大颗的汗水，顺着他的脸上流下来。

姜乡长还在不着边际地唱着，父亲一边忙着手里的活，一边要笑着躲着他一直敲打着的碗筷。我感觉自己的血瞬间要喷出体外！我以比当年争夺60米跑冠军还快的速度，飞奔过去。我在父亲面前一跃而起，一掌打飞了姜乡长手中还在叮当作响的搪瓷碗，又一掌扇飞了他手中那双作恶的筷子。

当时，父亲手中端着的筲箕跌落到地上。姜乡长像被恶狗咬了一口，呆呆地站着。我至今都找不到合适的词语，来形容他当时的表情。

膨胀的热血，促使我继续着我的行为，我一把拖起父亲用于撮灰的铲子，直指着姜乡长说，哪个以后再欺负我爹，老子就跟他拼命！

很快，我被前来准备吃午饭的两个叔叔架走了。他们一口气把我架到了小河边，丢在河滩上，骂道，小东西啊，你真是吃了豹子胆了，连他你也敢得罪。这下看你老汉儿咋个收场哦！

父亲如何收场的，我不知道。我只知道，当天下午，学校校长找我谈过话，什么话难听，就把什么话送给我听；班主任老师事后告诉我，不晓得你娃儿咋个会命大面子大，要不是乡上书记来给校长说情，你刚才就回老家去打牛屁股去了……

时隔一年，父亲到了退休年龄，按照当时规定，我哥完全够条件顶班，去到乡广播站什么的，吃上国家粮。但还是这个姜乡长，用种种理由卡着，将我哥打发到一个当时"异军突起"的乡办企业上班去了。没多久，他五音不全的儿子，却成了乡广播站的播音员。听说，是父亲主动提出，自己的两个儿子，都不享受顶班政策。

这里需要补充几句，多年以来，每一年父亲生日那天，我都要早早地回到故乡，请上主要亲戚，请上父亲当年要好的同事，一起在镇上的那家酒店聚聚。父亲曾经连续三年，向我提出喊上当年的姜乡长，都被我断然回绝了。

生日晚宴当然与往年一样热闹。我心有芥蒂地与姜乡长打着招呼，敬着酒。多年不见，比我父亲年轻十多岁的姜乡长，看上去比我的父亲还老很多。没喝几杯，姜乡长就醉了。他一个劲儿地对我说着感谢的话，一个劲儿夸奖我一直是多么聪明能干。

父亲要我与他一起将姜乡长送回住处。姜乡长还住在乡政府最早的住宿楼里，家里的陈设意想不到地简单。他的老伴儿与我们一起，将他扶到了床上。她笑着说，今晚，老头子可以睡个安稳觉了。

下了楼，父亲说，叫上他，就对了。你可能不知道，姜乡长的儿子，几年前出车祸，死了，老年丧子啊，唉。父亲又说，姜乡长经常说起前几年那些事，总说他对不起我们一家人。他现在也是 70 岁的老人了，冤家宜解不宜结，这么多年过去了，还有什么事情过不去啊。

我长叹一声，说，嗯。抬起头，才发现姜乡长家的窗，正对着我们每年请大家相聚的那家酒店的那几个雅间！此时，雅间里，父亲的老同事们，把酒交谈正欢。

六婶的毒咒

司玉笙

那一天早饭后，庄里突然被一阵歇斯底里的叫骂声打破了宁静。庄里人很久没有听到这嘹亮的女高音了，三三两两地出来一探究竟。一看是庄西头六斤的女人，大家便驻足不前，或蹲或站，与她保持不远不近的距离。

这女人50岁左右，人高马大的，走路带风，说话能震落树叶儿。自丈夫和儿子外出打工后，家里就剩下她和腰弯得能接地的老公爹了。女人几次请求丈夫带自己出去，丈夫就说："外面没有家里好，再说你是瞪眼瞎儿一个，把你卖了你还以为是中了大奖哩！"

女人转而又央求儿子。儿子说："你走了，俺爷和那几亩地谁管？"

"一个个都是孬种，没良心，没良心，死，该死！"那爷儿俩走后，女人常在静寂的夜里不住地低声咒骂。

女人这一次叫骂，是因老公爹掖在枕头里的几百块钱不见了，问她，她说："谁知道你能把钱窝在那里头？"再问，她就烦了，赌咒道："谁摸你的钱谁不得好死，死了也得托生个畜生！"

老公爹说："俺没旁的意思，就是问问，你甭火。"

"俺这火早就想泄了，俺这就出去骂那贱贼！"

于是，女人一声声激越的叫骂声回荡在夏日的阳光里，引得更多的人出门笑看。老公爹实在瞧不下去了，过去小声地劝儿媳妇："少就少了，权当丢了一只羊……"

"不中，就是少一只鸡也得知道谁偷去了……"

摆脱了老公爹，女人素性扬起双臂跳将起来，一路劲骂，还不住地掀起汗衫的下摆，袒露出肚脐眼儿，毫无羞涩之意。看她近前了，瞧热闹的人不是退后避让就是躲进自家院子窥视——女人平时几乎不与邻里来往，只有这时大家才能尽情地一睹她明星似的风采。

女人闹腾了一会儿，一个瘸着一条腿的年轻汉子过来了——这是本家的一个侄子，黑瘦。瘸腿汉子问："六婶，这明光日亮的大白天你又在这儿号叫啥哩？"

女人忽住了嘴，不认识似的瞅瞅面前这个人，眼里便有什么忽闪了一下。女人舔舔双唇，那汗衫越发上卷，露出汗津津的半拉胸脯。

"你个龟孙，准不是又偷吃腥了——你抓钩爷的钱是不是你摸去了？"

抓钩爷就是女人的老公爹。

瘸腿汉子一听，另一条腿猛一软，差点儿跌倒。瘸腿汉子晃晃身子站稳了，涨红了脸辩道："六婶，你这不是拿血盆子泼俺吗？俺知道你家的钱都是血汗换来的，再说，俺每月还吃着政府发的残疾人补贴哩！"

"你小时候还吃过俺的奶哩——你个没良心的，谁都敢偷！"

"俺真没干那事，真没有！"

"你这话没人信——只有你往老爷子屋里跑得勤……"

"跑得勤那是找他说话哩，俺从没有想过干啥坏事。"

"来，来——你说你没偷你就吃俺一口咪咪！"女人一手托起那半瘪的乳房。

"吃啊！吃啊！"不远处有人兴奋地高声起哄。

瘸腿汉子憋得脸上渗出汗星，央求道："俺大小是个村干部，当着这么多人，您这不是让俺难堪嘛……"

瘸腿汉子说这话时，声音小得俩人刚能听见。那些看热闹的人急得都将耳朵倾向现场的这俩中心人物，可一个字也没听清。

"大声说，大声说——还有啥可瞒的！"

女人环视一下周遭，遮掩好胸脯，提高了声，让所有人都能听见：

"龟孙儿，你要没偷你就赌咒！"

"俺赌咒，赌咒——谁要是偷了抓钩爷的钱，让他不得好死，死后托生个畜生，变猪变羊变小鸡……"

观场的人哄然大笑。在这笑声里，女人和瘸腿汉子一东一西地走开了，留下了众人遗憾的表情和絮语。

正热闹着哩，咋说停就停了？

就在次日，瘸腿汉子突遇车祸身亡。得到他的死讯，女人一宿没睡好。女人闭着眼一只手轻揉着胸脯，两行冰凉的泪水就下来了。

乖乖儿，你那咒太毒啊！

冥冥中，女人看到一只温顺的山羊来到床前，伸手一抓，羊跑了；再一抓，醒了。——原来是一个梦。

第二天早上，女人照常给住隔壁院里的老公爹送饭，梦中的那只山羊竟然就在老公爹的门口，看着她，咩咩地叫了两声。

女人惊诧地张大了嘴，瞪着眼竟不能出声。

老公爹说："也不知谁家的羊，跑到这院里了……吃了饭给人家送去吧……"

女人没接腔，老公爹便看了儿媳妇一眼。他这一看，神色大变：女人喉咙耸动，就是说不出话。

"你咋啦？"老公爹接过饭食，凑近了看。

女人痛苦地捏捏喉咙，想吐出什么，却只是一阵干咳，眼光直盯着那只山羊。

山羊始终没有人来认领，女人就天天到庄外放养它，去得最多的地方就是埋葬瘸腿汉子的坟地。奇怪的是，她和她的山羊无论走到哪儿，人们都躲着……

到了夜里，这只羊就在女人床头拴着，伸手就能摸到。想骂男人她就抚摸这只羊，一遍又一遍，直到安然入梦。时间长了，床前是一地茸茸的羊毛。

自从有了这只羊，她骂男人不再有声——她失声了。

你爱的人从来不曾离开

冷清秋

赵小伟去杨庄找杨桂花。

赵小伟从来没去过杨庄找杨桂花。

没去过，赵小伟也知道杨桂花住在哪一户。

可到了，赵小伟却不进门，看见杨桂花也不朝杨桂花喊妈。

只自顾自站在门外说：小屈病了，现在县工疗医院住着，你抓紧收拾收拾过去照护着。说完，赵小伟还想再说些什么，却还是没有说，只管掉转身骑上电动车走了。

电动车昨晚充的满格的电，车子上还带着充电器。赵小伟盘算好了，到了县里，先找地方充电，充上电去银行取钱，然后赶去医院看小屈。赵小伟兜里揣着一张工商银行的存折，是昨晚背着媳妇偷偷拿出来的，有钱使到刀刃上，赵小伟觉得今天就是刀刃，人命关天，其他的随后再说！说起来赵小屈是赵小伟的双胞胎妹妹，但赵小屈生下来是个哑巴，赵小伟从小到大都觉得有这样的哑巴妹妹倒霉透了。他不止一次希望自己没有这样的妹妹。可现在，一路骑车的赵小伟一次次被自己的眼泪淹没，他的心口抑制不住地疼痛和懊悔，懊悔什么他自己也说不清，但奔涌起的难过就像一把把刀子冲着他插过来。

能不难过吗？炎炎八月，正在绿豆地里摘绿豆的赵小屈晕倒了。

八成是中暑！弄回家，赵小屈的男人扶着头给她灌了一大碗绿豆茶。

绿豆茶灌下去赵小屈慢慢悠悠醒了，但是醒过来的赵小屈没一会儿就表情痛苦捂着肚子弓着腰，汗珠子泪珠子大颗大颗骨碌碌朝下掉。她后来满脸是泪指手画脚的比画让她男人目瞪口呆：啥？你活不成了？！赵小屈的比画换来她男人恶狠狠踹了她两脚。

那时候她男人还没料到赵小屈这个倔强的哑巴女人真的是活不成了。

当天夜里入院，第二天中午各项检查结果就出来了：赵小屈得了卵巢癌，晚期，已经扩散！她男人攥着检查结果死死攥着一动不动，走廊上人来人往，一直到许久许久之后这个木讷的男人才想起来应该赶紧给丈母娘杨桂花打个电话。

可是翻来翻去男人才想起来，他手机里没有杨桂花的电话，便只好先给大舅子赵小伟打。其实按照男人的思路是这辈子也不想给大舅子赵小伟打电话的。好不该几年前他因为家里琐事动手打了赵小屈，没想到赵小伟闻讯赶过来，堵在屋里将他劈头盖脸狠揍了一顿。那天起，他就发誓这辈子都不想再看见赵小伟那张脸。可是现在情况不同，不打也得打。

拨通电话的他刚说出，小屈住院了，病不好治，眼泪就呼呼呼涌出来了。抑制了一下，他又说，你给老娘说说叫她过来几天。他嘴里说的老娘就是指自己的丈母娘杨桂花。

赵小伟原本也不想给杨桂花打电话，而且他手机里根本就没有杨桂花的电话。赵小伟不想打电话的原因是杨桂花在孙子出生的第二年正需要她帮着带孙子呢，杨桂花却自作主张悄无声息就把自己给嫁了。等赵小伟知道这件事，街坊里已经传开了，这件事对于赵小伟来说简直是奇耻大辱。赵小伟曾经在集市上碰到老娘，他的第一句话是恶狠狠地质问：短你吃还是短你喝了？！赵小伟的第二句话是：好好好，你以后永远也别回来了！！

那段时间赵小伟走在街上都觉得抬不起头。可现在，妹妹赵小屈生了重病，赵小伟只好耐着性子去杨桂花再嫁的那家走一趟。

攥着大舅哥递过来的两万块钱，赵小屈男人的眼睛一下子红了，红着红着就哭了。泪眼蒙眬中他觉得这时候应该喊赵小伟一声大舅哥才是，但嗓子眼憋了几憋还是没有喊出来。当天傍晚天擦黑时丈母娘杨桂花也过来了。杨桂花原本是要早点来的，但是牵着的两头牛在牛市站了一老晌也没遇到买主，后来得亏好心人指路，说：不妨去卖牛肉汤的汤馆问问兴许中。还真给人家说着了。牛肉汤馆老板听说情况二话不说就买了，价格给得也公道。

躺在床上的赵小屈扎着吊针，望着一屋子的人咬着嘴唇笑。她觉得害羞和不好意思，自己一个人生病，把一家子的人都喊来了。

初 心

邢庆杰

太阳刚落山，千户营派出所指导员钟方格就接到县公安局指挥中心的指令，要他组织全所所有干警、辅警在晚上 8 点前到局里集结。

千户营是本县最偏远的一个乡镇，离县城 40 多公里，全是窄窄的乡村公路，没有一个小时到不了。自从李所长半个多月前被局里抽调到外地执行任务，所里的工作一直由钟方格负责。他当即把所里的十几个人召集起来，分乘三辆车赶赴县公安局。

今天又是什么任务呢？钟方格脑子里打了一个大大的问号。作为刑警出身的资深警察，他多次被抽调参加紧急行动，因此他知道，只有集合起来，把手机都收上去以后，才会知道行动地点和目标。

一个小时后，钟方格接到了具体的抓捕任务，去端一个涉毒的地下酒吧。

行动起初很顺利，钟方格他们从前后两边同时破门而入，把七八个正在吞云吐雾的人堵在了屋子里。

蹲下蹲下，抱头抱头……

在一片嘈杂声中，钟方格看到了一个人，脑袋"嗡"地响了一下，暗叫：真倒霉。

那个人既不抱头，也不蹲下，他安坐在沙发上，悠闲地吸着一支烟。竟然是县公安局新到任的副局长刘东来。

见他不配合，一个民警拿出了手铐。

怎么办？钟方格的大脑急速运转起来。

钟方格原是刑警大队的一名中队长，参加工作以来，屡次立功，本来前途一片光明。6 年前，他打掉了一个拦路抢劫的团伙，团伙的头头，竟然是局长的表侄，局长让他想办法给表侄脱罪，但当时已经铁证如山，他不愿昧着良心办假案冤案，最后局长的表侄被判了 10 年。事后不久，他竟被派到偏远的千户营派出所，成了一名普通干警。几年来，他一直被穿小鞋，几次升职的机会都与他擦肩而过。直到去年，那个局长被"双规"，新来的陈局长上任，了解到他的情况后，才把他提拔为派出所指导员。最近，局里空出一个刑警大队长的位置，听说要搞竞争上岗，钟方格觉得自己东山再起的机会来了。可是，就在这个节骨眼上，偏偏这个刘副局长就是分管刑警大队的，今天要是得罪了他，恐怕这次竞争上岗又没戏了。唉！刘局长怎么会有这么个恶习呢？

钟方格的这些思想纠结，只在电光火石之间。他下了抓捕决心的时候，那个民警已经给刘东来戴上了手铐……

钟方格大喝了一声，都带走！

刘东来冷漠地扫了他一眼，顺从地和其他"瘾君子"一起被押了出去。

钟方格把抓捕的人员全部押送到局里，关进拘留室，就算完成了任务。

他在公安局院子里转了好几圈，纠结了一阵子，觉得还是应该把刘东来的事儿给一把手汇报一下。

陈局长上任以来，只要晚上有行动，他肯定在办公室值守，随时听取汇报，下达指示。

他敲了门，刚进了陈局长的办公室，就听到有人喊道，钟大指导员回来了，刚才好威风呀！

竟然是刘东来！正坐在陈局长办公桌对面的椅子上，冲他微笑。

他吓了一跳，问，你……你是怎么跑出来的？

陈局长笑了笑说，没有提前告诉你，今天晚上，刘局是卧底，是配合你们行动的，要不，你怎么会抓得这么准？

钟方格恍然大悟，心里的一块石头总算落了地。

他不好意思地对刘东来说，刘局，对不起，我怎么也想不到，这么个小案子，您会亲自去卧底。

陈局长哈哈大笑了两声说，刘局可不是专门为了去做卧底，主要地，是对你进行了一场特殊考察呀！

钟方格的汗都要下来了，今晚的行动，竟然包含着对自己的考察，好悬呀……

陈局长过来，拍了拍他的肩膀说，方格同志，我知道你以前受到过不公正的待遇，所以我想了解一下，你经历了那一次不公处理之后，还有没有保留那一颗初心。

刘东来过来，紧紧握住他的手说，方格老弟，谢谢你，你给我们递交了一份合格的答卷。

钟方格心情骤然舒朗起来，他大着胆子问，领导，那这次竞争上岗，什么时候开始？

陈局长和刘东来相视一笑，几乎同时说，已经结束了，钟方格同志，祝贺你！

三砖砚小筑与三十砚轩

凌鼎年

陆少贤的祖上是清道光年间的状元。陆状元曾官至巡查御史，是著名金石学家。他在任时，去过陕西、山西、河南等多个地方，收集了几百块铜雀台等秦汉建筑的老砖古砖，运回了老家娄城，后精选三百块品相好的，请制砚师傅雕刻为砖砚，自题书斋为"三百砖砚斋"，这成了他一生最大的财产。陆状元驾鹤西游前有遗训："子孙毋忘读书，后代务重勤廉！忘此违此，非我陆氏子孙也！"

一晃，快两百年过去了，陆氏子孙成了娄城唯一没有败落的望姓大族。翻翻家谱，有为官的，有经商的，有从事科研的，有从事教育的，人才济济，名人辈出。

陆少贤是状元的嫡系，1949 年东吴大学历史系毕业，晚年练练书法，自得其乐。到了 20 世纪 90 年代初，他应政协文史委的邀约，开始写写娄城的文史文章。发了若干篇后，有了点小名气，有人告诉他娄城有他祖上的汉砖砚。陆少贤就用自己的书法作品换了三块，抚摸着祖上的遗物，他感慨万千。兴奋之余，用隶书体自题"三砖砚小筑"。

你想想，一两百年过去了，还能觅到三块汉砖砚，再怎么说也是值得庆贺的，那晚，陆少贤很难得地喝了两杯当地黄酒。

新千年后，陆少贤的小儿子陆韶山从部队转业回到娄城，进了机关，先是某局办公室副主任，再副局长，再局长，仕途挺顺的。可能受了他老爸的影响，也可能是骨子里的遗传基因起了作用，他喜欢上了收藏，他发誓收藏的汉砖砚要超过老爸。他对老爸说，哪天我集满九块，就请你题写"九砚轩"，陆少贤一口答应。

陆韶山从部队回到娄城十年了，娄城与娄城周边的古玩商都知道陆局在收汉砖砚，有消息会第一时间告诉他。可即便许诺重金收买，尽管费尽心思，也只觅到七块，还差两块，所以他的"九砚轩"迟迟没有题写。

三年前，陆韶山被任命为娄城的组织部长。这职务很忙，他也没有心思再到古玩市场去淘货，去捡漏了。

去年，陆少贤九十大寿，陆韶山的贺礼竟然是一方品相甚好的汉砖砚，装在一个考究的锦缎面的盒子里。

陆少贤笑得像孩子似的，说知我者，韶山也！

家宴后，陆韶山提出让老爷子题写书斋匾额。

陆少贤说，不嫌你老爸手抖，字丑，一定题写。放心，"九砚轩"这三个字我已烂熟于心，早想题了。

陆韶山很骄傲地说，爸，是"三十砖砚轩"！

啥？你觅到了三十方汉砖砚了？陆少贤大吃一惊，几乎不相信自己的耳朵。

对，三十方。一块不差，都是货真价实的老货，都是祖上的遗物。这点眼力我还是有的。陆韶山很肯定。

这书斋匾额我不能题，不能题。陆少贤脸色沉重了起来。

为什么？陆韶山不解地问。

陆少贤把几个子女都叫到跟前，语重心长地说，我，在这老娄城，人脉关系不比你差吧，这么多年，只觅到祖上三块汉砖砚。你转业到娄城十年的时间了，当副局长、局长也多年，算是钻天打洞，也就觅到七块。现在你出任组织部长才两年，一下子有了三十块汉砖砚。你说说看，正常吗？你还记得祖上的遗训吗？

被老爷子这么一说，陆韶山额头上汗都渗了出来，意识到了问题的严重性。

大约十天后，市博物馆收到了陆韶山的无偿捐赠，整整三十块汉砖砚，博物馆馆长激动地说，宝贝啊！我一定搞个隆重的捐赠仪式。

陆韶山摆摆手说，请无论如何不要说是我捐赠的，也不要搞任何仪式，更不要报道。切记切记！

前不久，陆少贤感觉到身子骨一天不如一天了，他把陆韶山叫到病床前，一字一句地说道，长命百岁是一种美好的祝愿，我要哪里来哪里去了。我颇感安慰的是你让我可以堂堂正正地去见列祖列宗了。为父一生平平淡淡，没有房产没有钱财留给你，这个三砖砚小筑的匾额就传给你了，这三方汉砖砚一并给你，也算名副其实。

爸，谢谢！

不，爸要谢谢你，要不我还真不知咋去见列祖列宗呢！

陆少贤仙逝的时候，嘴角是带着微笑的。

自低调捐赠后，陆韶山的心里也轻松了许多。

老街大脚

刘建超

大脚的脚有多大？哈，没有你想象的那么大。

老街正值酷暑的午后，太阳很毒，阳光下站立两分钟，头皮都被燎得发烫。往日拥挤嘈杂的街道，被热浪清洗得稀疏安静，只有树上的蝉不知好歹地聒噪着，倒把街道衬托得越发幽静。此时的老街人大都在歇晌，门面生意只留个看店的伙计招呼，看店的伙计也是有一搭没一搭地垂着头犯瞌睡。

几个生意人走进了霍家的门店。店面里没有见到人，只看到了柜台上跷着一双大脚。客人也是好玩笑，就脱下自己的鞋子，往柜台上的脚丫子上套，居然套不上。

干吗？脚丫子收回去，露出一个女孩子睡眼惺忪的圆脸。

娘，有生意了。女孩叫了一声，光着脚丫子跑进后院。

几个客人惊呼道，好一双大脚啊。

客人沿街一说道，霍大脚就出了名。

霍大脚不仅是脚大，还一年四季总是光着脚丫在老街跑，天寒地冻三九天，也是被大人逼着才穿一双布单鞋，都说霍大脚这孩子火气盛，扛冻。

霍大脚到了上学的年龄，家人把她送进了学校。

大脚上课很是认真，背着手，腰板直挺挺的，一双大眼睛眨都不眨地盯着老师看，看得老师心里都发毛。可是，大脚认真得什么都学不会。

大脚说，我听老师讲了，我都听了，就是听不懂啊。

于是，大脚的座位就一次一次往后挪，挪到了最后一排。

坐在最后一排的大脚，上课依旧很是认真，背着手，腰板直挺挺的，一双大眼睛眨都不眨地盯着老师看。

有同学说，你啥都不会，上课还装样子啊。

大脚说，我做到了认真听讲啊。

大脚学习不好，也不招同学们待见，下课了愿意和她一起玩的同学也不多。

大脚最风光的时候就是学校开运动会，只要有跑的项目，大脚都是光着脚丫子一路领先。班里的同学齐声为她呐喊，大脚第一个冲过终点线，同学围着她又喊又跳，给她擦汗送水，大脚觉得自己也就和公主差不多了。有的同学写周记，还形容说大脚在操场上那两只大脚片子，忽闪忽闪地像白蝴蝶在飞舞，大脚乐得满脸生花。

学校运动会热闹两天，大脚又进入认真盯着老师啥也听不进去的状态。大脚把日子熬到初中毕业，对家里人说，我也别去学校折磨老师了，在家里帮着你们看店吧。

大脚不去学校了，心里还是惦记着学校。每到放学的点，她就会站在店门口，招呼以前的同班同学来店里玩，把店里好吃的东西拿给同学吃，听他们讲学校里的事情。有时同学说，学校又开运动会了，大家可怀念大脚在运动场上的飒爽风采了。大脚就开心地乐，两只大脚丫子左右摇摆，像舞动的蝴蝶。

大脚二十岁那年，才情窦初开，她看上了开水果店的湘子。

恋爱的大脚也穿鞋了，有事没事地就往水果店跑，帮着人家搬运货物，招呼生意。

湘子对大脚没意见，有力气能干活就中。湘子的妈妈不愿意，咋说湘子也是个大专毕业，有文化的人。那大脚高中都没有上，配不上湘子。

大脚不看湘子妈妈的脸色，只要湘子愿意，大脚有空就去找湘子腻歪。

八月十五中秋节，天很净，月很圆。大脚和湘子在湘子家的小院里，依偎在月光下浪漫着。突然，湘子妈妈在屋里哎哟哎哟地呻吟，她的心口疼病犯了。

湘子慌了，打电话叫120。

大脚说，老街街道恁窄，街上都是逛街看月亮的人，救护车咋能开过来？

湘子急得转圈，那咋办，那咋办啊？

大脚左右鞋跟一踩，布鞋甩到一边，背啊！

大脚背起湘子妈妈，在老街的青石板路上疾走，嘴里还呼唤着路人，借光借光啊，让让，让让。

大脚把湘子妈妈送到医院，医生说，送得及时。

湘子妈妈拉着大脚的手说，我伏在大脚宽厚的背上，听着她踩在石板路上的脚步声，我就知道了，我遇到了个好姑娘，好媳妇啊。

老街居委会设了个联防治安巡逻组，大脚是头一个治安员。

大脚可神气了，戴着个红袖箍，走家串巷从早到晚就不识闲，晚上到家给婆婆烧水洗脚按肩揉腿。婆婆说，大脚啊，你整天地忙乎，不知道累啊。

大脚笑着说，娘，力气用不完啊。整天这样忙乎着，我心里可得劲了。

老街牡丹盛开的时节，各地来老街游玩的人也多了。那日晌午，随着一阵惊呼，一个得手的窃贼起身逃窜。大脚发现了，起身拦截，盗贼冲开大脚的双臂，沿街飞奔。

大脚左右鞋跟一踩，把布鞋甩到一边，说，跑不了你！抬腿就追。

无论窃贼怎么跑，身后总是有大脚啪嗒啪嗒的脚步声，直追得窃贼怀疑人生啊。

窃贼也跑不动了，索性钻进了街边的男厕所。

大脚脚步不停，也跟进了男厕所，一把攥住了喘着粗气翻着白眼的窃贼。

厕所里方便的男人见进来个女人，都慌乱地惊叫提裤子。

大脚一手抓着贼，一手朝男人摆着，你们忙你们的啊。

老街就有了一句俗语：大脚抓贼，各忙各的。

双雄记

申　平

20 世纪 70 年代，我们这一带山里，还有野狼出没。

起初，野狼还知道躲避人类。可是随着山上树木和野兽数量的不断减少，渐渐地，野狼开始向人类的地盘发动进攻了。

小五子这天上山去放驴，青天白日的，几只饿狼竟然把他的驴放倒吃掉了。要不是小五子逃得快，他也差点成了狼的美餐。村中一时谈狼色变。

却有一个人拍案而起，他就是有名的周大胆。

周大胆当时 40 多岁，一米八的个头，虎背熊腰。他依仗自己小时候练过几天拳脚，经常独自进山去打猎。现在一听说有狼，他不但不怕，反而显得很兴奋。他对村里人说："狼有什么可怕！明天我去山里会会它们。老子只带一条扁担，就叫它们望风而逃。"

第二天，周大胆要小五子赶着他家的毛驴带路，他真的只带了一条扁担，威风凛凛朝山里走去。到了狼吃驴的地方，周大胆让小五子安心放驴，他却头枕扁担，躺在树下睡觉。小五子害怕，不断喊他，他就骂："看你那熊样，不怪狼敢欺负你！有我在，它们来了你就喊一声，怕个球啊！"骂完他继续睡觉。

过了一会儿，小五子真的喊起来："狼来了！"周大胆就像触电似的，腾的一下就从地上蹦起来，随着大吼了一声："哪里走，爷爷来也！"这时候他才看清，对面的树林里钻出了四五只狼。它们显然就是昨天的凶手，有的嘴巴上还挂着血迹。听见人吼，它们一齐停下脚步，朝这边张望。其中一只狼突然把嘴巴伸向天空，发出了一声凄厉的嗥叫，好像在回应周大胆的吼声。周大胆说了声："小五子，你管好驴！"便提起扁担，大踏步朝野狼冲去。

周大胆走得是那么沉着冷静，雄赳赳、气昂昂，仿佛身后跟着千军万马。野狼从来没看见过这么胆大的人，很快被震慑住了，纷纷掉头朝树林里逃窜。只有一只狼原地不动，它就是刚才嗥叫的那只狼。它居然蹲坐在地上，目露凶光盯着周大胆，显然也想把他吓退。

近了，更近了，狼和人的眼睛紧紧胶着在一起。在只差十多步的时候，那只狼才起身逃跑了。但是它跑跑停停，还不断扭头看着周大胆。这显然是只头狼，个头大，身体壮，周大胆看出了它眼神里的讥笑："来呀，你敢来吗？"周大胆突发一声喊，高举扁担就追了上去。头狼也马上奔跑起来，后腿一颠一颠地装瘸。一直追到一片林间空地上，头狼不跑了，转过身来跟他对峙。

人狼大战一开始，周大胆就后悔没带铁棍或者劈斧来。如果那样，三下几下就会解决战斗。扁担太宽，打在狼身上缺少杀伤力。头狼信心大增，一跳两三米高，嗖嗖地从周大胆头顶上往过蹿，每蹿一次就往他身上撒一股尿，搞得他全身臊臭。周大胆气急败坏，东扑西打，扁担不是打空就是没使上劲，只一会工夫，就气喘吁吁的了。头狼见时机成熟，突然一口咬住了他的扁担，就像拔河一样和他抢夺起来。头狼的劲头好大，猛一用力，周大胆的扁担竟然脱手，头狼叼起来就跑，放到老远的地方又反身跑回来……

这当儿，周大胆生平第一次知道啥叫害怕。一个人徒手跟狼干，十有八九都会完蛋。惶急中他看见地上有块石头，赶紧就把它捡到手里。这时头狼已经冲来，它将身跃起，张开血盆大口，直取他的咽喉，周大胆眼看命在旦夕！就在千钧一发的时刻，周大胆扎稳马步，突然出手，把手里的石头狠狠塞入狼口，再一用力，竟送入喉咙。头狼怎么也没有料到周大胆会来这一手，立刻倒地翻滚。周大胆猛扑上去，双手死死扼住狼的脖子，任凭它的爪子抓烂他的衣服和身体，他也绝不松手。不知过了多久，直到小五子带着村民赶来，周大胆依然骑在狼的身上，两手卡着狼脖子不松开，那只头狼呢，早已气绝身亡了。

大家抬上死狼，也抬上气息奄奄的周大胆回村。周大胆立刻成了人人敬畏的打狼英雄，但他却一病不起。一个月后，他就在用头狼皮做成的褥子上撒手人寰。有人说他是被狼吓死的，也有人说他是被狼抓伤中毒而死的。

反正结果就是这样：人狼两败俱伤。

一种习惯

谢志强

上海青年刘国萍，瘦瘦的身，圆圆的脸，戴着一副近视眼镜，梳着两条小辫子。到连队不久，老职工就在背地里称她"小苹果"，而且是"国光"苹果。

刘国萍走路是轻轻地走，说话是轻轻地说，微笑是浅浅地笑，好像是怕惊动什么似的。连队的妇女说刘国萍像沙漠吹来的风，而且是稻子成熟时节吹来的风。

她白白的脸，像贫血，更加衬托出她的体弱和单薄。沙漠地带的太阳很毒，可是，对她无力，至多，把她晒得白里透红，如同秋天的红苹果。

秋天，收割稻子，收割的方式是上海青年一人分十多行，两米宽幅，并排推进。老职工则是有定额，分地块，原地"打转转"。

每个人都割固定的宽幅，一步一步"向前进"。农场的条田统一规划，长一千米，宽八百米。"向前进"，就是前进一千米。起先，刘国萍割倒一片，忍不住抬头远望，地尽头是那么遥远。沙漠刮来的微风，吹过金黄色的稻穗，近处是沉甸甸的稻穗，含羞地勾着头；远处，是层层的稻浪，一波一波，波向远处的林带，林带犹如绿色的大坝。

排长教她：少抬头，闷头割。因为抬头就失却信心，总觉得尽头是那么遥远。

往后看，一捆稻子躺在稻茬上边，像剃了头发。渐渐，她发现两边没了人影，原来在"同一起跑线"上的他们已跑到前边去了，倒是留下她未割的长条形稻子，凭空筑起一道坝那样。

半晌午休息一刻钟，大家都坐或躺在稻浪中，她仍弯着腰，一手搂一束，一手割一镰。眼见要追上，可是，稻坝也拉长了。她甚至想象自己在稻坝上走，不远处，几只麻雀像从稻浪中潜出，叽叽喳喳飞向天空。

她发现，稻坝变窄了，前边一起来的上海青年，顺手把她的几行带走。可是，她还是赶不上去。一只手搂，一只手割，已放弃了思考，两只手机械地动着。她想象自己是一台小型"康拜因"。

连长要"康拜因"歇着，发挥"人海战术"，人定胜天。刘国萍不明白其中的道理，她想象全连二百多名职工，相当于人工的小型"康拜因"，跟机械的大型"康拜因"比试，显示出人的力量。

不知是昨天，今天，还是明天，刘国萍已没了时间概念。她只记得到了条田的尽头，原来的起点那么遥远，连队的拖拉机、马车，正在装他们割倒的稻子。

她听见林带前的笑声、说话声，那是割到尽头的人在休息的声音。她割到了尽头，别人休息够了，又返回（同样的宽幅），仿佛又在起跑线上了。她立刻加入了割稻的行列。

条田，如同一个田径场，起点，终点，不断交替，来来回回……她的手掌，已磨起了血泡，缠着手绢，两根辫子也束起……日出日落，每一天都做同样的动作摆同样的姿势。偶尔，她的灵魂，像飞出稻浪的麻雀，俯瞰割稻的她。寝室里，躺倒入睡；稻田里，转身割稻。甚至，梦中，她也在割稻，还有另一个她在监督她，像啦啦队。有一次，割稻的她要求呼喊的她，说：找把镰刀一起割呀。手里的镰刀竟生出一把镰刀，飞到呼喊的她的手里。

秋收尾声，大概是最后一天，她晕倒了。于是，连长安排她到连队的小学当老师。她的板书，像一行行稻子，一堂课下来，板书够她割稻的宽幅；一排排字的间隔，符合水稻的行距。

刘国萍跟其他老师不一样。她讲课，不固定在讲台前，而是在学生的三排课桌间走动，走到教室后边的"学习园地"，墙报，停一下，然后，沿着课桌间的走道，如割稻，到了尽头返回到了讲台，又停下板书，再走。

顽皮的学生转过脸，目光会随着她，到达"学习园地"，然后，再追随她，返回讲台。但大多数学生，像老师那样，看着书，朗读。她偶尔看一眼转脸的学生，学生立刻转向课本。有时，她欲板书，发现是"学习园地"，不过，这个欲板书的动作学生没注意。

教室里，前走后，后走前，她这样来回走动，仿佛取消了前前后后的区别，唯一不同的一点，就是板书，明确了前后，因为黑板在前，学生坐的朝向对着黑板。她的手里总是夹着一支粉笔。一堂课下来，她来来回回，不知走了多少路，假如拉直了，不知走了多远。

这种不停地来回走着讲课，学生把这个情况说出去，很快传到了同一批来的上海青年耳中。

大家羡慕她，说：大田里干活，你还没干够呀？

连长听了儿子的形容，特意在窗外观察刘国萍讲课。下课，刘国萍出教室。

连长笑着说：广阔天地大有作为，你把割稻的那一套也带进教室了。

刘国萍顿时意识到了，脸像秋天的苹果，红了，说：大概是……一种习惯吧？

连长说：这样好，身在教室，胸怀农场，放眼世界，你教的学生可是军垦第二代呀。

刘国萍抿嘴笑，说：连长，你把我说大了，我没那么大。

两盆花

徐慧芬

　　他来到一家花店，盯着两盆一模一样的花，停住了脚步。

　　先生，想买花吗？这两盆花可好？店主问他。

　　他知道这是一种非常名贵的花，价格不菲。他看了好一会儿问店主：我有点奇怪，这两盆花为什么会长得完全一样呢？花的形态，颜色的深浅，都没有一点差别啊。

　　差别还是有的，卖花人笑起来说，你再仔细看看。

　　我真的看不出有什么区别啊，倒像是一个模子里出来的。

　　那么先生想要哪一盆呢？您选定了，我就告诉您两盆花的区别。

　　还是请你帮我选一盆吧，我真不知道挑哪盆好。

　　谢谢您信任我，那我就说给您听。这两盆花表面上看起来完全一样，其实一盆是真花，一盆是假花。

　　啊！他惊呼起来。假花竟能如此乱真，太能蒙人了！

　　是的，这盆假花就是按照这盆真花的模样打造的。

　　那么你出售它们的价钱是否一样呢？他又问。

　　这是名贵的花啊，照理讲，真花应该卖得比假花贵，但是这盆假花，从制作者在它身上花费的人工成本来讲，也许它比真花更有价值。现在您无论想买哪一盆，我给出的价钱是一样的。

　　你出这么个大价钱，我总不见得买一盆假花吧？无论怎样，真花的价值总是大于假花，再说两盆花再怎样相像，总是有区别的，我现在闻了一下，真花有香味，而这盆假花就没有。

　　嗯，您说得有道理，但是您要知道，既然假花能乱真，我们也有办法让它发出香气。店主拿出一瓶药水，拧开盖子让他闻，他把鼻子凑上去，果然香气逼人，和真花所发出的香味一样，甚至更浓烈。店主又说，您如果买了这盆假花，可以把这个药水灌在喷壶里，一个星期往花上面喷洒一次，等这瓶药水全部洒完了，它的香味就会固化在花上，再也不会散去。

他还是有点吃不准，该买真花还是假花。店主说，我跟你分析一下吧。真花的价值在于真，但是真花要人伺候，要给它浇水施肥，还要保持一定的温度湿度，这都要花心思打理，如果打理不好，它就会离你而去。再说有生命的东西总是有寿命的，而这盆假花，你就不需要多加关照，它始终会给你一副好面孔。如此逼真的假花，放在家里，你如果不说，别人又哪里会知道是假的呢。

考虑再三，最后他把假花抱回了家。果然，这盆价格不菲的假花骗住了亲朋好友的眼睛，并受到了大家的称赞。他开心极了，觉得自己的选择真没错，他越来越喜欢这盆假花了，就把它搬到自己的书房里，一人独享起来。

过了一段时间，他鼻子开始丧失嗅觉，香的臭的都闻不出来，吃了好多药也不见好。他苦恼极了，后来有人提醒他，家里有没有什么过敏原？他开始想到了这盆假花，想到了喷洒上去的香味儿。于是他采取了措施，把这盆花用袋子密封好，放到了地下储存室里。想不到离开了这盆花之后，他竟慢慢恢复了嗅觉。

由此他悟到，世上凡是能骗人的东西，往往会打扮得让你动心，如果没有一颗警惕的心，就容易中招，他感叹自己没有守住求真的初心。那么，这盆花了大价钱买来的假花，是否马上扔掉呢？他还一时下不了决心，因为他曾经在它身上付出过真心。

成名之路

庞　滟

　　南方霏霏小雨落到地上，汇成 L 艺术家心中流淌的爱河——承诺帮他一举成名的 M 美女主播就住在眼前的月亮小镇里。她甜美的声音如叮咚泉水，热烈地奔流在他的血液中。

　　此时的 L 艺术家，对北方朝阳小城的前妻和那些纠缠他的女人们愈加唾弃。认为她们都阻碍了自己飞黄腾达——没有独特的创作方式，他如日中天的艺术将会慢慢枯萎掉。他要趁自己未衰老前一鸣惊人——出走前，他裸着涂满颜料的身子在大街小巷为艺术奔跑呼喊。小城日报很快刊载了一篇报道，标题是：绘画艺术家裸奔，离家出走闯南方。他的出走被小城文艺界和媒体圈炒得热火朝天——这也是 M 主播设计他成名的方案之一。

　　撑一把紫丁香色油纸伞的红衣姑娘，凝眸 L 艺术家的牛仔帽款款走来。他闭上眼睛张开双臂，沉醉深吸飘来的香气，等待网上热恋的 M 美女入怀——一串水珠飞落到他脸上，吃吃的笑声一闪而过，他如梦方醒。M 主播的到来比约定时间晚了将近一个小时。

　　"哈喽，亲爱的 L 艺术家，终于把你盼来啦！"又一个撑丁香油纸伞的绿衣姑娘，一边叫喊着，一边向他奔来。

　　L 艺术家的脸绿了。经过一再确认无误后，他简直要疯掉了——都是美颜相机害了他。M 主播与照片判若两人——厚厚的脂粉遮不住满脸的雀斑，干瘦的身材一点儿也不性感。他有些沮丧，净身出户的他没勇气再打道回府，跟随 M 主播上了她的吊脚楼，又一起上了床，不是秀色也饥肠辘辘地享用了。

　　L 艺术家按照 M 主播设计的成名方案开始一步一步实施。很快，他在南方的一些媒体上被炒作起来。他的画被标注上不菲的价格。虽然卖出去的不多，但前来拜访的各界人士却络绎不绝。其中不乏或鲜嫩或风骚的文艺女青年——让 L 艺术家躁动的春心蠢蠢欲动。他拈花惹草的目的还未来得及实现，就被 M 主播锁在小楼里，雕刻不断运来的冰冷石头。他不敢像对前妻那样对这个女人使用暴力，也不敢再抗议。M主播在这个小镇及小城的三教九流中是"大姐大"，早已让他尝到心狠手辣的威力和苦头。

最让L艺术家不能接受的是：M主播让他使用怪诞美术手法绘画——这不是他喜欢的风格。他大声反抗："怪诞美术适合精神有问题的画家，除非我疯了才能画出来！"M主播哈哈大笑着，目光冷得像刀锋，一字一顿地对他说："我会让你疯狂的！"她引诱他去酗酒、吸毒，她说意大利大画家莫迪利亚尼就是在这两样东西作用下，画出了震惊世界的经典大作品。

L艺术家在酒精和毒品的驾驭下，彻底沦陷了——他被M主播戴上了重犯才用的沉重镣铐，每天在她的指挥下，不停地画画，不停地雕刻一院子的石头雕像。

终于，L艺术家被炒作成了名家——他在南方夜以继日的创作事迹飞遍了全国各地，包括他的家乡朝阳小城。他对着无数采访镜头，泪流满面地说，为了激发奇异创作潜能，他给自己戴上了镣铐，他要做中国式凡·高，一定要创作出绝世惊天大作。

M主播把来自全国各地一拨又一拨的记者挡在了门外，代他回复记者，说L艺术家需要安静的环境创作更多惊天大作，这都是她作为伯乐把他策划成为名家的。M主播也很快被这些媒体炒红了。

抑郁的L艺术家在南方的连绵阴雨中，思念着北方清爽的艳阳高照。他多次出逃未遂，整天痴言乱语，一副癫狂的样子。M主播每次都是声音甜美地对他说："我不会放你走的，你是我培育成功的名家试验品。"

L艺术家不断从喧嚣的幻想天空跌落到尘埃里——不停地到处乱画，不停地在一院子的石头上乱刻。他无法再安静下来，像西绪福斯一样疯狂躁动，毫无章法地到处乱画，乱刻……

一天，月亮小镇出现了一个披头散发戴着镣铐到处乱跑的疯子，一手攥着一把画笔，一手攥着石头，大声叫喊着："我是世界造物主宙斯，我是大画家凡·高，快来买我的画，我的石头啊……"

后来，人们看到L艺术家漂浮在月亮湖上，他手里还紧紧攥着那把画笔。

对于L艺术家的英年早逝，各地媒体都在铺天盖地地报道，标题内容大都是"伟大的艺术家戴着镣铐跳舞，为艺术献身"等等。

　　M 主播开始拍卖 L 艺术家留下的雕像和绘画作品，很快就被抢购一空。小镇的人又都跑到艺术家自杀的湖边，打捞他扔下去的雕刻石头和那副锁他的镣铐。

　　L 艺术家终于成了从江南至东北家喻户晓的名人。每个人都在扼腕叹息他的逝去，都在等待 L 艺术家的作品像凡·高一样天价升值的那一天。

　　没多久，又一个渴望成名的年轻艺术家成了 M 女主播的猎物。

谁是我们的朋友

申 弓

打出这个标题，让人想起一位伟人的一篇著名论断：谁是我们的朋友，谁是我们的敌人，这个问题是革命的首要问题。不过，我不是什么伟人，不会做深刻的社会阶级分析，也不想在这里奢谈革命，我只想在这里说说我们纯粹的朋友。

朋 友

李春当上了局长。

当上了局长的李春，让人产生了许多的想法。

刘南就首先想到了他。

刘南是李春的朋友。刘南自小就同李春一起长大，儿时同李春一起到坡上放牛，到河里摸虾，到山里去捉鹧鸪，又一起入学读书，只是李春比刘南聪明得多，正所谓是"细时觅（粤语，怎么样）大时觅"，这不，李春都当上局长了，刘南还是一普通兵。

普通兵不打紧，偏偏他所在的工厂也不景气，第一批下岗工人名单中就有了他。并且他老婆比他还提前半年多待业在家了。两个能打得死老虎的人待在家里，这么下去，怎么是好？最近听说某公司要招收一名财务人员，这个公司是个国企，正好又是李春局长管着的，刘南便觉得有了一线希望。想着同李春的这种密切关系，便自告奋勇去找李春。

进了门，正遇上李春一家人吃饭，没说的，刘南便不由分说地被按在饭桌边坐了下来。虽然刘南一个劲地说自己已经吃过了，却推不过这一家人的热情，端起的碗里，被一家夹来的菜肴顶成了塔尖模样。

刘南是越吃越激动，越吃越觉得他们之间的亲密。可吃完饭，当刘南一提出安排老婆做事的事，李春便一口回绝了：那是不可能的，再另想办法吧，相信天无绝人之路！

好你个李春，我还有什么办法好想的？刘南气呼呼地走了：当了官就不认人了！

不是朋友

城北有个林青，也与李春一般年纪，可他们开始并不认识，是消息公布李春当了局长，林青才知道这个城里有个叫李春的人，而且还是分管他们的局长。

林青所在的企业也不景气，只是他的境况要比刘南好。林青是两年前便出来自己干了。那时提倡下海，林青牵头成立了一家贸易公司，生意做得也算红火，虽然不能成为首富，可也比上班时宽余。只是他老婆最近也下了岗。下岗便下岗吧，凭我一个公司的老总，养个老婆还不行？不想他是想错了，他的老婆是个挺要强的人，每天在家里闲着没事，见着他就闹着要做工，要上班，吵得他心好烦。林青也听说某国企公司要招收一名财务人员，林青自然也想到了自己的老婆合适这个岗位。

林青来找到了李春，向林春表达了这个意思。

李春看了看林青，说，这么着吧，你先将你老婆的简历送来。

林青一看有戏，便回家连夜拟好了一份简历，和着三瓶茅台酒两条大中华一个微波炉送到了李春的家里。

李春看过简历说，不要客气，我明天带到局里跟其他同志研究研究吧。

可一研究就是半个月。见没消息，林青便又主动上门，请了李春及局里的三位副局长和一位秘书两位科长，上了鸿宾楼吃喝跳，完后打保龄球加桑拿泡足，闹了半夜，耗费了三千多。

送林青出来，所得的答复是：你回去叫你夫人做好准备，后天到局里来面试答辩。

还要经过这么复杂的程序吗？

要哦，到今天为止，报名的已超过了一百人，只能是公开答辩再择优录用了。

完了。林青知道他那老婆的底细，小学还没上完，又怎么能在一百多人中脱颖而出呢。这个李春，白白地让我绕了一圈，你要是一开始就说不行不就结了吗？

如 果

袁炳发

这是一件旧事，那时我刚三十岁，爸妈都还健在。

那时，常听爸妈唠叨："当初是因为你，才把大你三岁的姐姐送给了别人。"

我就不服气地问爸妈："为什么非得是因为我，而不是因为别的什么呢？"

妈听后，思绪仿佛沉入遥想之中，眼里涌上一层泪花，说："那时候，闹灾荒收成不好，没有粮食，大家都挨饿。为了少一个和你争食的，保住你的命，袁家后嗣有人，我和你爸一商量，一狠心就把你姐姐送给了别人。"

听了妈的话，我完全明白了爸妈的初心，因为我是儿子，能延续家族的香火，他们便把我留了下来。

因此，在我长大成年以后的岁月里，我几乎是背着沉重的感情债过日子，内心里有许多对姐姐的歉疚与不安。

因此，我想靠自己的努力，找回大我三岁的姐姐。

我问爸妈："姐姐当时送给了谁家，你们现在还记得吗？"

爸爸说："记得还好了。我是在车站里把你姐姐送给了外地的一对青年夫妇的。"

爸爸说完，妈妈就在一旁流泪。

妈说："当初我们的想法怎么那么傻呢？"

爸说："就是，其实不把你姐姐送给别人，也不至于都饿死呀！"

我说："爸妈，事情都过去三十多年了，别后那个悔了。"

我常固执地认为世上不存在什么难事，就看用不用心，只要努力用心总会找到我的姐姐。因此，每次出差的时候，在车上或旅馆里，我总要对三十多岁左右的女人特别留心，也特别愿意和她们闲聊，没准就能聊出许多意外的话题来。

一次，我从外地出差回小城。在火车上，坐在我对面的是一位三十多岁的女人。当女人的那双很美的大眼睛不经意地看了我一眼后，我的大脑神经就很特别地跳动了一下。

这个女人看上去很文静，她在读一本书，眼睛时不时地看看车窗外。

说不清的原因，从看到这女人的第一眼起，我就对这女人感到特别亲切。我总觉得她的那双大眼睛，很像我妈妈。

我试探着和女人搭话闲聊。

在我和这位女人聊了很多的话题以后，我就投石问路，说："大姐，您的父母真有福气，养了您这样优秀的女儿。"

谁知，女人听后，脸就一下变得阴沉起来，说："我是被父母抛弃的，到现在也不知道自己的父母是谁。"

听后，我的心脏加速跳动，便急急地问："大姐，您的生父是姓——"

女人看我一眼后，挺平静地说："我生父姓刘。关于生父，我仅知道这个姓，其他一概不知。"女人说完，就抬头看着车窗外。

我的心一下凉下来，心中刚刚升起的那一点希望瞬间便熄灭了。

车到一个小站，女人背起她拿的行李包，对我说："老弟，我下车了，再见！"

我点点头："再见。"

还未等女人走出车厢，我竟也莫名其妙地背起行李包下车。

女人回头看见我，就挺吃惊地问："你不是终点站下车吗？怎么在这个站下了？"

我说："我也不知道为什么下车，突然间有了想下车的念头。"

女人听后咯咯地笑，说："你这老弟怪有意思的。"

其实，我中途下车纯粹是为了这位女人。我就觉得这位女人和我或者我的父母应该有一些故事的。

很快，我和这位女人并肩走出了站台。出站口的人群中，一个脖子上挂着一条金链子、脸上长着络腮大胡子的男人，挺着肥大的肚子，急急地奔我身边的这位女人走来。

近了女人前，大胡子男人打了一个响指，竟在众目睽睽之下"叭"的一声亲了一下女人的脸蛋，还说："宝贝，可把你等来了！"

大胡子男人又问："到这来你怎么和你丈夫说的？"

女人回答说："我骗他说出差开会。"

大胡子男人听后就哈哈大笑，还嚷："真他妈开心！"

大胡子男人和这女人勾肩搭背地走了。

我的脚步停了下来。看着他们走在阳光中歪歪斜斜的影子，听着他们低一声高一声的怪笑，我的心酸楚起来。

当天，我乘了下个班次车回到小城。到家后，我便把火车上那个女人的事情讲给了爸妈听。

爸妈听后一起说："不可能是你姐。哪会有这么巧合的事？！"

我说："如果她真是我姐呢？你们认不认？"

爸妈听后又一起说："如果——如果——咱家不可能有那种人！"他们一起摇头。

我觉得爸妈很好笑。

在我叙述这个故事的时候，已经是近三十年以后了，是把世事看得都很开的年龄了，突然间便懂得了爸妈当时的摇头，是代表着他们那一代人的人生经验。

普通人

安石榴

老王有两个儿子。两个儿子不太一样。王一高壮，大脸盘，大骨架，大高个。老王有时候盯着王一看，不错眼珠好一会儿，哈哈大笑，说：你这也太不藏事儿了是吧？明晃晃全长身上啦！这里面有个小故事。老王老婆在居委会被服厂工作，一个工作间十几个女人，想想吧，每个女人一台缝纫机，叽叽喳喳，嗒嗒嗒嗒，场面相当火爆。王一小学五年级那年暑假的一天午后，找妈妈来了，说饿。女人们就全停了机器静静观察。王一妈妈还没开口，女人们轰的一声，七嘴八舌嚷嚷开了，让王一去吃烤饼。王一妈妈本来想赶走他，中午吃过饭了嘛。可女人们一呛呛，她就不好意思了，只好拿出一元钱，告诉王一买五个烤饼（两毛钱一个）。她这样想的，王一吃两个，剩下三个，晚上父子三人一人一个正好。王一转身出去捧着五个香喷喷的烤饼又回来了，坐在工作间一把闲置的椅子上开吃，几口一个，几口一个，五个全干掉啦！

王二清清秀秀的。有一张兄弟二人小时候的合照，王二穿着小连衣裙，扎两只冲天小羊角辫儿，美美的一枚小姑娘——必是老王两口子喜欢的样子。可长大了，一点儿女人气没有，有一段时间也总是爱问那句著名的话：你瞅啥？

看起来兄弟二人差异很大，其实也有相同之处。比如，街上忽然传来打斗声，只要一个不在，另一个必定停下自己的事情，哪怕正在蹲厕，立马恶虎一样冲出去，并不问青红皂白。这个例子可能举得不好，可它是事实。普通人有一套自己的活法，这时候通行的教科书没用了，虽然它是正确的知识，然而没用了。两兄弟就这样长大，各自先成家，后下岗，分别去当临时工，轮流照顾生病的父母。然后，到了 1991 年，他们安葬了父亲，2018 年秋天，他们决定将母亲和父亲合葬。

现在，老王的房子王一住着。他有辆工具车，N 手金杯。王一把车开到楼下，王二就捧着母亲的骨灰盒下来了。恰巧遇到要上楼的老张。老张从前和老王一个国营大厂，干同一工种，电工。老王六级，老张八级。老张一直压着老王半头。老张没事儿爱挤对老王：怎么样？你得服哇！一说这个，老王就气得不行，老张爱看老王生气，他乐呵。老王去世，让老张好一阵寂寞难耐。眼下，老张一看王二那架势就明白了，灵机一动，他说：

我跟你们去吧，看看你爸爸。

王二看着八十三岁的老张，笑着说：大爷，能行吗？有一段山路走呢。

老张挥挥胳膊上的肌肉块子——他退休后一直练肌肉，直接上车去了。

老王的葬处在萨尔浒市郊三十五公里的山上，山下便是浩浩荡荡的牡丹江水。野水，没有堤坝，没有人烟，只有满目的绿水青山。此处并未设有公墓，这个地界也真让两兄弟当时好个找。老张站定一看，连声叫好。但心下里这个老顽童还有个别的鬼心思，他想看看老王的狼狈相。山是个好山，原始森林，古木参天，针阔叶林交织密布。地上厚厚腐殖，兴许已积了千万年。老张想，老王啊，你被埋在这里二十七年了，雨雪风霜，外加腐殖酸土，指定稀泥汤子一塌糊涂，把你泡得骨灰匣子散了花，骨头渣子都剩不下几粒了，哈哈。

两兄弟拿了铁锹铁镐开启，老张上前一打眼就看得个清清楚楚，他愣住了。小小墓穴，也就长八十厘米宽六十厘米那样吧，规规矩矩的长方形，挨着土的五个面码了红砖，一色儿水泥勾缝，底上铺一层细沙。老王的骨灰盒端坐在左侧，右侧的空位显然是预留的。这不必多说。就说这小小墓穴，哪里像是二十七年前做的？红砖灰缝，崭新如昨，连老王骨灰盒上的红布都像是上一分钟刚盖上去的。这时，两兄弟把母亲的骨灰盒放进去了，两只并排一起，红布一拉，正好都盖上了，端端正正，恩恩爱爱的样子。老张就看呆了，心想原来死后还可以这么像样儿，这么舒坦呀。他看了好一阵儿，突然蹲下去，伸手抓了一把沙子，就跟看到的一样干净，又摸了摸砖壁和水泥勾缝，也和看到的一样凉丝丝，干干爽爽。老王敲了下旁边放着的水泥板墓穴盖，王二像是明白他的意思，说，里面加钢筋的。老张站了起来，问：

谁干的呀？

王二说，我们哥俩。

老张激动了，嘟嘟囔囔半天才嚷出来：这两兄弟——这两兄弟——

直到晚上，老张让老伴给倒了一杯酒，二两六十度的北大荒下肚之后，老张才把后半句话补齐了：——了不起呀！

吆 喝

相裕亭

　　盐区的街巷里，四季都有各类小贩的吆喝声。沿街的店铺、住户、大人孩子，以及外来盐区出苦力的挑夫、盐工汉子们，稍住几日，便可熟悉当地的吆喝声，细心一点的，还能从那些吆喝声中，分辨出叫卖人的模样和他肩上挑的、手中提的食物与用物儿。

　　"哎哟来——大果子！"

　　这可能是一天中最早的一声吆喝。喊出这声音的，是一个十二三岁的孩子，语调清亮而干脆，叫声中有两段起伏，就像是一位体格尚好的老奶奶握紧一根嫩黄瓜，"嘎嘣"一下掰成两段，不偏不倚地赏给两个馋嘴的小孙子。

　　果子，即油条。之所以喊它为果子，不外乎它有果子的油香。称之为"大"，那是商家诱人的招数。乍一听，好像他们家的油条个头大、分量足。其实不然，充其量也就是一般的油条。

　　紧接着，是卖米糕、卖凉粉、卖馄饨，以及挑葱卖菜、锔锅补碗的相继登场。其中，卖凉粉的那婆子，声音拖得极为悠长，她把"凉"字喊成"亮"，且能让那"亮"字在嘴里打着滚儿喊出来：

　　"凉（亮）——粉，嗷——"

　　这是开始头一句，与其他卖馄饨、卖豆卷的没有什么两样。而后面一句，便有了内容："刘顶的凉（亮）粉来喽——"

　　喊声中告诉你，她卖的是刘顶的凉粉。不用问，刘顶的凉粉一定是当地最好的凉粉。否则，她不会那样直呼其产地。

　　至于刘顶在哪里，食客们无须探究。它不会是什么大城市，可能就在离盐区不远的某个盛产黄豆、绿豆的沟湾河套里。但是，那地方的人一定很会做凉粉。还有一种可能是，那婆子来自刘顶，且懂得刘顶凉粉的制作诀窍，她才骄傲而又自豪地喊出刘顶的地名来。类似这样的叫卖还有很多。比如王聋子的蚕豆花，直接就把他的蚕豆花来自何处告诉你：

"锦屏蚕豆花——"

锦屏是个山名，同时锦屏还是一个镇子，坐落在锦屏山南麓的一片山坳里。山区的丘陵地段里，自然就有艳丽的蚕豆花开。而真正的蚕豆花，是不能食用的。王聋子偏偏就那样叫卖蚕豆花。

见过蚕豆花的人都知道，紫盈盈的两瓣花朵，盛开时全力向后翻卷，形似蝴蝶展翅欲飞，而两瓣粉嫩的内蕊平行向前延伸，且底部很长一段呈墨绿色，如蝶背。盐区人俗称蚕豆花为蝴蝶花。王聋子所叫卖的蚕豆花，并非是枝叶间展翅欲飞的蚕豆花，而是蚕豆爆炒以后，所炸开的形状像花朵，他便巧借蚕豆花之美名，称之为蚕豆花。

"锦屏蚕豆花——哪！哪！"

老人这样叫喊，多为晚间灯火阑珊时。

盐区十字街口的路灯下，或某大户人家廊檐下的灯影里，老人把他挽在胳膊上的一个油汪汪的长方形木盒放下来，一边吆喝，一边敲击他手中一截光滑的弯牛角。

这期间，若有人过来买他的蚕豆花，老人就用他手中的弯牛角，往木盒里扎一下，然后，把灌满蚕豆花的弯牛角，对准他事先折叠好的一个三角形的纸袋子，轻轻一抖，牛角中的蚕豆花就会滚到那纸袋里。

吃蚕豆花的人，可以一手握着纸袋，一手捏着纸袋里的蚕豆花，边吃边走。有时，一人握袋，可供两人吃，或多人一起吃。卖蚕豆花的王聋子，时而也边走边吆喝：

"蚕豆花，锦屏的蚕豆花——哪！哪！"

王聋子叫卖的蚕豆花，说到底就是爆炒后的蚕豆儿。

蚕豆，晒干以后，坚硬如铁，即便是热锅将它爆开了花，仍然有很强的硬度，唯有牙齿好的年轻人，才能嚼个嘎嘣脆儿。可王聋子所卖的蚕豆花，偏偏老少皆宜，即便是牙口不好的老头、老太太，也能吃得满口酥香。究其原因，不外乎王聋子在制作蚕豆花上有秘招。

晚清至民国间，好长的一段岁月里，盐区不管是达官显贵，还是下苦力的盐工、船夫，以及顽童，人人都喜欢吃王聋子的蚕豆花。而且是吃上一回，就想吃

第二回、第三回。甚至是童年吃了，到青年、中年，都不会忘记王聋子那蚕豆花的味道。

有时，赶上天气不好，王聋子急于把他的蚕豆花卖掉，便会喊出：

"谁要蚕豆花？贱卖蚕豆花喽——"

因为，爆炒过的蚕豆花，只能当天吃，隔夜就软了、绵了。所以，每当王聋子在街上喊贱卖蚕豆花，那肯定是老人当天的蚕豆花卖不出去了。此时，你花往日一份蚕豆花的钱，他能给你两份的蚕豆花儿。

这天晚上，老人又在街上喊：

"谁要蚕豆花？蚕豆花贱卖喽——"

恰好赶上一个宪兵小队长，领着他的姨太太打王聋子的摊前走过。听王聋子如此喊叫，那小队长在姨太的怂恿下，顿时恼怒了！二话没说，上来一脚，踢翻老人装蚕豆花的木盒，并揪紧老人的衣领"叭叭"扇了两记耳光，厉声呵斥他："滚！你给我滚开。"随后告诫他，以后再不许这样胡喊乱叫。

老王聋子惨遭痛打，却不明事由。后有知情者告诉他，那宪兵小队长的姨太太出自妓院，艺名就叫蚕豆花。老人此番喊叫"谁要蚕豆花？蚕豆花贱卖喽——"恰好戳到人家的痛处。

王聋子醒悟后，再来盐区卖蚕豆花时，只敲牛角，不再吆喝。慢慢地，人们也都习惯了，一听到街口"哪哪哪"地敲击牛角声，就知道是卖蚕豆花的王聋子来了。

可有一天傍黑，王聋子提早卖完了蚕豆花，一个人默默地爬上盐河大堤，感觉自己的嗓子快憋坏了，看看四下里没有人，突然扯起喉咙大吼一声：

"谁要蚕豆花？蚕豆花贱卖喽——"

吼完了，王聋子看看左右仍无人影，还自言自语地嘀咕一句什么，便紧缩着脖颈，独自顶着晚风，急匆匆地走了。

梨花白

赵淑萍

　　这世上，大部分的良善之人，不会咒别人死。当然，谋财害命者除外。但是，对于村里一个叫"梨花白"的人来说，就不一定了。

　　因为，他是给死人穿衣的。村里的老人们，在生前，就准备好了一套寿衣，专为以后赴阴曹地府时穿。入殓或者火化前这行头就得全副换上。那寿衣，往往是中式衣服，老太太的鞋子，还绣着繁密的花，和戏文里的一样。为了留在阳间的最后的形象，这衣服当然要穿得光鲜、体面，不能皱巴巴的。可是，死者的身体僵硬了，不好穿，而且亲人们穿，又怕眼泪掉在上面，怕逝者后世流泪烦忧。于是，就有了专门给死人穿衣的人。这钱好赚，以前二三百现在七八百了。而且，主家还得给穿衣人好酒好烟地伺候着，伺候他也等于在给死者尽孝。

　　这村里能够给死人穿衣服的也就两人。有一人已经很老了，穿得不利索了，现在，有丧事的人家都来找"梨花白"，甚至，外村的人也慕名来请他。

　　"梨花白"眉清目秀，长得不赖。他爹娘去世得早，就剩下了他和弟弟两个。以前大家都穷，这两兄弟孤苦伶仃的日子更难过。平时，就种点庄稼，还给人家干点杂活。"梨花白"的弟弟，绰号叫"猫头鹰"，经常小偷小摸。比如别人家地里的瓜熟了，番薯可收了，他就半夜三更去偷，但是，绝对是东家偷一点，西家偷一点，匀开偷，偷瓜挑熟的，决不踩死瓜藤和生瓜蛋子。偷桃子常偷那种歪劣干瘪的，但不偷饱满丰润的。除了吃的，其他东西都不偷。日子长了，村里人知道是他，只是骂几声，也不怎么理论。因为昼伏夜出，就有了"猫头鹰"的绰号。起初，人们怀疑"梨花白"也参与了。但一天，有人经过他们的破败的屋，漏风的墙里传出了"梨花白"的厉声呵斥："你我管不了了，但偷来的东西，我饿死也不吃！吃了，脏了手，怎么给死去的人穿衣？"有一次，人高马大的"猫头鹰"，在一个外乡人这里讹钱（按今天的话说就是"碰瓷"）。这时，"梨花白"赶来了，甩手就是一巴掌，"猫头鹰"就乖乖地跟着哥哥走了，从此再无此行径。

　　"梨花白"面庞白皙，空闲的日子，夏天，常穿一件雪白的纺绸衫，摇着一把折扇，很有点文化味。因为爱听说书，那三国、水浒、隋唐英雄传之类的，他熟了，乘凉时就讲给别人听。他讲得最生动的是"三请樊梨花"。凡此种种，就是他被叫"梨花白"的由来。要说他那双手，不仅白，而且巧。他穿寿衣，平整，妥帖，整个像被熨过一样。穿时，他戴上手套、口罩，那神情是凝重肃穆的，如在进行一项无比庄重的仪式。人们对他客气，也跟他聊天，但终究不会长谈，更不会深交，可能多少有点忌讳。

　　村里死人，对这家来说是噩耗，对"梨花白"来说无疑是个好事。有一年夏天大热，村里的老人被生生热死的就有七八个。"这下可好，'梨花白'发财了。"村人说。可是，"梨花白"的一大半钱都给了弟弟。"猫头鹰"就带着这笔钱和一位寡妇住在一起了，不久，四十多岁的寡妇，居然添了一个漂亮的女娃。

　　村西的一位孤老婆子，年岁高了。不知什么时候起她每晚都穿着寿衣睡。她怕自己有一天睡着睡着就醒不来了。她孤身一个，又没钱，没人给她穿寿衣的。你想，大热天捂着寿衣睡，不病也得捂出病来。后来，"梨花白"特地跑去，劝她："别担心，有我呢，我会给你穿寿衣的，我不要一分钱。" 老婆婆顿时神清气爽，身体硬朗了不少。

　　但是，人们还是判断，"梨花白"一定每天盼着这村子死人。死了人他才有生意。特别是富户李三，就说过，人不为己，天诛地灭，"梨花白"铁定盼着有人归天。李三因为自己带了好多种病在身上，当面对"梨花白"特客气："我说'梨花白'，我高血压心脏又不好，什么时候两眼一闭就去了，到时，你给我穿衣，我备了上十一下九件，你一件件都要给我穿得齐整、舒服，我儿子一定给你双倍价。"

　　那天，李三从外面回来，天色已晚，抄近路走小道，走得急了点，突然感到晕眩、气闷，跌倒在路边。而这时，路边只有"梨花白"一人经过。"梨花白"二话不说，平时文质彬彬的他，咬破了李三的手指，然后背起李三狂奔，跑到附近的诊所。就这样，李三捡回了一条命。后来，人们再没说过他盼村里死人的话了。

　　年复一年，"梨花白"也老了，头发雪白了，但身子很硬朗，他孑然一身，仍然在给逝者穿衣。

　　那天，"猫头鹰"的亭亭玉立的女儿，在梨花地里举着手机拍照。"梨花白"和"猫头鹰"打路边走过。"我说侄女，你别拍梨花了，拍我们吧。我们两个，头发也跟梨花一样白。"夕阳中，"梨花白"脸上的笑容很灿烂。可是，不知怎么随即黯淡了。他对弟弟说："我给那么多人穿了寿衣，谁又给我来穿呢？又有谁会像我这样把'穿寿衣'当一回事？"

放鹞子

万芊

陈墩镇人把放风筝，称为放鹞子。姚遥的爷爷是陈墩镇民间放鹞子的高手，他自己制作，自己放飞。各式各样的鹞子，总是吸引着无数人争相观看，啧啧称赞。

小时候，爷爷常手把手教姚遥制作各种鹞子，姚遥也常跟爷爷一起去广场上放飞。爷孙俩一起制作的鹞子既漂亮又安稳。姚遥还参加过多次中小学生风筝比赛，获得过不少奖呢。

爷爷常说起在老家双洋湖边放鹞子的那些得意的事，令姚遥心痒。

十五岁那年暑假，姚遥随奶奶回了一次陈墩镇老家，只是爷爷已经去世了。这次，姚遥带了好些各种体型、形状的鹞子，盼望着在爷爷说的双洋湖边，一展身手。

双洋湖离镇五六里地，湖面宽阔，浩浩荡荡。然而骑车到了湖边，姚遥这才发现湖边很难找到理想的放飞场地。除了庄稼，还是庄稼。他好不容易选中了一处杂草丛生的老岸。这是一处湖边的小平台，能小距离助跑。平台比湖面抬高三四米，齐刷刷断崖式的老岸，正好可拉起鹞子，不易栽地。

然而姚遥还是高估了自己放鹞子的技能，助跑了，拉起了，鹞子并不像在广场放飞时那样驯服。湖面上的风，要么太弱，助跑距离短，拉起了扬不起来；要么风太猛，稍一拉起，便在大风中挣扎，最终栽下湖面。试了十几次，姚遥把所有携带的鹞子都折腾完了，还是没放成功。湖面上的风，桀骜不驯，如一匹匹野马，姚遥根本无法驾驭。

然姚遥是个不把鹞子放成功决不罢手的少年。他从网上邮购了专门的器材，决意挑战双洋湖。

几天后，几架为应对扬程短、风力大而特制的鹞子，终于自制成功。姚遥带着新的装备，又来到湖边老岸那处平台上。这天，湖面上的风比平时还大些，吹得湖面上涌起层层的波浪。姚遥一下子亢奋起来，做放飞准备。姚遥先选了一架体形最大也最漂亮的鹞子。为确保放飞成功，姚遥决意孤注一掷，把摇轮结结实实地捆绑在自己的腰间。为了抵御大风，姚遥又选了大号线。

　　一切准备就绪，姚遥一拉岸边的鹞子，鹞子正如姚遥所愿，腾空跃起，又被巨大的风力顶住。那鹞子似乎通了灵性，一吃风力，便精神抖擞向远处湖面高处急速飞去，恰好姚遥把摇轮拴在腰间，那线拽着摇轮的速度，快到姚遥根本插不上手。可谁料到，姚遥这天真的想法，其实是犯了一个致命的错误，二百米长的大号鹞子线拉出去后，那鹞子飞出去的巨大惯性，一下子把姚遥整个身子拉了起来。那拉力似乎有了魔力，一边是无边无际的天空，一边是十五岁姚遥弱小的身躯。姚遥一下子跌仆在地，试图支撑住自己的身子，但鹞子的拉力完全超出了姚遥自身的力量。只一小段助跑的距离，鹞子便把姚遥拖到了断崖式的老岸边。只一步，姚遥便将掉入浩浩荡荡的大湖。姚遥竭尽全力，双手乱抓，最终就在老岸的最边缘处，双手死死地抓住了几枝老树枝。姚遥用尽吃奶的力气，一次次扭曲身子，这才把自己的身子、腿脚，卡在老树枝丛中。但鹞子巨大的拉力，在与他拔河，在与他做生命的对抗。

　　姚遥，只身一人，与其说是对抗着鹞子，其实可以说是对抗着魔力无边的大自然。姚遥势单力薄、孤立无助。他的错误就在于把摇轮捆绑得太紧，生怕不牢。如此绷紧，他根本无法挣脱。专业放飞线，特别坚固，姚遥又双手紧紧地攥住老树枝不敢松手。风越刮越大，姚遥真的体会到了命悬一线的绝境。

　　远处，有一艘机动船经过，很远。姚遥大声呼喊，但实在太远了，对方一点反应都没有。反而，姚遥似乎看见有几个人拿着手机在朝他和鹞子拍摄。他绝望了。

　　姚遥知道，只能靠自救了。风很大，他不敢松手松腿，唯一的办法是用牙齿咬住放飞线。姚遥用牙齿咬住绷紧的坚固的放飞线，牙齿磨着、磨着……

　　天色渐渐晚了，姚遥还在坚持着，磨着，磨着，不断地磨着……满嘴血腥味，然而他不敢多动。

　　突然，姚遥腰际一松，放飞线终于被他的牙齿一点又一点磨断了。姚遥大哭一场，跌跌撞撞骑车摸黑回到镇上，如生了一场大病。

　　镇上传出一则精彩的微信视频：湖边老岸上有人在大风中放飞巨型的鹞子。姚遥也看到了，只是视频里放鹞子的人小到比小蚂蚁还小。没有人能发现他正经历着一场前所未有的异常艰苦的生命劫难。

假 如

徐均生

　　正要关灯睡觉时，老婆忽然问我："那个杭州保姆纵火案知道吗？"我说："知道，怎么啦？"老婆悄悄地起床，轻手轻脚走到门边，打开门，探出头去，又缩回来，轻轻地把门给关了，又按下了门锁。

　　她回到床上，用手指做了一个"嘘"的手势，意思是让我闭嘴别说话。我还是忍不住压低声音问："到底发生什么事了？"老婆如此神秘，我很好奇。

　　老婆声音很轻但很严肃地问："假如，我是说假如，我们家的保姆也会不会……"老婆说到这里，我连忙捂住她的嘴巴，断然地说："那是不可能的！保姆是我们家亲戚介绍的，带虎虎两年多了，带得很好，也正因为带得好，你让她一直带着，还让虎虎跟她睡。"

　　老婆狠狠地瞪我一眼，狠狠地道："我是说假如，假如，你懂吗？世上万一的事情很多，假如的事更多了！"

　　我连忙闭嘴，不敢吭声了。谁说不是呢？知人知面不知心。那个杭州纵火的保姆不也是评价很好嘛，主人还借钱给她呢！

　　"那你说怎么办？"

　　我担心了，毕竟跟儿子的安全有关，这绝对不是小事！

　　老婆考虑再三出计道："安装摄像头吧，信号可以连通手机的那种，万一发生意外，我们可以在第一时间阻止。"

　　我若有所思地点了点头。

　　"卫生间也要装，绝对不能留有死角！"老婆又断然道。

　　我同意了，我还能不同意吗？

　　第二天一早，我请假买来了全套的微型摄像头，安装调试后感到很满意。在单位，随时可以调看，开车时把手机放在固定架上可以看现场直播。我还安装了自动报警系统，也就是说如果儿子受到攻击，我和老婆的手机会自动报警，会把画面及时传送过来，还可以迅速转发给公安机关。

只是有一点不太好，就是我和老婆每隔五分钟或十分钟都会去看看手机，这严重影响到了工作，集中不起精力。领导为这训我好多次了，老婆那边也是，领导已经警告她，再不集中精力工作，就炒她的鱿鱼。

不能这样长久下去的，我问老婆："你说怎么办？"

老婆说："大不了，换一家单位。"

我说："那怎么行，你这工作是花了很大的代价得到的，千万不能丢的！"老婆这份工作是千辛万苦得到的，能轻言放弃吗？

老婆却反问我："你说儿子的安全重要还是我的工作重要？"

我哑口无言！

这日子就这样提心吊胆地过着。有一天晚上，老婆又忽然问我："你看新闻没有？"

我没反应过来："什么新闻？"

老婆狠狠瞪我一眼，道："那家幼儿园老师体罚孩子的新闻。"

我连忙辩解："最近工作太忙了，没顾及新闻。"

老婆打开手机，把新闻视频调出来，原来这家幼儿园的老师，经常体罚孩子，还让孩子们吃安眠药，老师却在一边吃零食一边看电视剧。

"可恶！可恶！真是太可恶了！"

我"啪"的一掌拍在桌子上怒喝道。

老婆却冷冷地问："你说该怎么解决？"

我丈二和尚摸不着头脑，眼巴巴地问："老婆，你说的是什么意思？"

老婆依然冷冷地道："我们儿子啊，你的虎虎啊！"

我说："虎虎很好啊，在幼儿园……"忽然明白老婆的意思了，是啊，那万一……怎么办？

老婆说："很多问题我们不正视也是不行的，尽管这件事不是发生在我们城市，但是，谁能保证在我们的城市不会发生这样的事？或者说，谁能保证，这种事在我们儿子幼儿园绝对不会发生？"

我能保证吗？不能！这件事非同小可！谁都不敢保证，哪怕是市长也绝对不敢保证在他的辖区内不会发生这种事！

　　"那老婆你说该怎么办？"我只好求老婆出好主意。

　　老婆无奈地说："我也想不出好办法，否则，这几天就不会睡不着觉了。"原来老婆睡不着觉是这个原因，我还以为是工作压力大。

　　我只好安慰老婆："我们小区的幼儿园还是不错的，是全市幼儿园当中设施最完善的，师资力量也是最强的，何况又是公办的，我们应该放心。"

　　老婆却说："我也想放心，可一闭上眼睛，就会出现那个老师体罚孩子的镜头，还有喂孩子吃安眠药的镜头，就怎么也睡不去了，我，我……"

　　我心疼地看着老婆——清瘦的脸孔，苍白得没有一点血色。

　　老婆断然地说："我决定辞职，在家亲自教育孩子！"

　　我顿时傻呆了，忽然感到压力巨大，老婆要养，儿子要养，房子要养，我，我该怎么办？这，这该死的假如！！

　　但我总归相信：终有一天，我们的社会会消除这种"假如"带来的担忧。

锅碗瓢盆和谐曲

安 谅

老傅师傅是明人的忘年交，他告诉了明人这样一个家庭故事。

那天，老傅师傅老两口饭后散步回到家，老伴径直走进厨房："咦，刚才一水池的锅碗瓢盆哪里去了？"再扫视了一下厨房，见铁锅搁在熄了火的灶头上，洗得干干净净的。老伴心里便生出些欣慰，媳妇终于动手洗碗了。

儿子和媳妇不和老两口住。他们只是隔三岔五地来探望他们，自然也蹭上一顿午餐或晚餐的。之前吃完了，也就说声拜拜就告辞了，留下满桌的杯盘狼藉。老伴也不怪他们。他们来，就是老两口快乐的时光。

可近年来，老伴干点活就时常累得腰酸背痛的，留学回来的小孙子察觉到了。每餐之后，他便主动去洗碗，让奶奶坐着休息。这把奶奶乐得合不拢嘴。

儿子目睹自己的儿子这般懂事和主动，就坐不住了。有几回，饭后，他见儿子站起收拾碗筷，也连忙站起身动起手来，帮着甚或抢着把锅碗瓢盆洗刷了。

这两天晚上，儿子和孙子都外出了，媳妇来吃饭。演员出身的儿媳，一双手白皙而细嫩，早知道不是干这粗活的料。可婆婆毕竟年老体弱了，她总不至于熟视无睹吧？

这天晚餐后，老两口把锅碗瓢盆都搁置在水池里，也不急着洗刷。他们对儿媳说，他们想去小区溜达一会，这有意无意地留下了一段时间余地。

"你觉得儿媳会洗碗吗？"在楼下溜达，老伴还幽幽地问了一句。老傅很洒脱："我看会，就是不洗，也可以理解。反正都是我们的孩子，别为此郁闷呀。""那当然，都干了一辈子，我会有什么怨言。他们毕竟是孩子。"老伴也宽谅地一笑。

没想到，水池里空空如也。媳妇竟然真把碗筷清洗了，她心里好不高兴。

连着几天，老两口饭后散步回来，水池里的碗筷都不见了，媳妇真不赖呀！老母亲心里感慨着。

可渐渐地，老伴发觉了异样，怎么碗橱里的瓢盆少了？老傅师傅说："你真是脑袋瓜子坏了，猜测怀疑什么呢？碗筷又怎么会少呢，吃饭也吃不下去呀？"

他笑呵呵的一番话，把老伴也逗笑了。

后来的一天，她把碗盘点了点数。过几天，又暗暗点了点，还诚如老傅所言，一个都不差。她内心责备道："自己真是老糊涂了！"

这天，儿子来了，白天出去了一会，带回一个沉甸甸的挎包。她不小心碰了一下，儿子大惊小怪地竟把挎包挪开了。老伴怕儿子在外惹事，他大小也是个官儿，拿了不该拿的，是她和老傅最忌讳，也是反复督促提醒的。

她趁儿子上厕所，打开了挎包，竟是一叠簇新的碗盘，和自己家里常用的式样花纹都一模一样。她没吱声，但到晚餐后散步回来，她发现那只挎包空瘪下去。她很纳闷，儿子的碗盘变戏法似的哪去了？

她心生纳闷，可是见儿子、儿媳都还忙着洗刷水池里的锅碗瓢盆，脸上的笑，又如水波一般荡漾了。

有一天，儿媳不好意思地对婆婆说："我做错了，还望妈妈别生气哦。"她皱眉了，媳妇做什么了，怎么向她道歉？这些天，锅碗瓢盆都是她和儿子洗的，碗橱里碗筷放置得整整齐齐的，好像不少还被洗涤得更加新了。

她与老傅卧室里咬耳朵。老傅才托出了谜底：儿媳怕洗碗，曾经把没洗净的碗盘扔到户外。老傅在室外溜达时发现了被丢弃的碗盘。他没吱声，怕老伴生气伤神。只是悄无声息地买了碗盘补充进去。结果，儿子回来也发现了，说了儿媳，还把爸爸买了碗盘补上的事，也都说了，自己也买了一叠碗盘。儿媳深感羞惭。

一切都风平浪静。谁也没有再提起这件事。可饭后，抢洗碗筷的事，在三代人之间时有发生。

老傅师傅叙述着，明人耳畔仿佛响起了悦耳柔和的乐曲声。

挑新娘

滕敦太

话说二十年前，三叔30多了，还是单身。虽然心急，但不至于像别的光棍那样急得龇牙咧嘴，用那些光棍的话说，三叔是"稳坐钓鱼台"。奶奶早就放出了话，要用小姑给三叔换个媳妇。

小姑小三叔8岁，也同意换亲，只是要求挑个合适的人家。媒人来了几十趟，没有合适的。三叔也没有鼻涕拧，等吧！

这一等就眼看到了40岁！村里的光棍取笑三叔，三叔喝醉了，就躺在屋里放声大哭。奶奶也急了，拎个小板凳到集市上，坐在路口放开嗓子喊：喜鹊窝的，余家，兄妹换亲啊！

只一天，附近几十里都知道了。三个村的媒婆一合计，北村一个，南村一个，三叔家，三家换亲。

奶奶一嗓子喊妥了换亲的事。接下来，快刀斩乱麻，所有的讲究一担挑，两天后，三家同时办喜事，女方上午九点出嫁，男方十二点拜堂。每个媒婆负责跟一个新娘，防止意外。

小姑换亲的男方条件还将就，因此也算满意地出了嫁。接下来，三叔一身新衣，笑容灿烂，等着当新郎了，让那些光棍眼里快要冒出火来。

坐完了二茬席，已经过了上午十一点，算时间，新娘应该快到了。这时，打听消息的堂弟跑进了屋，喊一声：坏事了！

三叔汗就下来了：是不是新媳妇没来？

三家换亲，三叔娶的是南村的，小姑嫁的是北村的，新媳妇不来，可就鸡飞蛋打了。

堂弟说话快，新媳妇来了，过不来啊！事先说好走东村绕过来，开拖拉机的不识路，直接顺路开到南岭沟那边，挡住了。

三叔就急得乱磨腚！村南有条泄水渠，上游发大水将桥冲坏了，村里乡里都没钱建桥，几年下来，这条沟越冲越深。村民们干农活，只能沿着大沟两侧斜着挖出台阶，把收的粮食运到沟边，用扁担挑过大沟，再装上小推车运回家。

问题的关键是，南岭路不好，河又长，送亲的拖拉机如果绕路，最快得两小时。这么个鸟不拉屎的地方，如果新媳妇恼了，说不定直接回去了。

决不能绕路！

三叔，奶奶，几个近门，小跑来到南大沟。那边，也过来几个人，亲家双方在沟底紧急谈判。

三叔要把新媳妇背过来。那边不让背，有讲究，新媳妇两脚不能空，必须踩着东西。

三叔说，那找人抬？那边还是不同意，新媳妇单独过沟，不吉利。

女方摆明了找碴挑事。三叔没辙了，说，你们提条件，怎么都行。

那边出了个损点子：听说你们过这沟靠挑，那就挑！你们找个人，一头挑着新娘，一头挑着新郎，挑过去，就拜堂成亲，挑不过去，可不能怪我们。

三叔刚要说话，那边又开口了：限你们半个小时，挑人过沟还不能半道休息，也不能换人。办不到，我们就回头。

逼上梁山！

喜鹊窝多少年没娶新媳妇了，三叔娶媳妇，成了村里的荣誉，事关老少爷们的脸面，几个近门急速跑回村，找了两个大竹筐，三个把手的那种，很牢固，里边坐一个成年人没问题。

问题来了，谁能把两个大人挑过大沟？两侧斜坡，沟底有水，只能踩着几块石头过河。

村里的劳动力不多，干农活行，可挑两个大人过沟，出点差错，把人家媳妇整没有了，那还不要了新郎的小命！有几个力气大的，也不敢接这个差事。

奶奶当机立断，找老五！

老五是三叔的远房堂弟，个高力大，办事耿，都叫他"少叶肺"。三叔跑去找他，说了缘由：兄弟，只有你行，成了，给你一条烟！

老五嘿嘿一笑，有这好事？行。

不到半小时了，能行？

行！你先让我吃饱，不然没力气。

三叔拉着老五来到家中，指着桌子上的肉丸子：管饱，快吃，别误了时间。

几分钟，老五吃了三碗肉丸子。三叔心痛，更心急，拉他就跑。

老五跑了几步，说，不行，还没喝水。

三叔两眼要冒火，真想踹他几脚。

老五咕咚咕咚灌了三舀子凉水，刚走几步，又回头，灌了大半舀子水。

三叔心里直骂，不撑死你！

来到大沟边，老五挑起两个空竹筐，下沟，过河，上沟，与三叔来到沟南侧。

按照送亲的摆布，三叔上了前边的竹筐，新媳妇上了后边的竹筐。新媳妇本来哭丧着脸，居然也有了笑容，这让三叔更不安。新媳妇比他小七岁，花朵一样，可不能出意外啊。还剩不到十分钟的时间了，挑过去，洞房花烛；挑不过去，新媳妇是谁的，还不一定呢。

老五紧紧裤腰带，往手上吐口唾沫，喊一声坐好了！猛地起身，二百多斤的两个大活人，挑起就走。

两边乱喊乱叫，老五像听不到一样，挑着重担，顺着斜坡土阶，下坡；到沟底，踩着石头，过河；一刻不停，直接上坡。

沟北，众人看得分明，老五脸憋得通红，龇牙，瞪眼，越走越快，小跑一样。不到十分钟，上了坡，把挑子一扔，大叫一声。

早有人抢上前，把新媳妇拉到小推车上，呼喊着推到三叔家，拜天地去了。

唯独老五，扔下挑子就往草垛后跑，拉开裤子，长长的一泡尿，几乎尿了半个小时。

这耿小子，怕挑起新郎新娘两个大人力气不够，又怕误了时间，先前一个劲地喝水，憋了一泡尿，乘着这股劲，一口气将两个大活人挑过了大沟。

后来，老五去闯东北，说挣了钱，回来修桥。村里的光棍都跟着去了。

卡 针

飞 鸟

我和关晓晓离婚了。

离婚了？为什么？

因为一枚卡针。

卡针？

卡针。

初夏的阳光透过落地窗，洒在褐色桌面的那盆嫩黄绿萝上。钟格坐在我对面。这个下午，两个近五年没见面的朋友偶遇，坐在了一起。

刚见面，钟格就把他离婚的事告诉了我。当年我们俩在县纱厂时，也是这般无话不谈。那时我们一起去钓鱼，一起去打桌球，一起去工厂北边的小饭店吃炒面条喝啤酒，一起去工厂南边的涡河脱得赤条条地洗澡，一起躺在铁道上畅谈人生，等火车轮震动铁轨时才嬉笑着一起跳起来跑开……后来关晓晓出现了。

关晓晓是那种猛一看一般越看越好看的女孩，可以说我和钟格同时爱上了她。这似乎是一种必然，我们的知心朋友多是脾性相投者，自然会对某些事物抱以同样的态度。这是一种幸运，又是一种悲哀。接下来的事情我不说大家也猜到了，关晓晓选择了钟格。这故事不细说了，太老套，老套到如同二十年的夫妻当面换衣服一样波澜不惊。幸好，我与钟格的友谊还能苟延残喘这么多年，交往当然极少了，这当然是互相理解和故意的结果。

现在我们听钟格说说他离婚的事情吧。

我和关晓晓离婚的罪魁祸首是卡针。前几天关晓晓的手机坏了，摔坏的。当时我们在动物园看猴子。她想站在镶嵌玻璃的台阶上，那样能贴着玻璃，离猴子更近些，可是爬上台阶是需要勇气的。很多人都在台阶下看，你要越过不高的铁栏杆，再爬上台阶，这样是硬生生地闯进了看猴子的人们的视野里。我不愿帮她。她独自爬上台阶很困难，台阶半人高，没有助着攀爬的便利东西。因为这本来就是严禁攀爬的，虽然刚刚有几个十六七岁的男孩女孩爬上去拍了几张照片。关晓晓毕竟四十岁的人了，也许我在县纱厂时的那个年龄也会主动去爬台阶的，不是爬，是跳上去，记得咱俩当年在县纱厂时曾跳上过推土机的大轮胎——

我觉得他好像有点跑题，就打断他，问，卡针怎么回事？

钟格说，关晓晓自己终于爬上了台阶，她掏出手机拍照片，猴子是那种长尾巴猴子，机灵活泼。它猛地蹿过来，扑到了关晓晓的脸上，当然是隔着一层厚玻璃。这也吓了她一大跳，她晃了几下，在人群的惊呼声里掉下来，幸好没有摔伤，只是手机摔坏了。我们很不痛快，一直到家都没有说话。其实去动物园是因为前几天吵了一架，好几天互相不搭话，想着周末去动物园，结果还是——

我只好再次打断他，问，卡针怎么回事？

钟格说，关晓晓手机摔坏了，要买手机啊。我同事的姐姐正好卖手机，可以走个优惠价。我告诉关晓晓，我买个手机送她。这也是为了修补感情，一家人冷言冷脸的那家就不像个家了，再说，我俩又没什么婚外恋这类原则性问题，就是认识问题分歧太大。我认为人活一世，百年而已，生死面前都是小事，很多事情不用太较真，关晓晓正好与我相反，她觉得人活一世，百年而已，小事最应该较真——

我给他续了杯茶，问，卡针怎么回事？

我在同事的姐姐那里买了个手机，早上，我从沙发上起来，洗漱后，敲敲卧室的门，说，晓晓，我给你新买了一部手机，放卧室门口了。

我在公交车上，接到关晓晓用家里座机打来的电话。她很生气，说找不到手机卡针，没有办法装手机卡，因为找卡针推广会要迟到了。没等我说什么她就啪地挂了电话。我忙打电话问同事的姐姐，她说卡针在手机包装盒里，耐心找找，卡针很小，说不定落在盒的夹缝里了。我忙打家里座机，幸好关晓晓还没走。我把同事姐姐的话告诉她。她冷冷地"嗯"了一声挂了电话。我去公司上班要坐一个多小时公交，快到公司时，关晓晓打来电话，还是用座机打的。她说，根本没有找到卡针，我们离婚吧。

我听完，觉得钟格离婚的确是因为卡针，可是又觉得卡针作为罪魁祸首有点委屈……

钟格忽然问，赵粼，你为什么离婚？

　　我不知道钟格是怎么知道我离婚的，我想了一下，说，我离婚其实也可以说是因为卡针……

父亲的西装

李立泰

儿子不听话，没考师范、农校，一门心思想考高中、大学。父亲考虑中专，不花钱，高中，学杂费吃喝住都要自己掏。

农家只有粮食可变钱，而卖了粮食，口粮少了就吃不饱，人就没劲，而农业劳动最需要的就是力气。没劲翚干，人就会落毛病，会得病，农民病不起。

好在父亲身体好，农活没干不了的。但这样里外里，一年两万多。这是闹着玩的？农民，日不进分文，拿什么供高中？就凭我这五亩地，累死也没门。

高中入学，父亲借电三轮，装书、被褥、脸盆、衣服等，送到县一中。一中今非昔比，鸟枪换炮了，气派的大门、敞亮的教学楼，偌大的操场占了几十亩地吧？给儿子留下生活费，父亲说，吃饭吃好吃饱，别受委屈。儿子点头。父亲说，注意，上学咱只能比学习，不能比吃穿！要比考试分儿！儿子点头称是。

儿子推着三轮送父亲出校门。

送孩子开学的，撑劲的爹、当官的爹、大老板爹、小工头爹、农民爹、工人爹什么爹都有。什么样的车也有，好的宝马奔驰，差的桑塔纳现代……学生穿的绫罗绸缎，皮鞋手表。儿子穿的算最差的了，父亲思忖我这爹也是最差的爹了。

那年你爷爷送我，也是一中，我跟你一样没听爹的话，非考高中不可。我后悔一辈子！人家考师范中专啥的，"文革"没完都分配了工作，农转非，吃国粮，工资三十六块五。

儿啊，你爹没本事咋办呀，你现在比我当年入学强百倍了。您爷爷推着独轮车送我来的，一边装被褥和书，一边装地瓜片、玉米、饭碗、瓦盆儿。瓦盆儿是农村土窑烧制的土陶制品，母亲花两毛五买的，用小米汁刷洗一遍，就是我的脸盆了。我洗脸洗衣用它，伴我三年半。您爷爷也说，在校不能比吃穿，只准比学习。我真没在乎过吃穿，一身粗布衣，吃地瓜面窝窝，但我学习还行，上游。但是高考取消了，"文革"期间，回乡接受贫下中农再教育，大学梦基本破灭。

农村繁重的体力劳动，徭役般的挖河、出夫，抽空了身体。当民师、参军、招工轮不到咱，工农兵大学生公社推荐的三个全是女生。如今五十几，胡子拉碴，岁月的沧桑沟壑纵横，就成了不折不扣的老头儿。把希望寄托在儿子身上，你可好好念书，儿啊。

为了供他上高中，父亲进城打工，在建筑工地当小工。睁开眼一天，湮砖抓水管子沏砖，搬砖运砖，运沙子和水泥，晚上累得饭都不愿吃，躺下就睡。

父亲抽空来一中看儿子，送钱来了。父亲的头发盖住了上衣领子，像杂草乱蓬蓬的挓挲着，早该理发了，穿着真正解放了的胶鞋，大脚趾露出半拉，穿着所谓的工装，水泥、白灰、油漆、涂料，把父亲素描成，不！雕塑成不折不扣的劳动者！

那次儿子不高兴了，说，爹再别往学校来了，穿这么破，给俺丢人！

父亲闻听此言难受得心疼。

父亲蹒跚地离开学校。憨儿来，若不是你这个丢人的爹，若不是你这个破破烂烂的爹，你拿什么读高中？

儿子还算争气，起早睡晚冷桌子热板凳，苦读寒窗三载，农家穷子弟竟考上了山大中文系。在村上是第一个大学生，大喜事。但父亲高兴不起来，为学费犯愁吃不下饭。父亲卖了心爱的耕田的牛，庄乡邻居们凑了凑，儿子上了大学。儿子在校学习刻苦、成绩拔尖，选上校学生会副主席，积极向党组织靠拢，大三入了党，考上了省委组织部选调生。

毕业分配到镇政府任副镇长，这是老父亲没想到的，老祖宗坟上冒青烟了。

上任，老父亲嘱咐他，到单位工作靠领导和同志，记住，还要好吃两样东西，一是吃苦，二是吃亏。不能给咱丢脸。

儿子说，爹，我记住了，好好干，不给您丢脸。

儿子干工作吃苦耐劳、勤勤恳恳、兢兢业业、任劳任怨、服从领导、团结同志、虚心学习，很快适应了农村工作，分配的任务独立完成，书记私下说他，是棵好苗子！

他花十年干到镇委书记位上。

正当他向前大踏步迈进的日子里，大家对他也看好的日子里，领导也寄予厚望的日子里，他放松了政治学习，腐败思想滋生蔓延，从收小礼到贪污受贿，最后倒台，大家对他表示非常惋惜。

老父亲大病一场，感觉在村上没脸见人，回忆起儿子当镇长的荣光……他起五更出村，去监狱看儿子。带去火腿肠方便面，监狱却不让带入。

父亲"咣当、咣当"地过了两道铁门，走到见儿子的五号窗口，里面狱警陪着儿子，玻璃墙内外两重天，父子见面，拿电话对讲。

儿子看见爹，唰啦，掉了泪。

他第一句话竟问，爹，你咋穿这么好的西装？

老父亲看看自己穿着不太合体的西装，不好意思地说，我借的，怕给你丢人！

走

奚同发

刑警队的徒弟又带来新消息,老黑出狱了,且公然到公安局打听窦文贵,然后就四处寻找窦文贵了。

与老黑曾有过三次交手的窦文贵,自然三次都把老黑稳妥妥送进大牢。"三进宫"的老黑,早被铁窗内的岁月历练得滑溜如泥鳅,见人说人话,见鬼说鬼话。如今出来,该是一个奔七十的老人,还能折腾个什么劲儿?不就剩条老命,这是要飞蛾扑火,一命抵一命?那怎么可能?窦文贵一个堂堂的原刑警队长,让你就拼了命?虽然没有枪、没有手铐,但身体本钱尚在,只是心存顾虑,总不能让老黑老了老了死在一个警察面前吧!

在公安队伍干了一辈子的窦文贵,退休七年中,没少遇到麻烦。他的办法只有一个,走!一次一次地搬家,搬一次扔一些东西,如今已家徒四壁,房子都是租的。

喝完三泡茶,窦文贵对老伴说,走。

老伴儿愣怔了一下问,还走?你我都这把年纪了,还往哪儿走啊?

走,这次必须走,老黑出来了。窦文贵毫不商量地说。

老伴儿不再言语,默默地开始收拾东西。其实也没什么值钱的物件,不过一些随身衣物、生活用品。窦文贵的心头一酸……老伴儿跟他这一辈子,年轻时天天夜不能寐,为他的安全担心。退了休,本想着可以安度晚年,没料到当年那些对手一个一个从监狱出来,寻仇闹事。没什么好办法,只能走。何况在他意识中,像老黑这种人,要把时间和精力都集中到寻找他,也免得去做别的坏事儿。

下午,窦文贵叫来房东,交接了钥匙,并付完提前退房的租金,说着谢谢便告辞。刚打开门,便惊了一下,门外站的正是老黑。竟然还像当年般壮实,戴鸭舌帽儿,墨镜,嘴里叼着烟斗。看来低估了他的身子骨了。

老黑一笑,虽然满嘴的牙又少了几颗,但还是声音浑厚地说,咋,窦队这是又要走?

窦文贵先一步挡在老黑身前说，咱换个地方说话。

老黑脖子一歪，向天空望了一眼，说，都到门上了，咋说也要喝两杯薄酒！

窦文贵只好放下两手的东西，吩咐老伴儿：既然来客了，你去弄俩菜。

老伴儿心知肚明，他的眼色是让她外出躲了。瞅了一眼他满头的白发，她两眼顿时湿润了。走是走不了了，她便说着你们先坐我去买菜，心想得找人来帮忙啊。但老黑手下两臂一伸，就挡到了门口。

不必啦，我早有安排。老黑一阵狞笑说着，身后已有手下端进来酒和菜。

窦文贵一句，那就请吧！自己先在迎门的桌前落座。

老黑一边走一边说，窦队，你明白，我是来兑现当年你送我入狱时的诺言，不会放过你的。怎么样，你再躲也躲不出我的手心。你以为隐姓埋名，你手机、座机电话都不用，就找不到你？哼哼，这对我就不是个事儿。你都快要灭的蜡烛，还能活几个年头，这还往哪儿躲呀？瞧瞧你，没想到竟老成这样子，整个一糟老头子，风一吹都倒了吧？谁能想到你当年的威风？

老黑站在桌前用牙咬开瓶盖，给两个玻璃杯都倒上酒，自个先端起一杯去碰了窦文贵面前的杯子，仰脖，喝凉水似的一饮而尽，而后左手一抹嘴边的残酒说，你知道我在里面的日子多难熬吗？你个窦文贵，把我三次弄进去，加起来就是我人生的二分之一。我他妈就毁你手里，栽你手里了。我恨你，恨得在里头铆足劲要好好活着出来找你算账。

此时，窦文贵端起杯子把酒也一口喝了。

老黑突然从腰间拔出刀来，老伴儿一惊欲往前来，被窦文贵抬手制止了。

面对老黑，窦文贵只是迎着刀锋去握到酒瓶，从容地给两个空杯斟满，端起一杯，也去碰了一下桌面上老黑的杯子，然后身子向后正了正，"吱"一口香香地喝了进去。他的余光并没有离开酒瓶，那可能是他唯一的武器了。

老黑的刀在空中晃了几晃，终是插在两人之间那块儿牛肉上。接着，他走到窦文贵对面，鞠了一躬，说，我知道许多人在找你麻烦，弄得你东躲西藏。从今天起，你再不用这样了。我就住你隔壁，我也干不动啥了，咱俩就做邻居！我在这儿，想着也就没什么人敢来报什么狗屁仇了。

窦文贵不知道他葫芦里卖什么药。

老黑咳了一声，再"唉"地叹了口气，慢语道，其实呀，我这次出来便派手下四处找你，当时的念头，是找到你把你弄个半死，至少要让你断胳膊瘸腿躺床上，慢慢等死……他喝了一口酒又说，后来我听一个老警察讲，当年你们逮我的时候，正赶上我带着孙子逛街。你坚决不让在孩子面前抓，因这事还跟局长吵了起来。你们整个包围圈是跟着我在不停地时紧时松，甚至冒着我脱钩的风险……直到我儿媳把孩子接走，你们才动的手。就这一点，我敬你……

是夜，老伴儿突然被窦文贵推醒：快点儿，收拾东西走！

老伴疑惑地问，还走？

窦文贵斩钉截铁说，我一个警察，怎么可能让他保护起来？啥也别说了，走。

看 戏

侯发山

这是一个真实的故事。

时间发生在 1951 年的秋天。故事的主人公是我的老乡，所以我清楚事情的来龙去脉，绝对没有添油加醋的成分。

听说郑州有唱大戏的，三个孩子嚷嚷着要去看戏。小玉不到 7 岁，小香 5 岁，嘉康 3 岁。看着这三个不谙世事的孩子，老张愁死了，甚至后悔把他们从西安的托儿所接回来。

老张重重叹了口气，无奈地说："孩子们，咱这里到郑州七八十里，远着呢，咋去？"

嘉康扬着脸，天真地说："姥爷，咱坐妈妈的汽车去。"

小玉嘟囔道："咱妈把汽车卖了。"说到这里，小玉的小嘴噘得能拴头驴。

小香歪着小脑袋想了想，说："姥爷，咱坐火车去。"

那时，巩县有到郑州的火车，基本上都是货车，老百姓去外地，没钱坐客车，都是扒火车。铁路就从家门口过，每次路过的火车的车厢上，全都坐满了人，好像车厢是个磁铁，把他们牢牢地吸在上面。有一次，小玉问姥爷："姥爷，火车跑来跑去，都去哪里啊？"老张说："往东到郑州，往西到洛阳。""姥爷，哪里是东啊？""日头出来的地方就是东，落山的地方就是西。"……

现在听说小香要扒火车出门，老张说："就你们小屁孩？甭想。"那一年老张的娘病了，到郑州买药，结果，车到许昌才停。等几天后老张把药拿回来，老娘已经死了。邻居老周哥，从郑州回来时，车到巩县不停，跳车时，一条大腿给摔断了，因没钱治疗，至今还瘸着。

忽然，小香"哇"地哭了。

老张忙拉过小香："小香，好好的哭啥呢？不看戏就不看戏呗！有恁委屈？"

小香止住哭泣，说："姥爷，我，我想回家。"

老张没好气地说："你妈把房子都卖了，哪还有家？"闺女真憨，好不容易在西安买了一套房子，却把房子卖了。

小香不知道姥爷为什么生气了，哼唧道："姥爷，我、我想妈妈。"

小香这一说不当紧，嘉康的嘴一咧："姥爷，我也想妈。"说罢，咧着小嘴哭起来。几乎是同时，小香和小玉也哭起来。

一时间，老张束手无策。说实话，他也想闺女。可是，闺女在哪里，他也不知道。不过，道听途说得到了不少消息，今天这个说在新乡，明天那个说在广州，还有的说在武汉。你说说，一个女娃，三十岁不到，出去疯啥呢？就你中，就你能？！看着三个孩子一个个哭得跟没娘孩子似的，老张眼角的泪也止不住流起来。

老张这么一哭，三个孩子倒吸溜着鼻子，不哭了。

小玉到底年龄大一些，说："姥爷，俺不想妈了，俺也不去郑州看戏了。"

小香说："姥爷，您不哭，俺不坐火车了。"说罢，小香哭得更厉害了。

第二天早上，老张一觉醒来，忽然发现三个孩子不见了！他回过神来，才明白他们离家出走了。老张急忙起来寻找，先是在村里，后来到县城……那时候，没有交通工具，没有通信工具，可以想象寻人的艰难。老张用脚步丈量着巩县的每一寸土地，见人就打听，遇到水井就趴在井口看半天……

就在老张在巩县疯一般找三个孩子的时候，他们已经到了郑州的街头。头天晚上老张扯起呼噜后，三个孩子就溜出了家门。他们不敢扒火车，害怕迷路，顺着铁路走。小香说："姐，到郑州能找到妈妈吗？"小玉说："只要有唱戏的，找不到，也能打听到。"天黑漆漆的，路边的秋虫此起彼伏，还有不知名的夜鸟，冷不丁地怪叫一声，小香带着哭腔说道："姐，我害怕。"嘉康"哇"地哭起来。

小玉也害怕，但谁让她是姐姐呢，她说："不怕，小香，咱唱吧。"

"中。"小香哽咽道。

嘉康记不住词，跟着两个姐姐也哼起来：

"刘大哥讲话理太偏，

谁说女子不如男，

男子打仗到边关，

女子纺织在家园……"

妈妈在家的时候，三个孩子经常听她唱这一段。

这一走，就是一个晚上。他们的鞋子已经全都磨烂了，脚趾都从里面露出来。脸上花花搭搭的，是汗水、泪水和尘土的混合物。小玉背着嘉康，小香搀扶着小玉，一步一趔趄。好心人还是多，以为他们是叫花子，有的给块馍，有的给碗水……在路人的指点下，他们来到了演出的地方。幸好，小孩子是免票的。他们挤过人群，站在观众席的最前边。台上演出的是豫剧《花木兰》：

> ……
>
> 为从军比古人我好说好讲，
>
> 为从军设妙计女扮男装，
>
> 为从军与爹爹俺比剑较量，
>
> 胆量好，武艺强，
>
> 喜坏了高堂，
>
> 他二老因此上才把心来放
>
> ……

三个孩子看傻了，高兴得跟着现场观众一起拍巴掌。

掌声未息，演唱花木兰的演员快步走下台，上前抱住了三个孩子，一下子泪眼婆娑——那是他们的妈妈，常香玉。

后来的新闻是这样报道的：1951 年 8 月，常香玉把房子和汽车都卖了，把孩子送到托儿所，然后带领剧社人员从西安出发，先后在开封、郑州、新乡、武汉、广州、长沙 6 个城市进行了半年的巡回义演，演出 170 多场，义演捐款达到 15.2 亿元旧币（相当于现在的 4000 多万元人民币）。常香玉和香玉剧社终于实现了为志愿军捐献一架飞机的愿望，飞机被命名为"常香玉剧社号"。中国人民志愿军空军驾驶着"常香玉剧社号"战斗机在朝鲜上空穿云破雾同美军搏击，打击侵略者。

一条鱼的思想品德

戴玉祥

　　我在庭院的西南角，修了一个水池，放养了一些鲫鱼。早晨起来，我喜欢站在水池边，看那些鲫鱼在水池里游来荡去，很是惬意。

　　一天早晨，我发现一条鲫鱼，肚子朝上。我知道，这条鲫鱼，怕是要死掉了。我将它网了出来，想把它杀了。就在我准备杀它的时候，鲫鱼说话了。鲫鱼说主人，知道你放养我们，就是为了杀我们，吃我们的肉，这些，我们都懂，也无怨无悔，但是主人，你能不能留我些时日，等我将肚子里的籽都甩出来了，才杀，好吗？

　　我看看它，最后还是将它放回水池里。

　　那鱼，回到水池后，就开始甩籽，像是在争分夺秒，一刻也没有停息。后来，水池里竟然冒出许多小鲫鱼来。那鱼告诉我说，你可以网我了，杀我了。我看看那鱼，我说，你让我的水池里多出很多小鲫鱼，你功不可没，不网你了，也不杀你。那鱼听了，说你们人类怎么这样，这样做，不是让我不诚信吗，不行，你必须网我、杀我！我觉得那鱼真的很有意思，很好玩。我逗它说，你这样说，我还就是不网你、杀你，看你怎么着？那鱼听了，转身就往池沿上撞。我喝住它，我说，你这样做，就没有责任心了，那些小鲫鱼，还那么小，你竟然要撇下它们，你心好狠呀！那鱼听了，觉得有些道理。那鱼说，那就再给你些时间，到时候，再不网我、杀我，我就撞死。我说好，好。我嘴上这样说，心里是不准备网它、杀它了。我觉得，一条鱼，为了诚信，竟然勇于拿出自己的性命，真的很难能可贵。

　　但那条鱼，还是让我网它、杀它。并且，态度坚决。

　　那天，我突然听到那鱼喊叫，声音凄惨。

　　我跑过去，看见水池里的鱼，大大小小，都浮在水面，大张着嘴巴。那鱼见了我，很坚决地说，水里缺氧，来，从我开始，将大一些的，都网上去，杀了，否则，我们谁也活不了。我知道是这个理，只好用网，将一些大的鱼，都网了上来，杀了。只是，那鱼，我没有杀。我觉得，在面对危险时，它挺身而出，是好样的，怎么能杀它呢？我将它放进一个水盆里。那鱼哭闹，说你们人类怎么可以这样呢，这样不是陷我于不仁不义吗？说过的，从杀我开始，你怎么可以这样做呢？那鱼说过后，就往盆沿上撞，撞了几次，好像只是头晕了点，并没有大碍。那鱼知道，这样再撞，也是死不了的。

那鱼想到绝食。

只是，我没有看出来。

后来，我出差走了。等我回来，已是一个月后的事了。我看见水盆里的水，都快没了。我不解，问那鱼，说这水盆里的水怎么快没了？那鱼看看我，有气无力地说，你走了，怕贼进来，我一天到晚扑腾，是想让贼知道，屋内有人，这样贼就不敢进来了。那鱼还说，你回来了，我就可以放心走了。我说，你要去哪里？那鱼说，还能去哪里，你要是觉得我还有用，就赶快将我杀了，这样，我死后，总还是有点作用。那鱼说后，便闭上了眼睛。我不忍心杀它。只是，我并不知道，那鱼早就绝食了，要不是怕有贼进屋，恐怕早就死了。我给水盆里又添了些水。

我说，我不会杀你。还说，你这样的品德，我们人类，都应该学习的。我怎么会杀你呢！这时，我听见那鱼叹了声气，接着便死掉了。

我捧起那鱼，目光在它身上碾过后，便后悔起来。后悔没有满足它的最后愿望。我将那鱼拿到刀板上，破开了它的肚子。这时候，有一个声音在说，扔了吧，死鱼不能吃的。紧接着，便有呜呜的声音漫过来。

我停住手，两行泪水，叭叭，砸到地上。

欠你一碗"整蛋糖水"

莫树材

二十世纪六七十年代，莞邑农村盛行"相睇"，拍拖中的男方要到女方让女方的亲戚朋友过目，俗称"面试"。

陈村的阿华今天就要到女友阿娟家相睇，临行，他请来村中的阿文做伴。阿文是插队知青，村里安排他当村小民办教师。

阿娟家在邻村大荔枝园里，一连三间大瓦房，有门楼，还有个大院子。阿华两人一进门，大院里就站起了一群人，有阿娟的双亲和三姑六婆，还有阿娟的姐妹团——高妹阿云、靓女阿芳和阿娇，她们都是阿娟高中时的同学，阿娟请她们当主考。

阿娟的母亲先叫阿华站起来走几步，让大家看看未来女婿的行藏举止。阿华霍地站起来，昂首阔步向前走。他是个退伍兵，英姿飒爽，虎虎生威，直看得三姑六婆们伸大拇指："兵哥好威势！"

接下来是"查家宅"。三姑六婆连珠炮般问阿华："家里有多少人？""有人吃米（商品粮）的吗？"阿华"兵来将挡，水来土掩"，三姑六婆们细声讲大声笑，大院里闹成一锅粥。

问完家宅后，轮到阿娟的姐妹考官们发问了，女主考们个个精眉醒目，牙尖嘴利。高妹阿云首先发问："华仔，问你一个问题，是先有鸡乸还是先有鸡春（蛋）？"阿华一时答不上来，忙扯了扯阿文的衫袖，文老师先"咳"一声然后说："这是一个世界难题，科学家尚无定论。"阿云一时语塞。靓女阿娇忙问："我问一个有关亲情的问题，如果你老婆与老妈子一齐跌落水，先救哪个？"阿华说："阿娟会游水，先救老妈子！"靓女阿芳说："不问这些离谱的问题，说实际的，阿华，你家里有没有'三转一响'？"阿华忙问阿文："什么叫'三转一响'？"文老师说："就是单车、衣车、手表和收音机。"阿华听明白了："我家有一辆28英寸单车和一台红灯牌收音机！"

面试结束了，到了揭晓考试结果的时候了，莞邑表达"揭晓"的习俗很有趣，也很有人情味，不用语言表达，靠的是一碗"鸡蛋糖水"：同意这门亲事的是给你一碗"整蛋糖水"，表示"圆满甜蜜"；不同意的是"蛋花糖水"，表示甩拖散亲。人们把糖水宴中的主角叫糖水妹。阿娟母亲端给阿华的是一碗"蛋花糖水"，端给阿文的却是一碗"整蛋糖水"。阿华默默地站起来，把糖水放在桌上，然后一脚踢开单车脚架，推着单车往门楼外走去。高妹阿云忙推阿娟："糖水妹，还不快去追！"阿娟忙向门外追去。

阿华刚坐上单车，尾架给阿娟扯住了。阿娟说："刚才老妈子把糖水碗端错了，别介意。""你老妈子没端错，是我错了，不该请文老师做伴，节外生枝，喧宾夺主。"

阿娟母亲把桌上的糖水碗调换过来了，阿华面前是一碗"整蛋糖水"，文老师的是那碗"蛋花糖水"。院子里响起了一片啪啪啪的掌声，糖水妹阿娟却躲进屋里去了。

几十年过去了，文老师成了民俗学专家。一年元宵他带着几名学生回到当年知青点——陈村采风。那天刚好阿华家里相睇，准女婿带着同伴来阿华家"面试"。几十年前的情景又在阿文面前重现，他告诉学生，今天让你们看一场精彩的传统民俗表演，大家可以打开手机进行现场直播。

到了面试结果揭晓的时候了，当年的糖水妹，如今的准丈母娘阿娟端来两碗糖水，她把一碗端给准女婿，又把一碗递给文老师。

文老师低头一看，糖水碗里卧着两只白白胖胖的鸡蛋，忙说："糖水妹，今天可不是我来相睇，糖水端错了。"

"文老师，我知道你今天不是来相睇，而是来睇戏，我家欠你一碗'整蛋糖水'，今天正好补偿。"

天下谁人不识君

张海棠

霓虹灯，摩天楼。城市在夜里安逸地数着星星。

董大从一堆取证材料、财务凭证中抬起头，伸了个懒腰。头晕晕的有些涨，肚子咕咕地在造反。下班时候，他把同事们今天外出调查的资料拿了过来，边看边记，不知不觉已经到了十二点了。

董大打开手机，翻了翻来电提醒。关灯，走出了办公楼。

还好，门口有出租车。

他拉开后车门，坐了上去。电话响了。

"董主任，加班到现在啊？"

"你是哪位？"

"我是哪位你不用知道，我知道你是纪委监察委案件一室的大主任就行了，而且我还知道你刚刚上了出租车。"电话里的声音很低沉，还有些小得意。

"你到底是谁？如果没事我挂了。"董大警惕地环顾车外。

"别急嘛。听说你们又撸了莫愁公司的账。我想提醒你一下，他们公司财务有些乱，是分管副总的问题，你明白我的意思吧？差不多就行了，别跟自己过去，夜黑风高，说不定有什么幽灵出没。"

"你，你……药……"董大愤怒起来，突然一阵胸闷，人像要窒息一样。啪地挂掉手机，他急促地喊着，本能地把手伸向司机。

"药，给您，救心丸。"

董大抓住药，一把拍进口里。闭上眼睛，重重地靠在了座背上。好一会儿，他才平静地微微睁开眼。

"你怎么有药？怎么知道我老毛病犯了？"董大想起刚才的情形，扶着前座靠背，坐了起来，疑惑地问。

"我也有这毛病，经常出车能不备着吗？吃了几颗没事了吧。"司机头也不回，若无其事地说。

"嗯嗯，谢谢，好多了。"董大释然，又想起刚才那个电话，莫愁公司今天才去的，消息怎么这么快，还把他往副总身上引。可是那些材料，许许多多的疑点指向一个级别更高的人。这么想下去，他有些明白了，而且似乎感觉有一张巨大的网正扑向自己。只是此刻，他的心脏又充满活力，咚咚地跳跃着，他有了一种别样的兴奋。

电话又响了。是他爱人的。

"我已经快回来了，别担心。"

"到哪儿了……这是哪儿？"董大拿着电话往车外张望。

"已经到您小区了，董主任。"司机突然插话。

"到我小区了？你怎么知道？赶紧停车。"董大一惊，匆忙挂了电话，盯着司机厉声道。他刚才上车时并没说要到哪儿，出租车司机也没有问，怎么就径直开到小区了，他是谁？董大猛然想到了刚才电话里说的幽灵，瞬间有种不祥的预感。

出租车嘎的一声停住了，董大迅速推开了车门。这是一个多么惊奇的夜晚。

"董主任，请您听我说。"董大一扭头，看见一张陌生的方方正正的脸正挂满笑容，望着自己。他怔了怔，觉得刚才的反应有些过于狼狈，迟疑着又重新坐回了车内。

"董主任，有人让我跟踪您，价钱还不低呢。"司机边笑边调侃起来。

"找你跟踪我？谁？那你今天就一直在门口盯着？"被人盯梢，被人套路，甚至诬告，这几年他已经见怪不怪了，找出租车司机跟踪自己还是第一次。董大装作十分镇定，眼里却满是疑惑。

"董主任，对不起。他们说出租车比较隐蔽，所以找到我，跟了您一个月了。不过，今天不是跟踪您，我早不干了，我觉得赚这钱心里不踏实，而且你好像没什么可跟的，除了上班下班就是去药店、水果店。"司机低下头，有些不好意思。

"那你今天怎么在楼下？"董大依然半信半疑。

"说了你也许不信，刚才路过，看您办公室亮着灯，估计您又在加班，嗯，有点担心，就想着等等您。"

"谁让你跟踪我的呢？"董大打量着那张脸，没有再怀疑，却一下子来了兴致。

"这……"司机开始吞吞吐吐。

"好，今天不早了，等你想好了，再说。你放心，你已经跟踪过我，认识我也可以相信我。"董大笑了起来，伸出手，用力地拍了拍司机的肩，一推车门下了车。

"董主任。"司机又喊了起来。董大一拍脑袋，这记性居然忘了付车费。

"车费给你。谢谢你啊师傅。"

"我不是这意思，今天看您加班很晚，肯定又不记得给您爱人带水果了，我就给您买了。"司机边说边下车跑了过来，手上拎着一袋苹果。

旺 哥

蔡兴荣

旺哥身上有一股杀气。开始，只有村里的小虎一个人说，后来，村里人都信了。因为，村里的猪啊狗啊的，见了旺哥，都不敢叫唤，闷着头赶紧避开。而这种待遇，一般只有屠夫才有。

旺哥整张脸方方的，宽嘴阔鼻，眼睛特别小，绿豆样的眼珠子，像极了甲鱼。旺哥的看家本事是冬季抓甲鱼，每年 11 月农闲季节，就是旺哥捕甲鱼的旺季。他的工具很简单，一根四五米长的竹竿套着异常锋利的 U 形鱼叉。一个布袋拴在腰间，装上几个干粮馍，就出发了，这一去就得十天半个月。

早些年，旺哥就在村周边走。近几年，周边的甲鱼少了，旺哥开始走远路了。村里人说，旺哥能听懂甲鱼的话，看懂甲鱼的活动路线。旺哥听了，也不言语。

旺哥一般会沿着河边走，他轻易不动鱼叉，只是慢慢地看，走到某一处，他观察几分钟，再用鱼叉慢慢地探究河底。一会儿，河面上浮出一圈圈椭圆形的泡泡，大盘套着小盘，层层叠叠地涌上来。旺哥眼疾手快，照准盘子中央狠狠地扎下去，往侧面一举，一只甲鱼就牢牢地四脚朝天，脖子伸得老长，滑稽可笑地躺在叉子上了。

每年旺哥回来的时候，腰包都是鼓鼓的，他是一路抓一路卖。村里几个年轻人羡慕不已，偷偷地做了一样的家把什，结果出去一周，灰溜溜地回来，一只甲鱼也没有叉到，还赔了路费，这下，他们是真服旺哥了。

旺哥嘴紧，如何叉甲鱼，他一个字也不漏。偶尔有一次，几个年轻人请旺哥喝酒，旺哥高兴，喝多了，开始说自己的绝活：甲鱼好阳光，冬天，河床阴的一边肯定没有。甲鱼好肉食，螺蛳多的地方甲鱼多。甲鱼喜欢柔软的沙床，冬天趴在里头暖和。太清澈的溪河里甲鱼不喜欢，越是混浊越高兴，因为小鱼小虾多，容易捕食。大家伙正听得津津有味，旺哥突然不说了，任凭他们如何套话，旺哥也是只字不吐最关键的一招——如何下叉。

旺哥从来不吃甲鱼。有些人说他不舍得吃，一只甲鱼好几百元钱，他家里穷，三个孩子要读书。有些人说，旺哥前世就是甲鱼，要不然，他怎么会对哪里有甲鱼、哪条河没有甲鱼那么清楚呢。

村里有位独身的百岁老人，每年过年前后，旺哥都要拎一只甲鱼去看他。这一年拎甲鱼进门槛的时候，隔壁的五岁小女孩来看热闹，头刚好和甲鱼齐平，眼睛和甲鱼瞪上了，冷不丁被甲鱼咬上了眼睛，孩子哇哇大哭，老人家长都急坏了。只见旺哥不慌不忙找来一根筷子，在甲鱼身上用力一戳，甲鱼立马就松了口。真是神奇了，要知道，甲鱼咬上了东西，可是轻易不松口的。旺哥补偿了小女孩一只四五两重马蹄大小的小甲鱼，在民间，金钱马蹄鳖是最滋补的。他对女孩的父母说，这个小女孩，以后会成大器的，甲鱼可是神灵呢。

果不然，多年后，这个女孩成了村里唯一的大学生。女孩的父母逢人便说当年的这档事，让旺哥多了几分神秘。

有一年，村里的水库出现了缝隙，需要人下水补洞。寒冬腊月，出多少钱都没有人肯下水，虽然旺哥水性好，可他已经六十出头了。村里百般无奈找到了旺哥，旺哥二话没说，潜到几十米深的水里，来回三次下水，把洞给补上了。最后一次出水，竟然还抱了一只大甲鱼上来，足足有七八斤。村里要给他钱，他分文不收。

一个外地老板闻讯赶来，要出高价收购这只大甲鱼，旺哥笑笑说，算了吧，它老了，我也老了，留给我做个伴吧。旺哥每天弄点螺蛳、小活鱼啥的喂甲鱼，晚上，老甲鱼就趴在旺哥床脚下睡觉。

一年夏天，旺哥在院子里躺在竹床上睡着了，早晨醒来，一条银环蛇竟然死在竹床边，只见老甲鱼高昂着头，晃来晃去的。旺哥明白了，是这老伙计救了自己的命呢，可要好好地奖励它一顿鱼虾。

风吹紫围巾

符浩勇

　　本来商贸局局长韩风出差回来可直接回家的。可他忘了带钥匙，妻子朱珊要等到五点半才能下班。他决定先到县委大院里自己单位去一会儿，顺便处理一下出差期间的信件和报刊，然后等朱珊下班后与她一起回家。

　　县委大院里各单位清洁工由机关事务局统一管理，派往他单位的清洁工是一个三十多岁的瘦弱女人。大家称她小卢。平时她打扮非常朴素，或者说有点土气。他进入单位大楼时，正碰上小卢在清扫楼梯。她说，谢谢局长你那天送我报刊。韩风这才记起了出差前清理过期的报刊，正碰上她在打扫走廊，随手把一堆没用的报纸和杂志给了她。他说，一堆旧报刊，我还得感谢你帮我清理了。他走进办公室，桌子上果然堆满了信件和杂志。他坐下，给朱珊打了一个电话，说他已回到单位。

　　韩风读完信件正要翻看杂志时，朱珊已来到了办公室门口。他说，等我把这些杂志扫一眼就走，顺手把刚刚收到的一本时装杂志递给了她。朱珊一接过就惊叹一声：呀，好漂亮的围巾啊。朱珊说到围巾，韩风就想起给她买的礼物，立刻起身从旅行袋取出了一条紫色的围巾。

　　朱珊接过紫围巾后并未表现出欢喜，这让韩风有些失望。事实上，朱珊已经有好多年没有因韩风的礼物而激动了。朱珊只是冷冷地看了一眼，就顺手把紫围巾放到沙发的拐手上，接着继续看那本时装杂志。少顷，有人打朱珊的手机，是约她去打麻将的。她兴奋地将家钥匙甩给韩风就飘然走了。韩风回家时看到紫围巾仍在沙发的拐手上，就想朱珊一定是不喜欢紫围巾，要不，她走时会带上的。他走过去捡起紫围巾，放进了公文柜里。

　　次日，韩风来到办公室，发现茶几上放着三个苹果。苹果又大又红，以为是秘书放的。可秘书说，这是小卢送来的，她说你送过她旧报刊。韩风说，难怪她昨天在楼梯上说要谢我。

　　韩风下班走出单位大楼时又看见了小卢。她正在忙着清扫单位门口的落叶。

寒风还在拼命地刮着，飕飕的冷风像长了腿一样直往她脖子里钻。她显然感到了寒冷，她使劲地往衣服里缩脖子。他看见她的脖子越缩越短。后来，她只好把衣领竖起来，想让衣领挡住寒风。但衣领毕竟太软弱了，寒风一下子就把它吹倒下去。

有一条围巾就好了。韩风猛然想起那条妻子不喜欢的紫围巾。他转身踅回办公室。当他再次走到了小卢身边，发现她已经冷得浑身发抖了。小卢。他轻轻地叫了一声。小卢从落叶中抬起头来，嘴唇都变紫了。他没有马上把紫围巾给她，他先说到苹果。小卢低下头说，只能算是一点心意。韩风这时把眼睛移到了她的脖子，说，这么冷的天，为什么不披一条围巾呢？小卢的身体颤了一下，说，乡下很少披围巾的。话音未落，韩风把紫围巾递到了她面前，说，我这围巾，给你吧。她顿时一惊，立刻抬起头看他，却不敢接紫围巾。韩风说，今天的风很大，快围上吧。他说时已把紫围巾塞进了小卢的手中。

朱珊一直都没提到那条紫围巾，她似乎将它忘得很干净。韩风想可能主要还是她围巾太多的缘故吧。她在家里有一个围巾专柜，各种各样的围巾挂了十几个衣架，几乎每天都要换一条围巾。

一个下午，韩风刚走下单位门口的台阶，一条紫围巾突然映入他的眼帘。韩局长，总算等到你了。说话的是小卢，她脖子上的紫围巾在这寒天里分外醒目。韩风一愣，问，你等我？她点点头说，等你有好一会了。韩风看见小卢手里拎着一只塑料袋，忙问，你等我有事？她脸一热说，我从老家给你找来了几斤野蜂蜜。

韩风摆摆手说，你留着吧。一条围巾，不值得你说谢的。小卢想了想说，你要是不要这几斤野蜂蜜，那我就把紫围巾还给你。她说时手已伸到脖子上要解紫围巾。韩风赶忙说，我收下你的蜂蜜还不行吗？小卢沉默了一下说，只是一条围巾，可它暖心，这一年冬天我都不会觉得冷。

那天单位召开职工大会，韩风看见小卢出现在窗口，她仍然披着那条紫围巾，格外惹人注目。忽然，会议室的大门被人敲响了。敲门声很重，职工们都愣住了，可韩风没想到，是朱珊来了。

韩风迅速走出门去，朱珊就冲了上来。韩风问，什么事这么急？朱珊迫不及待地问，你上次买的那围巾呢？韩风想朱珊可能见到甚至怀疑小卢披的紫围巾。

他反问朱珊，我已交给你了，你怎么来问我呢？朱珊说，落在你办公室了，你收起来，或许已送人了？韩风保持沉默，对朱珊说，别闹，这事回家说吧。他说完就转身进了会议室。

当晚，韩风回到家，朱珊并没有提及紫围巾的事，对他显得很客气甚至生出几分柔情。

次日，韩风没有见到小卢，而是另一位清洁工来单位清扫。快下班时，秘书来对他说，事务局打来电话说，小卢辞职走了。据说是她跟一个男的好上了呢，她那条紫围巾就是那男的送的。

韩风一听差点栽在地上。

师者老邢

张海龙

朋友老邢是船级社一位资深验船师。我们相识多年，工作上有交集，私下也常沟通。老邢常年检验船舶，发证书，对国际公约、法规研究很透，我们遇到理解不透的公约条文，不愿费力细抠，就拿起电话或发个邮件直接请教老邢。老邢脾性也好，可能信佛多年受教感化，谦卑且不厌烦，直至问题疑难得以解决为快。实而受用，久之，圈内的人喜欢称老邢为老师。

老邢年近半百，虔诚信佛多年坚持不吃活物，吃肉也少，体型偏于黑瘦。业务好，检验的船舶多，老邢每月近半的时间都在出差中。出差的老邢喜欢单枪匹马，形似蜗牛，常年背一个鼓囊囊的工作包。

一次，公司一条油轮在长江某港卸货期间，当地海事局两位检查员午后上船进行开航前检查。从驾驶室到机舱到甲板，翻箱倒柜般查个遍儿。整个过程，两位检查员始终僵着表情，走在前面那个小年轻更是拿手中的笔指指点点，在小本上记个不停，嘴里提着各式各样的缺陷。有些缺陷站不住脚，陪同的船员提出异议，小年轻不屑地昂头背起公约法规来。最后，开出有15条缺陷的缺陷报告，责令开航前进行整改。然后不顾船长的哀求辩解，离船而去。

缺陷需要在开航前进行整改纠正，麻烦了。其中一个缺陷是机舱主机上空水淋喷头水管长度不够，加长需要动用电气焊，油轮在码头期间不允许动火，需要去锚地才能进行修理。去锚地不仅耽误船期，还会产生很多额外费用。

眼见无解，下班前我只有试着求助老邢。老邢当时在台州出差，下午完成了工作，计划坐晚上飞机回来。我把情况说明后，老邢也觉得缺陷报告有些偏重、离谱。老邢打电话问了同事朋友，弄到了检查员霍队的手机号码。电话打通了，霍队哼哼哈哈应付几句，把电话挂了。老邢不死心，再打，对方关机了。老邢倔脾气上来了，又数次打电话给朋友，硬是搞到了霍队的家庭住址。

老邢给我打电话，说他已经退了机票，坐上了火车。我骇得不知说什么，不知执着的老邢是否敲得开霍队的家门。

老邢下了火车，买了水果，打车直接去了霍队的家，爬上六楼敲开门已经是夜里10点。面对气喘吁吁的老邢，错愕的霍队连忙把他让进屋里。老邢没时间顾及满脸汗，开始谦卑地对缺陷报告中认为不合适之处参考公约进行辩解，说明在码头无法动火修复的缺陷纠正起来对船东的影响，还有某些缺陷造船时就已经存在了等等。老邢边说边将一瓶矿泉水几大口喝尽。沉默的霍队受感动了，看着瘦干疲惫年龄相仿的老邢背着沉甸甸的工作包为船东争取基本的权益不辞辛劳，很感慨。最后告知老邢明天上午带着缺陷报告去局里找他。

次日，老邢早早过去。霍队把小年轻一起喊到会议室，逐个将缺陷分析简化，最终留下8个当场给出纠正建议的缺陷，这样就不影响船舶卸完货后正常开航了。

对于老邢的倾力相助，我真的不知怎么感谢了。我说报给老板，建议给老邢批点儿奖金吧。老邢连说不用，说把他的火车票、水果费报销了即可。当然，我又在经常一起小酌的饭店，和老邢连着干尽几杯扎啤，感激的负荷才随着不断的酒嗝稍稍释放了些。

老邢爱喝酒，爱喝啤酒。朋友聚会喝，周休一个人在书房电脑前处理文件时，他也喜欢开启一罐啤酒放在旁边。一两个小时后，文件处理完，桌上已经东倒西歪着四五个空罐。老邢爱喝酒，和他多年沉重封锁的心事有关。老邢有一次失败的婚姻。老邢还是小邢时，在船上做到大管轮，被公司调到办公室做机务主管。做机务主管需要经常出差访船，经常酒足饭饱后陪着客户、官员出去消遣。时间久了，老邢找到了刺激，身边悄悄多出了一位小女朋友。老邢走火入魔了，胆子大了起来，利用外出修船几个月的机会，把小女朋友带到了外省修船厂，明目张胆地出双入对。

纸终究包不住火。面对发妻颤抖的质问，老邢不想再欺骗隐瞒下去了。老邢招供后肃立一旁，等待着发妻的狂风暴雨。发妻只是低头掩面抽泣，一直不愿承认的猜疑还是成为事实了。发妻的悲痛呜咽，也唤醒了老邢忽视多年的夫妻情感。老邢心疼，纠结，无地自容。无奈破镜终难圆，挣扎到最后，两人还是办理了离婚手续。七岁的女儿跟了妈妈，愧疚的老邢几乎净身出户。

思想上负担轻了，老邢偶尔也会发呆叹气，然后去疼爱给他激情的小女朋友。小女朋友慢慢变了，变得日益嫌弃体弱酬薄的老邢怎么连个房子也混没有了。小女朋友感觉前途渺茫，拎包走后，才给老邢发去一条信息。

老邢傻了，没料到自己牺牲这么大，竟换来这样的结局。下班后再回到出租屋，面对空荡荡的死寂，老邢心里像倒进了一碗辣椒油，还有一瓶老醋精。老邢咬破嘴唇，摇头苦笑悲叹，发现只有酒精能化解那串揪心的难受，于是开始一杯杯醉饮自酿的苦酒。

后来，老邢找了现在的妻子生活。经过一番沉浮，老邢沉稳了，话语也少了。白天，他努力工作，夜里实在睡不着，就跪在佛堂前持珠念经拜佛，困了再睡。至少这样，老邢不会在黑暗中想起过去，想起过去的三口之家，想起仍一个人苦熬日子的发妻，以及发妻悉心照顾的女儿。

女儿长大了，上初中了，懂事了。懂事的女儿明白了为什么总是妈妈一个人辛苦地照顾自己，明白了为什么一周甚至一个月才能见上爸爸一面。老邢感觉握在手心里的一只小手越来越生硬，近在咫尺的表情愈发冷淡疏远。老邢不敢多问，把手心里的小手握得更紧，顺着女儿想去的地方去、想玩的地方玩、想吃的地方吃。有时老邢看着女儿玩在兴头上，心情也好，很想深刻地谈一次，谈谈爸爸的苦恼。可是老邢几次走近却怎么也张不开嘴，只好摇着头把那一堆堆愧疚层层压在心底，压在酒水里，慢慢发酵。

我和老邢一直是很好的酒友。无论谁闷了，想出来透一透气，就找个小饭店，要几碟简单的小菜、几串烧烤、一箱啤酒。话无须太多，举杯干了就是最好的祝酒词。酒尽人也微醺，结账出门握手言别，两个身影踏着春夏秋冬的夜色分向微摇前行。我一直想让老邢把窝在心里多年的愧疚说透说开，和谁说都行，发妻、女儿、朋友，都可以。可是老邢一直摇头苦笑，举杯过头顶，碰出响来，一饮而尽。

老邢是我们圈内人的老师。师者，所以传道授业解惑也。老邢不可以颂其满腹学识，却也熟知善解相关公约、法规难懂的条文。老邢无疑是聪明的，聪明的老邢多年信佛、谦卑，帮助熟识的、陌生的人授过太多的业，解过太多的惑。唯独不清楚，老邢何年何月何日何时也能把自己缠绕成茧的心惑得以解开、化蛹为蝶呢？

老将军的小板凳

石朋庆

　　我到部队参军时，只有 18 岁，年纪小，个头儿也不高，在班里老是被战友们说成是小兵蛋子。高炮团训练很严格，一般的身体还真吃不消，一天下来，累得我像害了场病似的。有战友私下问我："你这个头儿怎么想到要当兵啊？"

　　我倔强地回应了一句："我自幼就立志当兵，个头儿小也会慢慢长高的。"

　　一天，我们班长对我说："你真有福，老将军听说你与他是同乡，要见见你。"

　　我一时不知所措。我想这可能是我改变命运的一个契机。战友们也以为我会因此离开连队，去师部机关。

　　果真，第二天师部通讯员小范就打电话来了，要连部派车速送我到师部。

　　我在训练营累得满头大汗，没顾得擦洗一把就搭乘连部的吉普往师部赶。

　　到了师部，通讯员小范热情地接待了我，他说："老将军是我们的老首长，对我们这里的一草一木、一兵一卒都怀有深厚的感情。离休后，老将军主动要求回到这里。今天时间紧，以后有空，我带你去师部荣誉室参观参观。现在，我们一起去老将军家吧！"

　　我原以为老将军会像电影里的将军一样气派，他的家也会有和电影里一样的摆设，但眼前这个腿脚已经不太方便的老人显然不是我想象中的老将军的样子。

　　老将军看到我后，就示意小范退出了房间。我一时不知该坐着还是站着，他伸出了双手，我也下意识地伸出了双手。他握我的手时很是有力。

　　然后，老将军问我："你是南山头的？"

　　我说："我是。"老将军一口的乡音，让我感到亲切。

　　"哪个村？"

　　"楚家坳。"

　　"真是同乡。你说说，当年，我们楚家坳有多少红军牺牲在南山头上？"

　　"我知道的不是很多，我只听说您当年是最勇敢的小战士。但我不知道，您竟然还是这个部队的老将军。"

"你坐，你坐，我去倒茶。论辈分，我和你爷爷是一个辈分的，那时你爷爷没有跟着大部队走，现在还健在吧？"

老将军一边说，一边倒茶。

我看到老将军家除了彩电是新的，其他的家具都很旧。特别是那个小板凳，由三块小木板拼成的，矮矮小小的，是普通人家都有的那种。

我坐了下去。

我之所以没有坐到沙发上，主要是心里对老将军很敬畏，有点儿诚惶诚恐——虽然沙发也很旧。

老将军见了，笑了笑说："有山里人的质朴。"

老将军把茶杯递到我手里时，我发现老将军看我的眼光很慈祥，使我想起了我的爷爷。

我们谈了一个上午，主要是老将军问，我答。问的都是家乡的人现在日子过得怎么样了、家乡有哪些变化、家乡的党员和干部在干什么之类的。我把知道的都向老将军说了。我说："不知道的，我写信回去问问，再来向您汇报。"

老将军说："不了，我老了，我要回楚家坳去，叶落归根。"他说这话时很伤感。中午，师部安排我和老将军一起吃了午餐。

从那以后，我回到班里总盼望听到老将军给我带来的好消息，班里的战友也以为我很快会被调到师部或者到军校去学习。

等了好长时间。一天，师部通讯员小范又打来电话，点名要我到老将军家帮忙搬家。我以为有戏，一定是老将军在师部领导面前提到了我。为老将军搬家，我很是兴奋。我认为，应该给老将军这样的功臣安排一个像样的家，让他安度晚年。

结果出乎我所想象，老将军是告老还乡。

我帮老将军把一些旧家具搬到车上。老将军说："搬家具是私事，所以，我只让你来。"

老将军说："我没什么留给你的东西，只有你第一次到我家做客时坐的那个小板凳。"

我感到诧异。一只小板凳，为什么要留给我？

老将军被师部的小车送回了楚家坳。我望着远去的老将军，眼里一片潮湿，心中五味杂陈。

第二年春，老将军中风了，病倒在床上，总是念叨着我和那只小板凳。

到了初夏，老将军已经病危。

师部领导通知我一起回去看老将军，我带着那只小板凳回去了。老将军在弥留之际，让我把小板凳拿给他看。看到小板凳，老将军笑了。他说，在延安大生产运动时，这只小板凳是中央一位首长纺纱时坐过的。他当年到抗大学习时，那位首长把小板凳送给了他。他说，当年，他就坐在前排，听过很多中央领导讲课。

我默默听完老将军讲的小板凳的故事，低着头，任泪水直流。

大上海的肖雪

崔 立

春天到来的时候，我接到了远在上海的老同学肖雪的电话。那个时间，我还在小县城的午后百无聊赖地晒着太阳，肖雪悦耳的声音在耳边响起，姐，干什么呢？我说，啊啊啊，我在晒太阳呢！

一周后，咖啡馆里，我坐在了肖雪的面前，软得让人陷下去拔不出来的沙发，只为她那一句，来吧，丢掉你现在毫无出息的小县城生活，投入大上海的怀抱吧，吃、住，还有你的工作，我都包了！

我们是小学，还有中学同学。家离得也近。我比肖雪大，成了她的姐。我们一起吃饭，一起逛街，无话不说，好得像一个人。肖雪后来考上了上海的大学，毕业后去了一家外资跨国银行，直奔"金领"而去。我留在了小县城，天晴晒太阳，下雨看窗外。这么些年，我从起点出发，还是待在起点。像一只陀螺，原地打着无聊的转。

肖雪说，明天，我带你去上班。

肖雪的脸上带着很轻松的自信，自信得让我无法相信，难道那公司是肖雪开的吗？

第二天一早，我随肖雪去了一栋楼。那栋楼，像这个城市所有的高楼一样，高得吓人。我不敢往下看，甚至都害怕坐电梯，这电梯是不是会掉下来？虽然站在电梯里看不到我们站得有多高，但从电梯里呼呼地感受着风一样的急速上升，我的心就莫名地揪了起来。

肖雪觉察到了我的紧张，看着站在电梯角落里的我，不由一笑，说，你还没改掉那个习惯啊？我说，没，没有，这楼，为什么一定要在这么高的楼上班呢？！

电梯到了 58 层，从里面走出来，我大喘了一口气。肖雪踩着高跟鞋，发出"踢踏踢踏"稳健的脚步声。在公司门口，肖雪和气的面容换成了冷若冰霜，前台的两个小姑娘，恭恭敬敬的声音，说，肖总好！

肖雪？我的心头又愣了一下，什么时候肖雪成肖总了？

肖雪冷冷的声音，说，苏总来了吗？

左侧的小姑娘说，苏总已经到了。

肖雪没吭声，高跟鞋又是"踢踏踢踏"稳健的脚步声，我跟着肖雪，到了一个办公室门口，门关着。

肖雪推门进去了。里面，坐着一个中年男人，男人看到了肖雪，脸上堆满笑容，说，小雪来了？快，快坐。

肖雪示意我进来，我略有几分尴尬，还是进去了。

肖雪说，老苏，这是陈晨，我同学，我安排她去人事部了，一会我让财务部给她算个工资，再预支三个月的薪水给她吧……

男人说，啊，行啊，小雪你安排好了……小雪，我这几天家里不方便……

肖雪打断了男人的话，说，你很忙对不对？

男人看了看我，似乎有些话不方便在我面前说，我要出去。肖雪拉住我，说，我们一起走吧。

肖雪打开了门。我跟着肖雪，直接走出了公司，走到了电梯口。

走进电梯，电梯又像风一样地急速下降，我的心在揪起的同时，又想起了什么。我说，肖雪，不是说我去人事部上班吗？

肖雪说，陪我去个地方吧。

我说，好。

肖雪把车开得飞快，我们不像在马路上开车，倒像是在天上开飞机。有好几次，我拉着车上的拉环，喊着，肖雪，你慢点，你疯啦……

肖雪笑笑，说，放心吧，没事的，我一直这样开。

车子在一个别墅区停下时，我下了车，对着一侧的花坛吐个不停。岗亭里的一个保安走过来，肖雪朝他挥了挥手，保安就回去了。

肖雪用力拍着我的背，说，瞧你这点出息。我捂着肚子，还是难受，说不出话来。

我们走进了其中的一栋别墅。门打开的时候，一个三四岁的小男孩，蹦蹦跳跳地就出来了，一下子往肖雪的身上扑，糯糯的声音叫着，妈妈，妈妈抱！

我愣住了，还是惊呆了。我看着眼前的这一切，真不知道该说什么了，肖雪什么时候结婚的？还有这么大的一个儿子？这些我都不知道，我是她最好的朋友啊！

我们坐在房间里，一个保姆出来，带着小男孩去玩了。

肖雪给我讲了一个有关她和那个苏总的故事，苏总没有儿子，想有个儿子，肖雪给苏总生了儿子，苏总给予了她一切，却无法给予她名分……

肖雪说，回去后，什么也别说。

我想起了电梯，还有飞车。

我说，肖雪，这个地方太可怕了，那么高的电梯，还有你开那么快的车，太吓人了，我想我还是回去吧……

肖雪瞪大眼，不可思议地看着我。

伤　脸

刘正权

　　骂人不揭短，打人不伤脸。

　　龙吴东这是犯忌了，他指着疤棍的脸骂，你怎么老不要脸，做出这种事？

　　疤棍脸涨红了，是慢慢涨红的，打从退出江湖后，疤棍性子平稳了许多，连生气都讲究一层层推进，早年可不是，早年疤棍一言不合就能动刀子。

　　省去很多程序。

　　一般人要打个架，先得吵，吵完骂，骂到青筋暴起，就撸袖子，然后才挥拳头，动刀子，那是最后的杀着。

　　龙吴东倒好，直接上了杀着。伤脸对疤棍来说，是杀着，比捅他一刀更厉害。

　　捅一刀，疼在自己身上，别人不会有感知，众目睽睽之下被龙吴东伤脸，疤棍全身每个毛孔都疼得要渗出血来。

　　狗日的你龙吴东没良心，老子不要脸为的是谁，你扪心自问一下。

　　龙吴东抱着膀子，我扪心？我看见你那张脸就闷心，你晓得不？

　　事不大，是龙吴东轮椅上的一个滑轮引起的。

　　年下退休的龙吴东帮所里干警在街上义务执勤指挥车辆，被疤棍侄子陈一龙撞断了腿，伤筋动骨一百天，这会还没好得体，出门进门，都是疤棍瘸着老腿伺候着。

　　其间疤棍去了一次县城找侄子陈一龙拿营养费，回来，发现龙吴东的轮椅上少了一个滑轮。不能出勤了，这算啥事。

　　疤棍天天推着龙吴东上街执勤，蛮受用的。

　　多少年了，街坊邻里对他都怀着防范之心，实在避不开的，低下头小心翼翼错开他眼神，生怕带动的空气让他眼眶里进了沙子啥的。

　　推着龙吴东，就不一样了，不但有人跟他眼神相对，间或还有人冲他展颜一笑。笑是能感染人的，疤棍会还以一笑，他甚至都去口袋里掏烟，打算敬人家一根，抽个烟，说个家常，好言好语能暖心，让疤棍长了见识。

人不老，不晓得人情冷暖是什么滋味。

年轻时打架上瘾，没承想年老了，跟人说个话可以上瘾。

心痒难耐的疤棍出门晃了两根烟工夫，回到龙吴东家时，手掌里就亮出了一个滑轮。在安装滑轮时，龙吴东打了疤棍的脸。

哪来的滑轮？

顺的呗！疤棍随口应了一句。

哪顺的？龙吴东看着滑轮不配套。

童车上！疤棍没抬头，很用心地安装。

你还蛮有童心啊！疤棍没听出龙吴东语气里带了奚落。刚要笑，龙吴东的话劈点子一般砸过来，没白混江湖啊，偷的就是偷的，还顺的？玩童言无忌呢跟我。

疤棍脸色白了，什么童言无忌，我疤棍这辈子就没跟偷字挨过边。

那你意思这个滑轮自己飞你手掌心了，啧啧，看不出，还是人工智能滑轮啊。

我不是为了你能出门执勤吗？疤棍嘟囔。

执勤，你那是让我把脸给人当屁股踢，龙吴东恼了，你怎么老不要脸，做出这种事？

疤棍气上来了，把安装好的滑轮掏出来，站起来，嗖一下丢大门外，猪八戒摔耙子，老子不伺候（猴）了！

刘米秀买菜回来，正碰上疤棍气鼓鼓地出门，刘米秀说，留下吃饭啊。

疤棍说，吃不起，弄不好吃个嗟来之食，我疤棍白活了。

滑轮躺在门外大街上，很委屈似的看着疤棍，疤棍上去，踢了滑轮一脚，骂骂咧咧说，走，跟老子回家。他就那么一脚一脚踢着滑轮穿过人群，年轻时，疤棍每天脚下都踢东西，要么石子，要么健身球，也从孩子脚下抢过足球，谁见了都退避三舍。不晓得退避三舍的房子玻璃什么的，就遭殃了。

今儿个，该谁遭殃呢？刘米秀暗自嘀咕着关了家门。

架是晚上吵起来的，龙吴东在家憋了一天，说要摸黑出去转转。

怎么转？轮椅瘸了一条腿，刘米秀噘着嘴巴，疤棍给你装滑轮，你不让装，难不成我背着你转？

龙吴东冲老伴招手，说山人自有妙招。别说，龙吴东还真的有妙招，他手掌心里冷不丁亮出一个滑轮，是我自己下的，滑轮压根都没丢。

你这是唱哪出啊？刘米秀拿眼瞪着龙昊东。

龙昊东指着自己脸，唱这出啊。

刘米秀凑上来看，龙昊东脸上好端端的啊。

怎么会好端端的？我自己没瘸腿时不觉得，龙昊东叹口气，你不知道，每天疤棍推我上街，他那腿一瘸一瘸的，我脸上就火辣辣地疼。

刘米秀安慰说，那也是情非得已啊，年轻时你空手夺白刃时不把弹簧刀照准他脚尖砸，他那刀子就捅出人命了。

哪能呢，疤棍就是虚张声势一下，不会真杀人的！龙昊东摇头，怪我，年轻气盛。

你这会不年轻了，咋还那么气盛，伤疤棍的脸。刘米秀反问。

我伤疤棍脸了？龙昊东说不可能。

还不可能，疤棍可是把滑轮一路踢回去的，刘米秀撇嘴，你这是把他打回原形了知道不，怕伤脸，赶紧去给疤棍道个歉。

怎么去呢？龙昊东有点为难，滑轮他会下不会装。

能怎么去？你们都要脸，只能我背你啊！刘米秀嚷嚷着，扶着轮椅蹲下腰身。

涵元阁

岑燮钧

舜江府有个著名的涵元阁，旧主据说是前清的一个大员。老爷是个书痴，搜罗了不少海内孤本。暮年，老爷膝下荒凉，曾不止一次对仆人谢玉良说：

"不知涵元阁会落在谁手？倘也是个爱书的，我也放心了。"

"老爷，你放心，有我一天在，我就不会让涵元阁丢失一本书。"

老爷曾跟着一个高人，学会了古书修复。谢玉良是书童，自然也懂七八分。老爷过世后，涵元阁捐给了舜江大学的图书馆，他就成了古籍部的修书匠。他有一手当年跟着少爷混的绝技——借尸还魂法，能把整个旧书纸更换，让原来的墨迹附着在新的纸张上。这一技法，江湖罕见。眼见得谢玉良也渐渐老去，就让他带了一个徒弟——龙志安。

龙志安是个年轻人，学古典文献的。修古书是一件精细活，须坐得冷板凳。拆线，清洗书页，处理虫眼和书病，替换册页，重新装订，那可不是一件简单的事，一天糊不了几页。尤其是借尸还魂的技法，那可是秘密，不轻易传人。入了这个行，就得守着这个活。龙志安虽不敢怠慢，却也没多少热情。

谢玉良闲了时，就给龙志安讲当年的事。"我是答应了老爷的，他守一辈子，我也守一辈子。"谢玉良像义仆一般，忠心耿耿，仿佛这藏书楼就是他的旧主一般。

可惜，形势逼人。日本人攻下了上海，舜江府也危在旦夕。舜江大学西迁，搬走了涵元阁的一半藏书——车马颠簸，已不能再多带了。

"师傅，你跟我们一起走吧。"

"我老了，跟不了你们年轻人了。这半楼藏书，耗费了我老爷的一世心血，宋元孤本，尽在其中，你要好生看管，剩下的，我守着。"

"师傅，你要好好的，等我们回来！"龙志安眼睛红了。

龙志安一走，谢玉良有好一阵失魂落魄。剩下的半楼藏书，虽不是珍本，却也是燕子衔泥，好不容易收集起来。他记得很清楚，有一回，太阳下山，老爷还没回门。他一路寻过去，在舜江桥下，只见老爷坐在石阶上，守着一地的旧书，不知所措。原来，书太重，他用手杖扛在肩上，谁知下桥时，一颠一颠，咔嚓一声，手杖折了，书散了一地。

日本人进城的那一夜，谢玉良住在涵元阁。他提着一盏马灯，前前后后仔细查看。他听到了外面的兵荒马乱，把灯芯旋得只剩一点点，一灯如豆，却又不绝如缕。他上楼下楼，坐立不安。过了会儿，他听到了外面日本兵一队队经过，感觉楼都在震动，那靴子仿佛就踏在古书上一般。

终于有一天，一个日本人进入了涵元阁，身后跟着两个侍卫，还有一个翻译。翻译官说，太君想上楼参观参观这江南著名的涵元阁。谢玉良说，涵元阁除了一堆破书，又没什么好看的。

"破书？我就是要看破书！"日本人说着半生不熟的汉语。

"把书柜都打开！"翻译撂下一句话。谢玉良徘徊不前，侍卫厉声喝道："打开！"谢玉良没法，他只得一一打开。"下去！"日本人把他赶走了。

谢玉良弓着背，在楼下坐也不是站也不是。他迟钝的耳朵变得特别灵敏，上面的些微声响都牵动着他的心。他几乎说得出每一个书柜里的书的来历，其中最东边一柜的最上层的一套书，是老爷第一次用"借尸还魂"法把书病严重的册页替换掉。看着旧墨迹重新附着在新书页上，老爷说有了这门绝技，古书可以不朽了。前几日，谢玉良检视书柜，发现这一套书竟然没有"西迁"，让他肩头一沉。

日本人走下楼来，捧着一函旧书。谢玉良眼睛直了，他伸出手去，想把那函书夺回来，侍卫把他挡住了，他喊："书不下楼——不能拿走啊！"这一说，仿佛是提醒了日本人："你的，知道，孤本在哪里？"谢玉良装糊涂道："我只是个管门的，什么孤本不孤本！"谢玉良意欲再上去拦回时，侍卫一把把他推倒了。

第二天，涵元阁门口的牌子换成了"东亚文化联谊处"，日本兵已经站上了岗。

谢玉良再也不能进入涵元阁。他撑着手杖，绕着涵元阁一圈圈地走。涵元阁虽不高，却仿佛是九层高台一般。他几乎每天都要沿着涵元阁外边的小路，绕着往里看，走近了看，站在高处看，透过花墙看，或者远远地看。他看见涵元阁旁的银杏树，一天一天变黄，叶子一天少似一天，终于变成孤零零的一株。他又看着它慢慢返青，长出新叶。他就这样一圈一圈绕着涵元阁，日本兵换了一茬又一茬，有时诧异地看看他，有时又习以为常。他的背越来越驼，他的痰越来越多。他总是对着对面的药膏旗不住地咳嗽，对着"东亚文化联谊处"，一次又一次吐痰，却总是吐不干净，如鲠在喉一般。

他终于病倒了，时好时坏。他梦见路上鼓乐喧天——龙志安回来了。

那一天，他发着低烧，真的看见了一个瘦削的男子，握住了他的手："师傅我回来了！"他愣愣地看了半天，两行浊泪流了下来。半晌，他的精神好了些，就让龙志安扶着，去看了四年多没有进去的涵元阁。他抚摸着楼梯，一步一步撑上去。涵元阁已打扫一新，只是珍本尚未归位。他翻到一本很破的古书，对龙志安说：

"你'借尸还魂'一下吧。"

走时，他回头看了看那株银杏树，金黄的叶子三三两两地悠然飘下。

五更时分，谢玉良死了。他双目紧闭，似乎没什么痛苦。

龙志安哭着赶来，把那本刚刚替换好册页的古书放在他的胸口。

水饺无毒

李秋善

已经年过七旬的佟先生在左家庄可是个德高望重的人物。

年轻时的佟先生在村里教过书，如今左家庄四五十岁的男女许多都跟着佟先生念过书。后来佟先生不教书了，在村里当过几年村会计。村里有邻里纠纷啥的，村民们也愿意找佟先生来调解。村里的红白喜事也离不开佟先生。一个农民被所有村民称为先生，威望可见一斑。总而言之，佟先生是左家庄人的主心骨，什么大事小情都离不开他。

佟先生不但有学问，还是道德楷模，侍奉双亲那叫一个孝顺。如今佟先生的二老都已作古，可村里还流传着佟先生如何孝顺的佳话。

佟先生共有三儿两女，除了小儿子，其他的两儿两女都通过高考进了城，现在都是国家干部了。小儿子混得也不错，结婚后向村里申请了块宅基地，哥姐们都拿了钱，帮着小兄弟盖起了新房。小儿子的新房比佟先生住的老宅气派多了。如今在村里承包了进城打工或做生意的人家的许多土地，总共有几百亩，算是新时期的地主或庄园主了。每年的纯收入至少也有十几万元。

自从佟先生的老伴去世后，城里的儿女们就想接佟先生到城里去生活，可佟先生离不开左家庄，也离不开小儿子一家。这个唯一在家务农的小儿子始终是佟先生的一块心病。小儿子没能考上大学，佟先生觉得自己有责任。小儿子高考失败后曾经复读了一年，还是没考上。佟先生让他再复读一年，并举例说，你大哥大姐就是通过复读考取的。小儿子说，大哥大姐只复读了一年就考上了，我已经复读了一年，不想再复读了，在家和你种地也挺好。佟先生就没再坚持。后来，佟先生每念及此就心痛，假如再复读一年，也许……

小儿子见哥姐来接老爸，老爸却不去城里生活，小儿子和媳妇就商量着把佟先生接到自己家里一起生活。佟先生说啥也不同意，说守着老宅心安，再说自己生活能自理，有自来水接到了屋里，做饭有儿女们给换煤气罐，院子里还有小菜园，吃啥有啥，多自在。

小儿子和媳妇对佟先生也很孝顺，隔三岔五地做点好吃的都想着老爹，或儿子、儿媳或孙子、孙女时常端着饺子、包子等给老人送去。一大家人处得那叫一个和气。村里没有不夸佟先生一家的。

秋去冬来，正是农闲时节。这天下午，佟先生像往常一样，在村里大街上遛弯，在一个十字路口，见一个开着三轮车卖驴肉的。三轮车的车厢板上搭个架子，架子横担上吊着一条驴腿。许多村民围着三轮车在买驴肉。卖驴肉的是个好脾气，你要哪儿他给你割哪儿。

这位卖驴肉的是邻村人，显然认识佟先生，见佟先生远远地朝这边瞅，就停下手中剔肉的尖刀，说，佟先生，买点驴肉吧，回家剁成馅包饺子，可香了，我给您老选块好的。

旁边一个正在买肉的妇女说，佟先生您不用买，我看见您小儿媳妇买了三斤驴肉回家了，您就在家等着吃您小儿媳妇给您送的驴肉馅饺子吧。

卖驴肉的和买驴肉的妇女说的话佟先生都听见了，却像没听见一样，倒背着手，面带微笑，转身回家去了。

初冬时节，天黑得早，还不到五点，天就黑了。佟先生准备生火做饭，忽然想起卖驴肉摊前那个妇女说的话，就打消了做饭的念头。

佟先生开始了漫长的等待。门外有些许风吹草动他都以为是小儿媳妇的脚步声。

佟先生还两次跑到大门口，朝着小儿子家来这里的大路上张望。村里安装了路灯，路灯早就亮了。路上空荡荡的，连条狗都没有。

平时佟先生在每顿饭前都没感觉到饿，年龄大了，消化不了多少东西。可这会儿肚子里叽里咕噜的直折腾，像是在抗议。

三年自然灾害时，佟先生挨过饿，身边的亲人也有饿死的。今天的饿却别有一番滋味。难道是小儿子、儿媳忘记了？

这时的佟先生想起了小儿子小时候的许多事情。他背着小儿子逛庙会；下雨天去学校给小儿子送雨伞……

一次吃饺子，他曾对还不满十岁的小儿子说，舒服不过倒着，好吃不过饺子。小儿子仰着脸对他说，爹，等我长大了，让你天天吃饺子。

佟先生喜欢吃饺子，小儿子是知道的呀。

佟先生觉得委屈。他觉得自己的这张老脸掉到了脏兮兮的泥地上，再也拾不起来了。

第二天一大早，小儿媳妇端着一碗热气腾腾的饺子来到公公大门前。一推大门，门是虚掩着的。进了大门，小儿媳就叫，爹啊，我来给您送饺子来了，您趁热吃吧。

没人吱声。小儿媳一手端水饺，一手推开虚掩的房门，先闻到一股刺鼻的农药味，再瞧，见公公横躺在炕上，头朝着窗户，旁边倒着一个空的农药瓶。

小儿媳手里的碗啪的一声掉到了地上，白白胖胖的水饺撒了一地，那水饺还在冒着热气。

白龙寺

揭方晓

西城乔先生，自幼饱读诗书，奈何屡试不中。心灰意冷之余，在私塾随意地教了几个弟子。没事时就去后山白龙寺，静听梵音、动观松涛，以为人生第一乐趣。间或与寺中长老觉空谈佛论经，下几盘闲散之棋。恍然间，已近饭点，觉空长老自然留他吃斋饭。

这斋饭极其简单。一碟煎豆腐，素油细煎，两面金黄，外焦里嫩；一碟盐水花生，软糯清新，入口即化；一碟小白菜，油汪汪的，白的梗绿的叶，间杂铺开，令人食欲大开。饭只一碗，大锅蒸煮，沥汤为粥，剩米为饭，清香扑鼻。

乔先生每回吃罢，总是惬意地抹抹嘴，心满意足。觉空长老呢，每回都是微笑地看着他，好似比他还惬意，还心满意足。乔先生口袋里没钱，这斋饭钱自是不付；觉空长老心中无钱，这斋饭钱自是不向他讨要。

许多年以后，乔先生曾经的弟子纳兰，文才武略，扬名朝野，皇上使其经略西北。临行时，纳兰将乔先生带上，以为幕府。乔先生孤身一人，上无家眷之累，下无田宅之困，拍拍屁股就跟着去了。

纳兰经略西北，十余年间，整顿军备、奖励耕织，气象为之一新。北方诸游牧部落闻之胆寒，莫敢南侵。西北之民，也男乐其畴、女修其业，一派祥和景象。西北这一苦寒之地，俨然已是塞外江南。这其中，乔先生出谋划策于内，奔波巡抚于外，功不可没。

皇上知纳兰干练，升其为宰辅。纳兰不肯贪乔先生之功，上奏皇上为乔先生谋了一份好差使，许多身有功名的人都为之眼热。可乔先生不愿在京城为官，觉得身在朝堂，一举一动都舒展不开，好似背着无形枷锁似的，不几天就辞官归隐。

隐到哪里去呢？俗话说"外面一幢屋，不如家里一片瓦"，乔先生回到了家乡西城。

才落定脚，乔先生就来到后山白龙寺。嗬，这哪还是那座清冷的乡间小寺啊，经历次扩建，规模已是当初的数倍有余。进香之人、还愿之士，也络绎不绝。所幸，梵音还在，松涛还在，觉空长老也还在。

棋盘，还是那样不经意地摆着，黑棋、白棋，各自分明。乔先生和觉空长老，如多年前一般，你一手，我一式，闲散地下着。觉空长老不问这十余年间乔先生的汲汲营营，乔先生也不问这十余年间觉空长老的点点滴滴，仿佛这十余年的时间从来不曾有过，他们一直都在这下棋似的。只有鬓角轻扬的白发、唇上轻颤的白须，才知时光其实真的来过。

午时已至，这盘棋也堪堪下完，沙弥送上了斋饭。这斋饭，可与十余年前的大不相同。一盘红烧鱼，纹理分明，鲜活生动；一碗红烧肉，肥瘦相间，红亮诱人；一盆母鸡汤，母鸡全须全脚，配以香蕈野笋，风味醇厚。当然，这肯定不是真正的荤食，只是厨师手艺高超，用素材料巧夺天工，模仿荤食的样子罢了。

乔先生皱了下眉，知道寺里条件大为改善，斋饭丰盛些，也无可厚非。可本是豆腐、面粉之类的素食之物，偏偏要做成鸡鸭鱼肉之类的荤食之状，虽僧众、香客食来，没有犯半分口腹之戒，可心中却难免有一点犯戒之念。

觉空长老仿佛知道乔先生心中所想，没等他开口，便轻声问道："这寺庙大了，早已不复当年的样子，梵音可有丝毫走样？"

"没有！"乔先生不假思索地回答道。

"这松林大了，松涛可有丝毫懈怠？"觉空长老又问。

"没有！"乔先生肯定地回答道。

"这时间久了，棋盘可有丝毫世故？"觉空长老再问。

"没有！"乔先生断然回答道。

"梵音、松涛、棋盘，都是本我，斋饭只是外相，只要本我不变，外相就由他去罢。"觉空长老声音虽小，却有如狮吼，乔先生一阵轻松。

乔先生吃罢这斋饭，惬意地抹抹嘴，心满意足。觉空长老呢，微笑地看着他，好似比他还惬意，还心满意足。这回，乔先生口袋里有钱，这斋饭钱仍是不付；觉空长老心中无钱，这斋饭钱自是不向他讨要。

第二天，乔先生快马加鞭，上京去找纳兰，请求复职。他知道，只要本我守得住，不做丝毫改变，朝堂之上又怎么会有枷锁呢。

父与子

高 军

是从他第一天去上班开始的。

大学毕业后，他被选调到了局里工作，父亲紧绷的脸上有种掩饰不住的高兴流露出来，可以看出那是处在一种努力抑制的状态中。作为男人，作为一个平时并不善于和儿子交流的人，父亲的自豪也是不善于表达出来的。儿子觉得自己这一代人，对到哪里去上班干什么工作等并不怎么当作很重要的一件事儿。他觉得父亲这么当回事儿没有太大的必要，甚至有些显得可笑的感觉。不过，他也体会到了父亲对儿子有了归宿的那种轻松和释然，真是可怜天下父母心啊！

他提着行李走出了家门，这些年越来越显得木讷的父亲在后面跟着他，父亲平常是不会送自己出门的，在他的记忆里这种情况从来就没有过。

"回来，"已经走出大门口接近二十步了，父亲在后面又叫住了他，"再回家走一下，还有个事儿。"

父亲的神情显得太正儿八经了，他停下脚步，慢慢地放下了行李，转过身来。

父亲有些拿捏不住的样子，在前头带路把他又领进了家门。哗的一声，往脸盆里舀上了一瓢清水，带着不容置疑的口气指着波纹颤动的盆中对他说："洗洗手，把手洗干净，光光鲜鲜地上班去。"

心中涌起一些怨气，敢情就是这么点小事啊，他摊开双手："爸，我刚那会儿才洗刷了啊。"

"不费多少事儿，就是洗一洗，板正地端公家的饭碗去。"父亲的手还是硬硬地指着脸盆和里面的清水。

他猛然记起小时候，和小伙伴们在外面疯玩，经常弄得灰头土脸的，手上当然也干净不了多少，只要父亲看到了总是说他："怎么能弄成这个样子，赶紧去把手洗干净好吃饭。"当他洗了以后，父亲还会紧跟上话来，"玩也罢，干活也罢，只要好好注意，完全可以让自己的手尽量保持干净。"他听过也就听过了，下次还是这个样子。但父亲也很有耐心，还是用同样的办法要求他。

后来他已经成为一个大青年了，有时候也是很逆反的，父亲对他有些事情也显出了无奈。好在他平时能好好学习，并没有做出什么出格的事情。随着他越来越大，父亲好像有些忌惮他的样子，变得有点木讷寡言，也很少过问和干涉他的行为了。

这次，看父亲一直固执地伸在那里的胳膊，好像就是一根他必须跨越的横杆。僵持了一会儿，他慢慢平静了下来，走向了那盆清水。他先是手掌对着手掌搓洗，随后交互地手心手背相搓，手指之间洗过后又单独搓洗大拇指，但态度有些应付。洗着洗着，他心中一颤，开始认真起来。当他真正觉得洗得可以了的时候，才结束了。

从此以后，每次从家中回单位的时候，临出门前的洗手成了一个绝对不能漏落的程序。父亲好像只关心这件事，别的事情一概不问。他也就慢慢习惯了，很多时候是自己主动洗完手再出门，每当这时他看到父亲都会露出欣慰的笑容。

特别是当他一步步得到提升，最后当了县长的时候，更是坚持这个固定不变的程序了。

随着年龄的增长，他和父亲的交流开始变得顺溜起来了。陪着父亲在家里喝上一点酒，他有时候会和父亲开玩笑："爸，每次都让我洗手，是一直担心我端不好公家的饭碗啊？"

父亲慢慢端起小酒杯，吱溜一口喝下去，用筷子夹起一口菜慢慢品味着："洗干净手是讲卫生，讲卫生能保证身体不出问题，能过干干净净的日子呢。"

他沉思了一下，又问道："你觉得洗手可以预防腐败吧？"

他看到父亲抬起头来，眼睛里好像有一种冷光："把守住把守不住自己，还得看各人的定力！"

他一愣，随即再次陷入了沉思。父亲看到，他的嘴唇好像轻微地抿了抿，双手慢慢攥成拳头，并使劲握了几握。

第二天临出门去上班，他走到脸盆前一边洗着手，一边把头转向父亲笑笑："天天洗手，永远过干净的日子。"

父亲还是一如既往地坚持看他洗完，才去忙自己的事情了。

在工作中谈廉洁自律这个话题的时候，不知不觉中他已经爱从谈洗好手端好公家饭碗展开话题了。

　　有人找他谈体会："我以为您要求我们洗的不是手啊，是那心中想向外伸的欲望之手呢。"

　　他并不作答，但父亲在他上班第一天让他转身回去洗手的事儿又浮现在头脑中，距离现在已经过去二十多年了啊。

消失的照片

肖曙光

县委向书记到球山村，想去村里荣誉室看看，没想到却吃了闭门羹。

为啥呢？村支书老廖不给开门。老廖是位有 30 年党龄的老党员了，是村里大伙儿的主心骨。这人啥都好，就是脾气有点倔。这不，在书记面前，也犯倔脾气了。

球山村是县里的先进村，省市县的领导到村里视察过。村里为此建了一间荣誉室。荣誉室挂满了各级领导视察时的照片。大大小小的照片，用镜框装裱起来，挂在墙上。荣誉室也因此成为村里一道靓丽的风景。

随行的钱乡长问老廖为啥不开门，老廖手一挥说，关了，不开了。

向书记的脸顿时有点挂不住了，耐着性子说，关不得的，过几天杨市长要来县里视察，点名要来球山村。荣誉室关了，那怎么行？

钱乡长接过话茬说，是啊，这个时候荣誉室怎么能关？它可是我们县的一块招牌。

老廖摇了摇头，不吭声了。钱乡长急了，骂了一句，你倒是放个屁啊。

老廖闷声闷气地说，有啥好看的？还不如关了好。说完，

把头扭到一边。

向书记脸一沉，这话啥意思？

书记，我不是不给您看，只是……老廖无奈地叹了口气。

只是啥啊？书记要看，有啥不能看的。钱乡长拉起老廖就走，快去开门。

好吧，你们去看，看了也就明白了。老廖说完，就开了门。

向书记走进荣誉室，马上就发现了一个很严重的问题：原来挂满了照片的墙上，现在却出现了很多空缺，就像老年人的牙齿一样，一颗颗掉了，露出一个一个的豁口来，看上去很不美观。

怎么缺了这么多照片？向书记有点愠怒地问老廖，谁让你把照片取下来的？

老廖摇摆着手说，不是我想取，是一些照片挂不住了，不得不取下来。

日怪了。钱乡长瞪了老廖一眼，说，难道照片长了腿，自己从墙上下来的？

老廖也不接话，走到角落里，拿出几张照片，递给钱乡长，说，你自己看吧。

钱乡长接过照片一看，不再吭声，把照片递给了向书记。向书记看了看照片，脸色顿时阴沉了。

良久，向书记语气沉重地对老廖说，这些照片确实不能挂墙上了。

谁说不是呢。一张一张把他们从墙上取下来，我很痛心。但是不取下来，他们还值得挂在这墙上吗？老廖声音低沉地说道。

向书记重重地叹口气，对老廖说，你做得对，如果还把他们挂在荣誉室里，就玷污了荣誉室。

临走前，向书记握着老廖的手，说，我错怪你了，但荣誉室不要关，它应该发挥更大的作用。

几天后，县里在球山村举行了一个盛大的仪式——挂照片。

向书记首先把自己的照片端端正正地挂在荣誉室的墙上，之后，县里科级以上的领导干部，每个人都把自己的照片挂在墙上。

向书记指着墙上的照片，脸色凝重地对干部们说，把照片挂在这里，是让群众监督我们。如果我们的党员领导干部不能廉洁自律，遵规守纪，那么群众有权利把你的照片取下来，扔进垃圾堆。我希望大家每年都到这里看看，看看哪些人的照片不见了。

老廖看见荣誉室变成了警示室，开心地笑了。

荷塘月色

欧阳明

早饭的时候，何叶一脸严肃地对唐月说，我昨晚说的事，你什么时候去办？

唐月以为何叶昨晚说着玩的，根本就没往心里去。所以当作还是没听见一样。

你是不是耳朵聋啦？！何叶把筷子啪地拍在桌上。

唐月这才抬起头来，嘿嘿一笑，说，突然想起要买戒指，你没发烧吧？

别给我嬉皮笑脸，过两天我生日，不送我个戒指，我跟你没完！结婚时，你什么都没给我买过。何叶脸越拉越长。

你知道现在家里没钱啊！唐月说。

有没有钱不关我的事，我是你婆娘，不买就是不爱我！

这和爱不爱没关系吧？

有关系！你自己看着办吧！

唐月见何叶真不像闹着玩的，迟疑了一下说，买！不就一两千块钱嘛。

两千？打发叫花子啊？人家二勇给老婆买的都是一万多的，你要我戴出去丢人是不是？何叶眼睛鼓得像青蛙。

现在确实没钱，要不明年吧，明年买个两万的。唐月说。

就今年！不买，咱们离婚！何叶说完，放下碗进了卧室，砰的一声把门关上了。

唐月觉得何叶有些过分，有点生气，他看了看表，然后起身走到卧室门口，说，我要去办事了！买戒指的事等我回来再说。说完就出了门。

何叶历来就讨厌穿金戴银，唐月不明白她怎么突然会提出这种要求，出了门，开车到了镇上，他才恍然大悟。何叶买戒指不过是个借口，真正的原因，是何叶不满他不卖塘里的藕。

去年，何叶不想在外面打拼了，说二勇在老家种藕每年收入也大几万，我们也干脆回去吧。唐月本来也觉得父母年纪大了，儿子也需要人照顾，就回来租了一百亩稻田。

种藕开始投入很大，不仅耗尽了他们多年的积蓄，还贷了十几万。两口子怕投入的钱打了水漂，天天有事没事都在藕塘边转。为了提高产量，何叶说，像二勇一样，多打点药多下肥料，那样藕才能长得又白又大。可唐月不知哪根神经出了毛病，非要绿色种植。更可恶的是，到了卖藕的时候，他居然不卖，还给何叶算了一笔账，说除去抠藕的工钱，全卖了也挣不了多少，不如留在塘里，明年搞旅游。

乡旮旯，谁来游！何叶坚决反对。尤其是看到二勇那儿每天都有人来拉藕，天天收现钱，就找唐月闹。

但唐月坚持不让步，还说何叶头发长见识短。

想到这里，唐月忍不住笑了，心想，这婆娘，也学会说话绕弯子了。

下了车，唐月直奔村镇银行主任李昊的办公室。

又想贷款了？李昊问。

不贷款找你这个财神爷干吗？唐月说。

要几万？李昊问。

五十万。

五十万？太多了，不好办啊，现在放贷规模很紧，要找县上一把手审批。

两年后一定还！这事拜托你一定得帮我想想办法。

试试吧，谁叫我们是高中同学哩。李昊想了想说。

经过一个月的折腾后，唐月终于拿到了贷款。钱一到手，他就不顾何叶反对，把藕塘边自家的老房子推了，新建了一楼一底的楼房，有餐厅，还有住宿，说是要办农家乐。

大家听了直摇头，说他是疯了。

唐月的农家乐叫"荷塘月色"。开业后，不出大家所料，几个月都很少有人光顾。何叶骂唐月败家子。唐月说，心急吃不上热豆腐，别急，等明年，人就多了，到时你就天天坐着数钱吧。

数钱？不讨饭就谢天谢地了！何叶恨不得扇唐月几耳光。

整整一个冬天，唐月天天往县城跑，不是泡茶馆就是进餐馆，不时还带回几个人到农家乐吃吃喝喝。每次有客人来，唐月都要亲自下厨，弄几个新学的菜，如荷花鱼、油炸荷花等等。客人吃了都跷起大拇指。

何叶却很冒火，说，你有钱请人吃喝，却不给我买戒指，嫌弃我是不是？

舍得舍得，有舍才有得，知道这些什么人吗？作家、摄影家，都是今后给我们带钱来的。唐月笑嘻嘻解释说。

文人，一副穷酸相，能带钱来？哄鬼去吧！你不把这个家搞垮不甘心！何叶气更大了，之后几乎天天都和他吵。

时间在夫妻间的争吵中，按照自己的步伐走着。

转眼就到了第二年的夏天。唐月的藕塘因去年没起藕，荷叶比二勇的藕塘密实，花也比他的多。

六月一日那天，唐月联合县摄影家协会和作家协会，举办了"首届荷塘月色摄影和文学创作大赛"启动仪式。活动来了很多人，连县上的领导也来了。荷塘月色人山人海，热闹得像过年。

接下来几个月，每天都有很多人拿着相机，在唐月家的荷塘边转来转去，中午就在荷塘月色用餐，有的晚上还住下来不走了。

农家乐天天客满，何叶乐得合不上嘴，有时半夜都会咯咯咯地笑出声来。

八月，何叶的生日又到了。半晌午的时候，唐月对何叶说，我进城去一趟。何叶问，去干啥？唐月说，给你买戒指呀。

什么戒指？我啥时说过要买了？何叶问。

去年。

我那是赌气，你还当真，让我看看你还是不是男人！何叶说完，手就向唐月下身伸来。唐月见状，从椅子上跳起来就往外跑，不料迎头竟碰上了李昊。

跑啥哩，躲我吗？我又不是来叫你还钱的。李昊大声说。

和李昊同行的还有几个人，唐月一看就知道是来玩的。急忙说道，哪里哪里，你是财神爷，巴结还来不及哩，我这是跑步来迎接嘛，里面请！唐月说完，回头朝屋里高声喊道，婆娘，来贵客了，泡壶荷叶茶！

南庄有马

李晓东

李贺,从小体弱多病,虽有满腹诗书,但为了避父晋肃讳(李贺父亲李晋肃,"晋"与"进"犯"嫌名"),他被迫放弃进士考试。他只做过三年的九品小官奉礼郎,便辞官回到河南昌谷老家养病,一门心思写诗。

每天傍晚,李贺才出门到郊外小路上散心。

邻村南庄有位园主,他的马厩里有一匹高头大马,膘肥体壮,浑身雪白,气度不凡。李贺每回路过总忍不住去探望。说来也怪,那马看到李贺,总是摇头摆尾,奋蹄扬鬃,仰天长啸,显得异常兴奋和激动。

一个秋日黄昏,夕阳的余晖洒遍郊野。李贺心事重重,在小路上独自徘徊。当他经过南庄时,那马突然长啸一声,似乎在喊他过来。李贺不解,赶忙走上前去,不停地抚摸着马头和马身。那马总算安静下来,拖着马尾,用舌头舔着他的手。

忽然,那马喃喃地说:"兄弟,这些天来,我心里闷得慌,很想跟您聊天。您爱听吗?"

李贺吃惊不小:马为何说话,是不是有什么重大冤情?他低声问道:"莫非你受到虐待?你究竟有什么烦恼?"

"唉,太多了!"马大声说。

李贺强笑道:"不会吧,我看你有吃有喝,生计无忧,别想多了!"

"不,您只会埋头写诗,又怎么会了解一匹马的痛苦!"马眼中闪着泪光。

马流着泪,低声地诉说着:"不瞒你说,我有日行千里的能耐,早就想驰骋沙场,建功立业。可是,主人却对我熟视无睹,整天把我关在马厩里。我真的不想虚度此生!"

说到伤心处,马泪眼模糊。

马继续哭诉着:"夜深人静时,我总望着天边冷月发呆。我仿佛望见塞北沙场,望见连绵的燕山之上,新月如钩,月光下的沙漠浩瀚无垠,如霜似雪。那里才是我向往的地方。我不知何时才能佩上金灿灿的络脑，驰骋在大漠深处。"

听着听着，李贺的心在滴血。他想到自己的身世，想到自己家道中落，想到自己体弱多病，想到自己怀才不遇。于是，他猛地一拍马头，说："兄弟，什么也别说了。"

李贺深情地打量着马，马也打量着李贺。就这样，久久对视着。

"您说我还有希望吗？"

"你说呢？"

"我该如何是好？"

李贺沉默良久，叹息道："别急，耐心等待时机吧。"

马摇着头，愤愤地说："别再自欺欺人了，我早已习惯了等待！"

"老马敲瘦骨，犹自带铜声。你还年轻，准会有机会的！"李贺坚定地说。

李贺回到家中，心里郁闷，大病了一场。

大病初愈后，每当夕阳西下的黄昏，李贺仍会到郊外小路上散心。

有一天路过南庄时，李贺惊奇地发现那马消瘦了许多，神情落寞。他心里很难受，便用手轻轻地抚摸着马头，心疼地说："兄弟，别难过，还是顺其自然，认命吧。多保重！"

于是，那马便昂起头，用舌头舔着李贺的手，泪眼婆娑地默望着，仿佛在说："兄弟，我们同病相怜。请您也多保重！"

公元 817 年（唐元和十二年）的一天，夕阳的慈光普照大地山川，岁月静好，而李贺却一病不起，悄然离开了人世，时年二十七岁。

数日后，南庄的那匹骏马也老死在马厩里。

为了什么

三 石

当时秦巴站在箬源村东头的高地上，胖乎乎的手指凌空一划，气吞山河地说，我要将这一片水面、这一片荒山承包下来。我惊得眼睛瞪得老大，你想造航空母舰呀？秦巴斜眼看一下我，没好气地说，造什么航空母舰，我要搞生态养殖。我不信，秦巴在饶城的事业做得风生水起，开什么玩笑。

秦巴一点都不开玩笑，因为从那时开始，他便离开了饶城，义无反顾地扎进了这片瘦水荒山，十几年来"巧取豪夺"挣来的银子砸进去不少。我无所谓，反正是秦巴的钱，跟我一毛钱关系都没有。不对，还是有丁点关系的，自从秦巴去搞了这个劳什子生态种养殖后，我便不能随心所欲地打秦巴的秋风了，弄得王家地一水的酒吧离我越来越遥远，竟然遥不可及。

好在箬源离饶城不远，也就几十里地，所以我还是可以经常驾驶着叮当乱响的破车，独自跑去给秦巴加油鼓劲，当然也包括蹭吃蹭喝。我实在搞不明白，从事工程建设起家的秦巴，有什么鸟本事能将箬源这一片瘦水荒山打造成鱼米之仓。秦巴咧着嘴露出满口的黄牙，我爷爷辈就是箬源的农民，我这叫作孙承爷业。

我经常说秦巴如今过的就是神仙的日子，四季的水果鲜花环绕，翠绿的芡实将大片的水面装点得绿茵茵的，水底下自然是鲜鱼虾蟹，而芡实磨粉所配制的芡实露，却可让人食欲大开酒量大增。

而此时我跟秦巴在绿树花间湖边喝酒吃鱼，酒后的秦巴气沉丹田，高呼一声，足有数十成百只鸟儿从花丛中、果树间，更多的是在芡实绿茵的水面，腾空飞向空中，场面极为壮观。我是不懂鸟儿的，不知道这些鸟儿叫的什么名，只觉得鸟鸣声或悠扬或嘹亮或尖啸，融合在一起，应该似一曲什么交响曲般的让人亢奋。秦巴意气风发地指点江山，看见了吗，除了这些山这些水，我还有天上的鸟儿，这些，都是我的财富。

我要信了秦巴的胡说八道才怪，就算弄把气枪将这些鸟儿都打下来，也不过是几盘下酒的小菜而已。

不过，喝酒这玩意，就我跟秦巴两人总归是差了那么一点兴致，秦巴也试图叫几个人来一并觥筹交错，竞伟便是秦巴经常邀请的对象。

竞伟是谁？听秦巴介绍说是饶城哪个单位来箬源扶贫的什么第一书记，秦巴还说当时回到箬源就是被竞伟的"妖言"所惑。

其实也不用邀请，因为我去箬源与秦巴厮混，时常能见到竞伟，或与秦巴就生态养殖锦绣前景高谈阔论，或为了鱼虾芡实的销售忧心忡忡，有时，还因为偶尔拖欠的村民劳务工资两人争论得面红耳赤。但即便如此，我还是能看得出，秦巴与竞伟的关系不过一般，因为秦巴无论是诚心相邀或者软磨硬泡甚至怒发冲冠，都是无法让竞伟留下来一起喝上一杯小酒的。

看得出来秦巴有些失望，但失望的秦巴依旧一副不屑一顾的表情神态，什么玩意，一点面子不给，惹急了老子不干了，回饶城做工程去。

秦巴还真是动过回头的念头。倒也不是因为竞伟不给面子不肯留下喝酒的缘故，毕竟是生意人，讲究的是利润，不可能仅仅因为一杯酒而意气用事。

生态养殖，那是看起来表面光鲜，而实际上却没有几两肉星，比起秦巴当年做工程来，差别远不止一星半点。我也曾劝过秦巴，不行咱就重操旧业重整河山，犯不着窝在这个穷乡僻壤，委屈了自己。秦巴瞥了我一眼，家底差不多都在这了，哪能说走就走得了的。

秦巴说的是实话，为了搞生态养殖，连饶城的房子都被秦巴抵押给了银行，甚至连我多年来牙缝里节省下来的一丁点存款都被他抠了去，还舰着脸说这些年来给我喝的酒就算是支付的利息。

我没法不答应，谁让我吃人家的嘴软呢！

我一直不明白秦巴到底是为了什么，或者什么都不为，只是不知道哪根神经不小心搭错了。秦巴嘿嘿地笑，为了发财呗，难道你要我说为了带领乡亲们脱贫致富？你又不是记者。

这以后，秦巴依旧坚守在箬源经营着他那一亩三分地的生态养殖，而我亦有事没事地跑去箬源喝酒聊天吹牛，一切都是那么平淡无奇。曾有一次我来到箬源时，看见几幢简易办公室被一大群村民围了个水泄不通。我以为是村民闹事，跑过去一看，却见每个人脸上都洋溢着灿烂的笑容。

　　秦巴站在人群当中，而那个叫竞伟的则站在秦巴的身旁，不停地叫着一个一个的名字，每叫一个名字时，便会有人挤到跟前，从秦巴的手中接过一沓票子，然后满脸堆笑地一张一张地点着。

　　秦巴显然看见了我，咧开大嘴朝我挥着手。

　　这天，我和秦巴自然得喝酒。出乎意料，竞伟也留下来了，甚至不用秦巴挽留。一脸盆小龙虾、一条硕大的螺蛳鲩、几碟素炒的青菜萝卜，再烫一壶老酒，秦巴、竞伟、我，三人围坐在水边翠绿的箸竹下，喝得是荡气回肠……

小年说事

戴智生

田蕴鑫的算盘打得精，名下百亩田，仅雇了三位长工。他有五个儿子，老大老二圆了房，还有三位童养媳，加上长工同锅吃饭，偌大一个家，后厨也不请女佣，全由内人和童养媳负责洗洗弄弄。

去年，固定的长工还是两人。田蕴鑫年纪大了，跟着一块锄禾拔草，腰酸背痛，开年才又雇了一位。

新雇的长工，是老长工徐永康带来的，他的亲侄子，名叫二宝，十七岁的后生小伙子。

徐二宝读过两年私塾，家里到底穷，没有读下去，又没有学其他手艺，糊口都是个问题。徐永康旧年在东家过小年的时候，田蕴鑫托他来年物色一位长工，他觉得东家待遇尚可，心里藏私，想到了自己的侄子，新春元宵第二天上工就带来了。

听说二宝识字，田蕴鑫破例给他配了一盏灯。灯是铸铁的老灯盏，形状似锅，比小孩的巴掌还小，凹窝盛青油，浸根灯芯草，点着后灯芯会烧灭，所以时不时要用竹签把灯芯挑出油面，正所谓"挑灯"。

灯光虽然暗淡，晕圈一二尺，这可是以前房间不备的。点灯耗油，田蕴鑫舍不得。徐永康原先两个人，不管白天是否劳累，晚饭后没事，习惯早早洗洗上床休息，半夜小解，门背后有尿桶，熟门熟路，摸得准方位。

二宝来了，同他们一间房。他们住在栈房里，正屋的西边，几脚路。栈房不小，囤谷放农具的地方，特意隔出一间房住人。

田蕴鑫对二宝说："你要看书，跟我儿子说一声，自己去书房拿。"

二宝不太好意思，先借了一本《警世通言》。

白天没法看书，田头事情多。二宝跟着徐永康学种田，播种插秧，作埂蓄水，除草施肥，节气是关键。农闲的日子，东家也会安排事情，劈柴、舂米、捡屋漏。

徐永康告诫侄子："你还年轻，做事不要偷懒，让东家欢喜。"

二宝做事还真不惜力气，舂米是体力活，他一人承担下来，舞动木杵，汗流浃背。

田蕴鑫含笑踱着方步近前来，围着二宝转一圈，本想夸一句，看见石臼四周的地面谷米四溅，脸色立变。但他还是不急不缓地交代："等一下把地上的米扫干净，没沙子的人吃，有沙子的给厨房煮猪食。"

"哦！"二宝不知道东家已然不高兴。

二宝干体力活，又在长身体，饭量特别大，田蕴鑫倒不是很计较。掉在桌上的饭，二宝不拾回碗里，趁人不注意弹落地下，踩上一脚，这让田蕴鑫很不舒服。老话说，糟蹋粮食会遭天谴。

徐永康也发现一个问题，提醒二宝好几次，饭桌中间的菜，比如米粉肉或鱼块，一餐只能夹一次，主人也是如此，女人过后上桌，还要吃剩菜剩饭呢。二宝总是记不住，总是不自觉地重复下筷子。

更甚者，只要有好菜下饭，二宝嘴里发出的响声特别大，"吧唧吧唧"，猪吃食似的贼难听。

有日吃罢晚饭，二宝他们回了栈房，田蕴鑫的大儿子忍不住开了口："辞了二宝吧！"老二更坚决："辞！"父亲当即喝住："不懂规矩，哪有中途辞退人的？"

以前，大户人家请长工，开始便说好了雇用时间，议好了工钱，虽是口头契约，雇佣关系，但大家都讲信誉。

这种事一般都是过小年的时候议定的。

腊月二十四，似乎是专门慰劳长工的日子，一年到头辛辛苦苦，东家在这一天设宴招待一餐好吃的。吃了小年饭，长工就可以回家准备过年了。

小年的来由还有另一种说法，暂不赘述。

且说二宝，有使不完的力气，而他做事总是毛手毛脚，经常走神，有时还有点恍惚，嘴里会突然冒出一句："李生真傻！"

二宝借来的《警世通言》，搁在床头一年了，翻来覆去只读《杜十娘怒沉百宝箱》一文，他为杜十娘惋惜，不能自拔。

日子不紧不慢地滚动，转眼到了腊月二十四，南方的小年。田蕴鑫照例添了几道好菜，上了烧酒，客客气气敬了三位长工。饭毕，结了三人的工钱，又额外送给徐永康叔侄每人半袋米。

徐永康明白，田蕴鑫"打发"半袋米，自己和二宝来年就要另寻东家了。

画家与商人

戴 希

画家的画很抢手，而虾画是画家的代表作。

收藏画家的虾画肯定比炒房增值更快！商人断想。

于是，商人就找人通关系，专门登门求购画家的虾画。

画家拿出一幅新画的虾画让商人看，商人频频点头。其实商人并不懂画，毕竟隔行如隔山。

赞美一番之后，商人问画家这幅虾画要卖多少钱。画家说，既然是朋友介绍，那就便宜点儿，十万元。

少一点儿吧！七万卖不？商人还价。画家摇头。

再多一点儿，八万六。商人试探。画家依然摇头。

最高九万五，不能再加码了！商人狠狠心说。

画家面露不悦，略一思忖，说，也行！那我给你另换一幅？和这幅几乎没有差别。

商人不再吱声。

于是，画家收好手中的虾画，很快又找来另外一幅。

看看怎样？画家打量着商人，商人则打量着画。很快，商人点头。

那——成交啦？画家问。

成交！商人回答。

他们一手交钱，一手交画。做完生意，画家起身送客。

回家的路上，商人想到这幅画现在市价早已经超过十万，而且还在持续升值之中，心里美滋滋的。

屁颠儿屁颠儿地回到家里，正好来了位懂画的朋友。商人便请朋友鉴赏他刚买的虾画。

朋友先是满面春风，但瞅着瞅着脸便阴了。

你这幅画少了样东西哩！朋友惋惜地提醒他。

商人一愣，不会吧？少了什么？

朋友拉过他指点道，这幅画上的虾怎么会没有脚呢？

商人赶紧凑上去细辨。

是没有脚吧？朋友又问。

商人定睛再看，是没有！这个老狐狸，他可耍了我啊！

商人大怒，立马卷起刚买的虾画，气呼呼地去找画家。

请问，这幅画上的虾怎么会没有脚？商人强压住心中的火气责问。

画家淡然一笑，物有所值，你出的买价低了一点儿，虾子身上的东西自然要少一点儿！

噢，是这样？商人不悦，我要买完整的虾画，那幅没有少脚的呢？

当然可以啊！画家瞥了他一眼。

商人咬咬牙掏出五千元，又把没有脚的虾画还给画家。

还是买先前那幅吧，分文不少，十万元！我给你加五千元……商人看了看画家。

画家笑盈盈地接过商人手中没有脚的虾画，却不肯接商人递给他的五千元钱。

怎么啦？商人一头雾水。

现在的十万元已买不到先前那幅画喽！画家盯着商人说。

为什么？商人眉头紧锁。

因为嘛，画家慢条斯理地解释，时间不同了，那幅画也增值啦！

你究竟要卖什么价？商人追问。

十万五千元，少一分都不行。画家斜眼看着商人。

商人的脸唰地红了，犹豫再三，还是无可奈何地加价买下了先前的那幅虾画。

望着商人渐行渐远的背影，画家摇了摇头，又点了点头，笑了起来。

——这是很多年前的事了，一个唯利是图的商人，一位维护自己尊严的画家，两个人上演了很有意思的一幕。只是画家和商人都没有想到，若干年后，画家的虾画价格翻了数番，那幅没有脚的虾画，更是拍出了上千万的高价！

理 发

大 海

　　岁月如同握不住的流沙，有些美好注定缥缈难存。男人离婚了，是前妻主动提的。她是个事业型女人，天南海北地飞，忙得没机会怀孕，却有时间跟一个富商恋爱。爱得深沉的男人伤心欲绝，等到单位有了挂职机会，遂申请去了下面的偏僻小镇挂任党委副书记。

　　小镇常住人口不到5万，没有工业就没有拆迁，没有拆迁就没有上访，男人的工作相对轻松。不上班时，男人到处走走，看小桥流水，闻鸟语花香，顺便放松下积郁的心情。

　　镇东头有间发廊，老板是个年轻女人，白肤黑发，细腰宽臀，有种超越当地气场的韵味优雅。小镇发廊大多实在，除了洗头理发，顶多洗个面。城市发廊有些挂羊头卖狗肉，什么服务都有，就是不理发。老实的男人去发廊当然是理发。躺倒洗头时，女人调水搓头掏耳朵，适中的力度让男人昏昏欲睡。坐下理发时，女人剪长推短剃胡须，温抚的动作同样令男人舒服。女人围绕男人前转后转，杨柳身段偶有触碰时，男人有了触电的感觉。被电到的男人成了发廊常客，说伏案久了颈椎不适，不理发也要来洗头按脖子。

　　女人开工如同单位上班：上午9—12点，下午14—18点。除此之外，门口标志性的彩灯停转。好几个周末，不回市里的男人在发廊见到女人买好的菜。男人问：中午回去做饭？女人说：晚上也要。男人问：给孩子做？女人说：没小孩。男人心里咯噔，小声地试探：给父母还是老公做？女人似乎没听见，做完最后程序，说：过了12点啦，我得赶紧回去。

　　男人后来梦见和女人结婚，女人做家务时也娉娉婷婷……男人醒来后抱着枕头想：真要娶了女人，自己工作稳定旱涝保收，她可以不上班，也可以开发廊，随她。男人离婚后悟出个道理：娶个条件好的难驾驭还可能分道扬镳，娶个条件一般的反而对家好；婚姻无非是过日子，合适互补才叫般配。男人想起女人就觉得幸福，何况人家长得好看又贤惠持家……

踏足多了，自然熟络。心猿意马的男人动了真心，有意透露自己的情况。男人说：我三十三，你呢？女人说：小你三岁。小地方女人三十未嫁有些怪，男人想想又释怀，人家长得漂亮眼光高呢！男人故作哀伤：我离了婚，没生小孩。女人说：也好，再找个未婚的呗！男人说：找你这样的。伸手捉住女人。女人左手甩开男人，右手扬起剪刀：小心伤到你！男人的眼光有了期盼，说：等你有空，带你上市里玩。女人说：赶紧给你理完，我要回家做饭呢！

挂职完毕，男人去发廊告别时倒出最后的秘密，说自己和前妻是研究生同学，她太过强悍又有外遇所以离了。女人说：你怎么不让着点啊？男人鼓起勇气说：过去的算了，我就想找你这么温柔的，跟我走吧！女人淡淡地说：我有人了！男人一怔。女人说：跟我来吧。领着男人来到一片金黄满眼的稻田边，指着一座黑瓦白墙的小院：看看里面吧！

男人伸头看去院里，一个眼镜男坐在轮椅上鼓捣，身旁堆了好多油画。男人一头雾水。女人眼圈微红，说：他也是市里的，十年前来写生，我带他坐拖拉机找点时翻车……双腿没了！男人问：他没再回去？女人说：那时他刚结婚，出事后前妻与他离了，我留下他。男人问：你养着他？女人抹抹泪，说：我们都有事做啊，每到寒暑假，他就在家里教镇上孩子美术。

夕阳西下，炊烟四起。男人还要再问，女人笑：等会免费给你洗头理发，当送行吧！

回到发廊，女人服侍男人躺倒，放水调温抹发水。男人又问：觉得幸福？女人说：我以前很任性，他留下后我慢慢改了。男人问：为什么？女人说：他脾气好，什么都包容，我们十年没吵成一架。男人想到和前妻的争斗，心战栗一下。男人问：甘愿这样过一辈子？女人将男人头搓出一堆泡沫，咯咯地笑：他说这里好，绿水青山，人性善良，比在城里舒心多啦！

时间沉默如画。一滴雪白的泡沫飞到男人的眼角，女人赶紧用干净柔嫩的肘部轻轻揩拭。久违的温馨突然喷涌，男人目光迷离地看见女人娉娉婷婷的身形，眼泪流了出来。

向平民赵前致敬

张殿权

怎么会这么巧：我的两个发小——孙里、赵前，在同一天走了！

这天一早，孙里爱人彭姿就打电话给我，说孙里深夜在下辖白米县参加围捕毒贩行动中中弹了，正在抢救！我立即开车赶去。四十分钟后，我到达白米县医院。孙里仍在急救室急救，门外聚集了众多干警，分管副市长、市局领导和县领导在慰问着泣不成声的彭姿，并指示县里全力配合刚从市医院调来的专家进行抢救。我挤不进去，只好先退出来。

我去厕所方便出来，一抬头，意外地看到了满脸泪痕的赵前老婆王妮。我问，你也来看孙里了？王妮看到我，也吃了一惊，说孙里也、也出事了？我感到不对，问她赵前呢？她突然痛哭失声，说赵前凌晨被车撞了，正在抢救……我忙问怎么回事？她抽抽搭搭说，凌晨三点他就载着一三轮车大白菜，往县城批发市场赶，谁知刚走到半路就被汽车撞了，三轮翻到了沟里，肇事汽车跑了，交警说从现场看肇事汽车是全责……

赵前正在另外一个急救室抢救。与孙里形成鲜明对比的是，只有王妮一个人在门外候着。我忽然感到很悲伤：也是啊，孙里是公家人，还是一个科级干部，赵前你只是一个农民呀！

我和赵前、孙里同是白米县金楼村人，出身一样穷，自小是好朋友。在县中学上高二那年，我们的命运开始分岔。一天，市体校来人挑"射击苗子"，同时相中了学习成绩都不大好的赵前和孙里，他们俩愉快地去了市里练射击。第二年我高考时，全省举办射击大赛，赵前和孙里都获得了参赛资格；赵前的成绩比孙里更好，被认为极有可能拿金牌。

然而，就在开赛前两天，赵前和孙里的父亲都突然病危，赵前流着泪赶回家，但孙里却没有回家，坚持参赛。人们议论纷纷，说赵前是个孝子、孙里太没有人味。开赛那天，赵前和孙里的父亲先后离世。当孙里获得全省亚军并被省队要走时，很多人却又都对孙里感到骄傲：孙里可为咱村争了大光呀！赵前可真是太傻了。这时，我考入了一所大学。

赵前对大家的议论毫不在意。父亲病逝后，母亲也瘫痪了，他毅然决定回家务农照顾老母。孙里调到省队后，成绩提高很快，在各种比赛中连续得奖，三年后竟然成了全国亚军。省队将其转为干部身份，伙食标准也提高到了一餐二百元。赵前呢，为了挣钱给老母治病，开始建蔬菜大棚，谁知刚建成就被一场龙卷风给刮完了，还欠下了两万多块钱的债。

几年后，赵前母亲病故，家徒四壁的赵前决定外出去打工。就在这时，看上了他人品的王妮来到了他身边。与此同时，顶着众多光环的孙里，和省体育局副局长的女儿恋爱了，不久被提为副科级。第二年，孙里调到新川市公安局，任治安支队副队长，与彭姿结了婚。同年，憨厚的农民赵前与王妮结了婚……这时，我大学毕业，进了新川市一家集团公司工作，和孙里联系就多一些……

因抢救无效，第二天中午，赵前和孙里同时去世了。

后来，彭姿哭着告诉我："本来，孙里是不该死的呀！因为刑警队人手有限，决定从治安支队抽调三人参加这次围捕行动，队长在省里学习，孙里作为副队长不得不去。"我说："他以前可是个'神枪手'啊，怎么就被别人打中了？"彭姿说："你哪知道，调动这六七年，他养尊处优，天天胡吃海喝，哪还会端枪呀？！"

后来，王妮也伤心地告诉我："赵前他不该死呀！他载着的一车大白菜，是邻居老寡汉孙老三的。往年，大白菜收割期一到，就有菜贩子开着车来收购，可今年不知咋了，菜贩子很少，价格给得也低，各家各户都自己拉到城里去卖。老寡汉孙老三干不动，眼看菜都要烂在地里了，赵前就主动帮他卖……这一车是最后一趟了，谁知就出了车祸！"

他们去世的第三天，分别在白米县和新川市安葬。前一天的下午，我踌躇地想：他俩都是我的好朋友，我该去送谁最后一程呢？这时，我翻开当天的晚报，看到一条消息：市政府决定授予孙里烈士称号，并给彭姿提一级工资，还负责将他们五岁的女儿抚养到成人。我的眼前突然出现一幅画面：在孙里的葬礼上，有彭姿和五岁的女儿，还有各级领导和同事，人如海花如山，而在老家金楼村，送赵前最后一程的，只有王妮和四岁的儿子，或者还有老寡汉孙老三；坟堆起来，孙里墓碑上写着"烈士孙里之墓"，而赵前的坟头是空空的。若干年后，人们依然还会记得孙里的"英雄事迹"，而恐怕再没有人知道赵前也曾在这个世界上活过吧？

我决定明天去送赵前最后一程，向平民赵前致敬。

老　骡

张爱国

奶奶拄着拐杖走进骡圈。老骡迎上来，用嘴拱奶奶拄拐杖的手。奶奶见圈里只有它一个，笑了："哟，它们都干活去啦，你一个享清福咯。"老骡一下子停止拱奶奶的动作，转身默默地走到圈角，卧下。

奶奶抓起一把草料，递到老骡嘴前："老家伙，慢慢吃，今天没人和你抢咯。"老骡刚伸出的嘴又不动了，只漠然地看着圈外。

"哟，娇气了，还想吃好的呢。"奶奶还是笑着，颤巍巍地走出来。

好一会儿，奶奶弄来一碗浸泡过的黄豆，扶着墙坐到老骡面前的槽上，将黄豆拌进草料，拍拍老骡的头："好家伙，我给你走的后门，快吃。"老骡不动，只看着圈外，眼神茫然。

"哟，老东西，了不起啦，黄豆都不吃……"奶奶摸着老骡的头，絮絮叨叨。

"妈，怎么把黄豆给它吃？"母亲扛着锄头从地里回来，站在圈门口，"干活的骡子都吃不上，它又干不了活。"

"什么话呢？干不了活就该饿死？"奶奶不高兴，轻轻地抚摸着老骡。

母亲意识到自己的话不妥当，头一缩，钻进了屋。

接下来的两天里，奶奶想尽办法，老骡也一口不吃，除了喝几次水。奶奶很焦急，也很纳闷："这是怎么啦？越老越不像话啦……"

第二天傍晚，父亲赶着两匹年轻骡子从城里回来了，它们的背上都驮着重重的货物。卸了货，它们走进骡圈。老骡的眼睛似乎亮了亮，与它们相互打了响鼻，算是打了招呼。母亲端来草料，两匹年轻骡子立马争抢着吃起来。老骡只是站立一旁，看它们吃。

奶奶对母亲说："老骡是病了，找兽医看看吧。"母亲丢下手里的活，就要去找兽医，却看见老骡在吃两匹年轻骡子吃剩的草料。

"哟，真是不糊涂啊，知道自己干不了活，就吃人家的剩饭。"奶奶扶着圈门，笑着。

"好啊，以后你也吃我们剩下的饭吧。"母亲一旁冷冷地说。

"我是说老骡呢，我不是说我呢。"奶奶知道自己说错了话，戳着拐杖向母亲走来，"我说错话了，说错了，你别当真啊……"

母亲扭过头，偷偷地笑。

几天后，父亲牵出两匹年轻骡子，将收来的玉米、水稻、棉花往它们背上架。老骡走出来，将脊背往父亲面前一横，那架势和往常让父亲上货时一样。父亲大大的手掌在它背上一拍："你老了，歇着去吧。"老骡不动，只看着父亲，还将横在父亲面前的背往下压了压，那样子分明叫父亲给它上货。

"别在这碍事，过去！"父亲又重重地给老骡一巴掌。老骡猛一低头，默默地回了圈。

这次进城，父亲三天后才回来。三天里，老骡也是一口草料都没有吃，除了喝水。后来的几天里，老骡也只是吃两匹年轻骡子吃剩的草料，豆饼和黄豆，碰都没碰一下。

"这真是怪了，让它在家养老，它还不领情。"父亲围着老骡摸来摸去——半个月不到，老骡消瘦得不成了样子，而且毫无生气。

父亲再进城时，老骡又主动走来让父亲给它上货。父亲抱着它的头，要将它往圈里拉。它不动，眼睛直直地盯着父亲，似乎在乞求。

"带上它吧。"奶奶坐在墙角下剥着花生，"牲口也有志气，不想吃白食，吃白食活着还有什么劲啊？"

"它连走路都难了，还怎么驮货啊。"父亲摇着头。

"少驮一点吧。"奶奶说。

父亲叹口气，从一匹年轻骡子背上拎下一袋棉花，又分成两小袋，搭到老骡背上，拍一下它的屁股，用那一成不变的语气大声道："伙计们，走啦——"老骡的眼睛里骤然有了光，迈开蹄子，"噔噔"走了。

父亲这次回来比计划晚了两天，原因是来回的路上，老骡虽然想拼命地赶路，但实在是心有余而力不足。父亲只得多次让三匹骡子都停下来休息。回到家，老骡并没有意识到它拖了父亲和两匹年轻骡子的后腿，反而像立了大功似的，很兴奋，跑到奶奶面前，拱拱奶奶的手，又跑到母亲面前，打几声响鼻。

母亲赶它进圈吃草料，它一见两匹年轻骡子已经在吃了，就像往常一样，抢起头推挤它们。两匹年轻骡子岿然不动，它却四蹄一软，瘫倒在地。

　　老骡没有再爬起来，半小时后就死了，神态很安详。

熬 姜

刘博文

咳嗽小半月了，感冒仍不见好。

吃药没？

吃了，一脸虚弱的儿子直冲冲瞪我。

我也拿眼睛瞪儿子，试图从中看出些许破绽，他性子随我，父子俩的相处针尖对麦芒。母亲常说，我小时候躲药躲得厉害。

我生怕他也在喝药上耍心眼。

不是说我吃不得人生的苦，只是药着实苦得吓人，能熬则熬，良药苦口利于病的古训，在我这，压根不灵。

迎风，儿子打了个激灵。

风冷，刀子般刮在人身上，是季节给予世界的威严，入冬以后，遵着老一辈的吩咐，妻子与我将家中唯一的小人儿裹得严严实实的，却还是没能防住感冒的肆虐。搞不清哪出了状况。

从穿戴说起，衣服都是商场里最新款式，十岁的儿子正处在长身体阶段，一年一换很正常，羽绒服，加厚的，下身是保暖裤配加绒棉裤，小孩子走路喜欢跑，带风，连脖子都没放过，缠着红蓝相间的格子围脖。

就差戴个防护罩了。

为人父母，如果科技真能发展到那一步，我相信也会有大票人买的。

孩子是父母的心头肉，而今，捏在手里怕丢了含在嘴里怕化了的宝贝儿子患上感冒，是我们的责任无疑。

该买的药都买了，孩子小，打针会产生抗体的箴言妻子一直铭记于心，打儿子刚咳嗽时，就没做挂针打算，药，从一颗追加到两颗，三颗，实属意料之外。

早知道这样，倒不如打针，一针见效！我看着满脸怒容的妻子，本来涌上喉咙的絮叨被生生咽下，转为画外音，加上赔礼道歉的表情。

孩子身体事大，这当口，少吵架为佳。

依照药盒上的注解，感冒发展到这个阶段，应该是中期了，要么继续加药，要么选择看医生。说白了，就是挂针。

抱着儿子走出门外的我却被妻子给拦了下来，毕竟，坚持不让儿子挂水的决定是她下的，小病靠熬，人身自带免疫功能，这，可能是她和母亲最为相似之处。

二人秉持同一观点，少打针，免疫功能强大了便是铁人。

儿子却实打实肉做的，瘦了不少，心疼。

感冒总不见好，究其原因，和气候脱不开干系。

空气变冷属自然规律，但空气中的物质越来越杂却是不争的事实，PM2.5，雾霾，近年来蹦出来的新鲜词汇接连吸入到肺中，呼吸当然不会顺畅。

痛则不通，通则不痛，连呼吸功能都失效了，咽痛自然难免。

难不成，让孩子不出门？儿子依旧咳嗽得厉害，谈话似乎陷入僵局。

幸亏母亲一通电话缓和了气氛的焦灼。儿想娘，想一场，娘想儿，天天想。

掰着指头算，太久没回家，母亲想我们了，电话那头的建议来得也是时候，回乡里，乡里空气好！

一番话仿佛发现了新大陆，刚巧是周末，为了儿子就勉为其难一回？

目光转向妻子，一向不爱回乡下，下班就待在家追剧的她点了头，顾不上拿东西，况且回自己家，又不是走亲戚，转眼间一家三口已行驶在回家的乡间路上。

下车，推开院门，儿子冲在最前面，追赶起院子里散养的土鸡，动作一气呵成，爆发出少许的活力，妻子在后头跟着，倒也没说什么跑慢点之类的话，只是隔着鸡群朝屋里喊了一声妈。

大概，她发觉儿子在钢筋水泥构成的地方太久，都不像个孩子了。

母亲姗姗来迟，掀开门帘吆喝着将鸡赶了出去，才招呼我们进屋，屋内一切摆设照旧，味道也如梦般熟悉。

什么味道？儿子赶在前面先开的口，好香呀，奶奶！

循着味儿，我和妻子紧随其后，进到厨房里面，热火朝天的土灶上，正熬着一锅浓汤。生姜！我眉头微蹙，和小时候一样，锅里熬着的，正是一泓清水，水面上散着舟楫似的姜片。

你爸小时候最怕的就是它了！

是吗？儿子倒提起精神，愣把着娘的手不放，非要尝一碗。

一碗可不够，你不是总说要比爸爸厉害吗？妻子接过母亲手里的海碗，低下身来，给儿子加油。

儿子也确实给力，姜汤闻着香，味苦，我是皱着眉从那阶段熬姜过来的，太清楚个中滋味，儿子连喝三碗，愣是没皱一下眉头。

似乎，全世界的眉头都蹙到他老爸额上了。

儿子这点上不随我，随娘。随娘好，有饭吃，老母亲居然很开心。

我默默垂下头。

十七年前，父亲突发脑溢血，年幼的我永远都忘不了整个丧事期间，母亲就是这样清水姜汤般熬过来，并将我养大。

没喊过半声苦，更没皱过一回眉头。

都说姜是老的辣，可母亲那会，才四十不到，离老还有很长一段时光。

怎么熬的？

请叫我党员

羊 毛

年苍山是年庄的老党员。党支部开会，每次他总是早早就到了会场。帮助村支书年谷雨把活动室收拾齐整，年苍山就掏出烟杆，坐在凳子上悠悠地吸着等开会。

年苍山一直抽旱烟，老伴给他零钱买纸烟抽，他把零钱放到储蓄罐，把这些从嘴上省下来的钱，统统交给党支部作为他多交的党费。村里号召交保险出工什么，年苍山都会抢先。因此，每年党支部评先进，年苍山的得票总是最多。镇里召开大会表彰先进党员，每次总会有年苍山。年苍山把领到的证书揣在怀中，一直揣到家。

老伴看年苍山一脸的喜色，问道："哎，年老头，又遇啥得意的事啦？"年苍山故意板着脸道："叫我什么哩？"老伴笑着说："能叫你什么？"年苍山道："告诉你多少遍，不要叫我'年老头'，请叫我'党员'！"老伴不解地打量年苍山。年苍山将上衣潇洒地敞开，把证书向空中一抛，然后用双手小心地捉住，道声："得奖喽！"吃饭的时候，年苍山摸出酒，一个人有滋有味地品。

年苍山有一只心爱的木匣子。几十年过去了，木匣子里已积了厚厚的一沓"花纸"和证书。老伴说："这年头奖状算个啥？你得了一辈子的奖，用秤称一称，能卖几个钱？"年苍山说："说得轻巧哩，你得个奖给我看！"

老伴拎着一篮子鸡蛋到镇上赶集，见许多人兴奋地围在一个大圈子里摸什么，别人告诉她这叫摸奖券，花两块钱摸一张，兴许就能摸出个小轿车。老伴学着别人的模样，往盒子里投了两元钱。摸出的彩票老伴看不懂，工作人员看了告诉她说："大娘，您得大奖了。"老伴一听乐了："我也能得奖？"

老伴领了个大彩电。大彩电运到家，老伴说："你看咱得的，这才叫奖！"年苍山先是高兴，然后严肃地教导老伴说："你这不叫奖！你终究是出了钱哩，是两块钱拾巧，买来的彩电。"老伴耸着鼻子表示不解，年苍山冲着她鄙夷地说："真的奖，钱买不到哩。"

年苍山六十五岁的时候，得了一张令他难忘的证书。上级号召青年党员行动起来，组成志愿者突击队，到溧河里清淤净化水源。年苍山报名参加，大学生村干部牛葵阳不同意，担心他年龄大吃不消。年苍山就找支书"开后门"，开始年谷雨也不同意，但被年苍山的辩论驳倒，最终允许他加入了突击队。年苍山清出的淤泥，竟超过了年轻人。镇党委给年苍山记了功，评选先进突击队员，年苍山荣登榜首。

年苍山的奖状珍藏在他的木匣子里。有时候，遇着老朋友来串门，年苍山高兴了，就一张一张铺开给人看。每看一张，年苍山便娓娓道上一段奖状里面的故事。

年苍山老了，忽然间病倒。他的两只眼睛看上去好好的，却看不清东西。到医院一检查，医生说是顽固性眼疾，得花十几万块钱动手术。年苍山静静地躺在家里的竹椅上，只能闭目养神，因为他出不起高昂的手术费用。

村支书年谷雨又来看他。党支部评选先进，年苍山得票又是最多。年苍山一听欣慰地笑了。年谷雨把嘴巴凑近年苍山的耳朵说："老哥，和你说个事好嘛？"村支书从没这么神秘地和年苍山说话。年苍山不高兴地道："支书，你就直说哩。"年谷雨说："苍山哥，说了你可别生气！"年苍山用劲睁开他的双眼，半真半假生气道："支书，你叫我什么哩？"年谷雨说："不叫你哥，还能叫什么？"年苍山嗔笑道："支书，请叫我党员！"

年谷雨被年苍山逗笑了，说："党员哥，今年这先进，得喜想要哩。"年苍山道："得喜和城里人搞他的房地产，要这个先进干什么？"年谷雨说："最近上面有文件，像得喜这样的党员，如果再得个'先进'，就能评选县里的创业模范。得喜说啦，只要您这次把'先进'让给他，他愿意出二十万元给您治眼。"

年谷雨还要继续说，年苍山把睁得老大的眼慢慢地眯上，轻描淡写地说："眼睛看不见怕什么，还有耳朵哩！"听年谷雨似乎还没走开，年苍山使劲摇摇手道："支书你听着，不给哩！"

不久，年谷雨到镇里开会，除了给年苍山捎来一本证书，还带回组织上准备帮助他治眼的好消息。年苍山让老伴找来木匣子，亲手把证书放进去，然后将木匣子紧紧搂在胸前，像个孩子似的开心地笑。

橘红色瓦云漫天的傍晚

马金章

瓦当是个猎兔高手。那时还没有禁持猎枪，猎获的野兔供不应求，城里一家老字号"刘记五香兔肉"天天上门收购。一个橘红色瓦云漫天的傍晚，瓦当对刘记来收购野兔的人说，明天起，咱甭来了。

来人不解：咋，嫌咱出价低？

他摇头：想挂枪。

要改行？

他又摇头：挂了枪，就布网、下套，捉活的，暂不卖，想圈养。

来人惊喜：办养野兔场，这好啊。今后，咱合作的路子更宽敞啦。

瓦当就挂了枪，就活捉野兔饲养。

他的野兔养殖场建在山脚下。场地足有十多亩大，里面长满了高高低低、青青黄黄、杂七杂八的野草。肥美的牧场。

这天，他发现一簇草枯萎了，蹲下一看，草下有一堆新鲜的松土。经验告诉他，这是老鼠打洞倒腾出来的。他拨开草丛，果然发现一个洞穴。便提桶往老鼠洞里灌水。老鼠经不住水淹，一会儿便出了洞，几只老鼠被他逮个正着。

老鼠是野兔的天敌。野兔刚生下的兔崽仅三四指长，胎毛还没从身上爹开时，是老鼠的美餐。老鼠繁殖得快，一只母鼠一月生一窝儿，一窝儿多达十五六只，一年能生二百来只。野兔的天敌，这会儿自然成了瓦当面对的敌人，从此，他便和老鼠较上了劲。老鼠们精透得很，它们在地里到处打洞，打成了地道网络，进出洞口无数，灌水灭它们的招数儿不中了，若从这个洞灌水，它从另一个洞逃跑了。看着一只只减少的野兔崽儿，瓦当愁苦得不行。后来，他琢磨出个招儿：熏粮仓的磷化钙说不定中嘞。一试，真中。磷化钙这种农药，见水遇潮起火，往多个洞口一放，毒气蛇一样曲流拐弯儿游走于密密麻麻的网洞，洞道中的老鼠无处藏身。

瓦当制服了老鼠，野兔在牧场里整天乱窜撒欢，快乐成长。

谁知好景不长，野兔的另一个天敌老鹰光顾上了兔场。苍鹰展开翅膀，像停在空中的一片黑色的云，鹰瞄准野兔后，一个俯冲下来，叼起野兔后又唰一声飞上天空，野兔甭说挣扎，哀叫声都发不出来就成了鹰的猎物。瓦当知道鹰是国家野生保护动物，它叼你的野兔行，你猎杀它不行。

为防鹰，他花几千元买了尼龙网和木桩，将整个养兔场用网罩住。鹰太贪嘴，盯住野兔后仍像以往一样向下俯冲，尼龙网的网络细如发丝，鹰在高处看不到网，发现网时收翅已来不及，结果它们有的翅膀被网束缚住挣脱不了，就被生生吊死在网上。

瓦当本来张网是为了防范鹰，但小小的网眼儿却使一些鹰毙了命。他可怜这些鹰，撤了网，改用炮仗驱赶鹰。鹰或许是有太多从猎枪下逃命的经验，它们对枪声有种本能的胆怯。

瓦当的手边儿，经常有个装炮仗的篮子，看到鹰俯冲下来，他赶紧点着炮仗一扔，咚的一声炸响，鹰被"枪声"吓得急忙在空中转向逃跑。

牧场中的野兔，也会随着炮仗的响声活跃起来，它们四下奔窜腾挪，野草摇动，一派生动的景象便在牧场里出现。

野兔繁殖很快，一月一窝崽，原来圈养的两百多只一年多就繁殖成三四千只。野兔将要出栏时，老字号"刘记"的人来了，一只野兔的价格高出以前两倍。要刨掉穷根摘富果啦，瓦当的心里比灌了蜜还甜。但来的人提了一个问题，说城里人喜野味儿，养的虽是野兔，可兔身上没铁砂弹子，食客就会怀疑不是野兔是家兔。家兔的价仅是野兔的五分之一呀。

他们要对这圈养的野兔用枪猎杀。

瓦当将出栏的大兔和留栏的小兔分开，让他们猎杀。

当三四杆猎枪对野兔举起来时，养兔场里立时出现了令人意想不到的场景：枪还没响，整个牧场的野兔狂奔乱窜地逃避起猎枪来。野兔的眼睛位于头部两侧的最高处，这使它们能看到前后左右的情况，野兔对猎枪、猎人有着与生俱来的防范能力，它们将被猎杀的信号迅速传递开来。但它好多没能逃脱厄运，三四杆猎枪响了，出膛的铁砂弹子成扇面射向野兔……

看到他养活的野兔一只只倒地毙命，瓦当揪心得掉起了眼泪。

老字号"刘记"的人在牧场里兴冲冲地笑着，叫着，蹦跳着捡拾野兔，将它们扔在一台农用车的铁锈斑斑的车厢里。

农用车冒着黑烟嘭嘭开走了。围墙里剩下的大兔和小兔看到瓦当，便疯了一样围着四边墙的内侧狂奔。它们想寻到逃脱的出口，但高高的围墙使它们失望了。它们就远距离助跑，向围墙上猛撞，撞得头破血流。一时，大墙内侧倒下一只只撞死的野兔。

看到大兔小兔集体自杀的惨景，瓦当震惊了。

这天，也是个橘红色瓦云漫天的傍晚，瓦当在牧场墙上打开几个洞，将野兔全部放生了……

太不低调

刘琛琛

刘安之死了，死得还不如一颗掷入河中的小石子。

小石子入水之前，起码还荡起了一圈小小的涟漪，刘安之咽气时生怕惊动了空气似的，悄悄地死掉了。

小杜来收尸时，刘安之的尸体已经腐烂了，散发出一阵阵剧烈的恶臭。小杜用卫生纸塞住鼻孔，抑制住强烈的呕吐感，老刘啊老刘，活着时你毫无存在感，死了还想扳回一局，臭得这么惊天动地的。

本来呢，小杜不知道刘安之的大名，只知道那个捡破烂的老头子。

捡破烂的老头子生前长得其貌不扬，不像个好人，也不像个坏人，一句话，长相低调得不行，他经过狗的身边，狗都懒得掀一下眼皮子。

那天小杜捡破烂，在一件破女式大衣里翻出一百块钱，心情大好，不仅对捡破烂的老头子掀了一下眼皮子，还请他吃了一碗五块钱的盒饭，好歹，两人也是经常邂逅的同行！

自此，小杜与刘安之算是认识了。再碰头时，刘安之会大老远举起胳膊，冲小杜拼命招手，小杜高兴时，也会冲他微微点头。

刘安之见小杜肯回应他，笑得手足无措，他在别人眼里，总算是有存在感的人了！

两人的交情，仅限于此，万万没料到，捡破烂的老头子，会将遗嘱写给小杜。

打开遗嘱，小杜才了解捡破烂的老头子，大名叫刘安之，取自"既来之，则安之"这一古意。

刘安之是孤寡老人，他一生中所留下的，除了一套祖上留下来的破房子，剩下的就是多年卖破烂积攒的一部分存款。

遗产不多，足以让小杜喜笑颜开，刘安之这个人，够意思，一饭之恩，居然以遗产相报。小杜愧疚啊，早知如此，他应该陪生前的刘安之多喝两杯酒，多掀几次眼皮子的。

算了，在刘安之坟前多洒两杯酒，多掀几次眼皮子，是一样的。

刘安之在遗嘱中交代得清楚，他愿意将遗产悉数相赠给小杜，只拜托小杜将他的尸体拖到殡仪馆火化，并找个地方掩埋。

这种忙，虽然瘆人，可看在遗产的分上，小杜还是愿意鼓一鼓勇气让他入土为安。草草将刘安之的尸体用薄棺木装了，小杜蹬着小三轮，给送到殡仪馆。

殡仪馆的工作员匆忙登了个记，对小杜说，今天死的人有点多，火化得排队，你打算将他存放在哪个厅？

小杜愣了愣，琢磨再三，小声说，老人家有遗嘱，丧事办得要低调，选最便宜的厅吧。

安乐厅，下午一点火化。

行！小杜交了押金，将棺木拖到安乐厅，安乐厅里又黑又狭小，处于殡仪馆最偏僻的位置。

薄薄的棺木停放在厅中央，毫无存在感的样子。小杜守在棺木旁边，突然觉得自己应该买身黑西装。毕竟是送人最后一程，穿得隆重一些，起码能体现出刘安之的存在感不是？

我出去一下，一点之前回来，你把我爹的遗体保管好了，他可是个大人物。小杜煞有介事地叮嘱殡仪馆的人。

自由市场转了好大一圈，小杜才买到一身得体的黑衣服，吹了个头发，看时间，差不多了。小杜对自己一身新行头很满意，终于衬托得刘安之不那么寒碜了。

刚走近安乐厅，小杜听到里面传来一声紧似一声的号哭，刘安之的棺木四周点满了寄托哀思的蜡烛，各式各样的鲜花花圈沿着墙壁，摆放得密密麻麻，找不出一丝缝隙。

怎么回事？小杜蒙了。

有个金边眼镜男迎上来，握住小杜的手，无比哀伤地说，你是刘老的儿子吧！

小杜还没来得及反应，金边眼镜男率先痛哭起来，刘老生前清廉，死后也毫不张扬，真是人民的好公仆啊！

人民的好公仆已经是过去式了，现在是人民的好企业家！一个皮草贵妇从金边眼镜男手里抢过小杜的手，脸上惭愧万分，过去刘老对我提携颇多，我还没来得及报答刘老的恩情，他居然一声不响去了，唉，天妒英才啊！

刘老？莫非刘安之真是什么了不得的大人物？疑惑加剧，小杜愈发不敢多言。

听说刘公子在美国留学，沉稳内敛，今日一见，果不其然！一群衣冠楚楚的人拥过来，将小杜众星捧月般围在中间，安慰道，刘老的企业将来定由刘公子继承，还望刘公子节哀，将企业发扬光大，咱们一帮人，少不了刘公子的帮扶和提携啊！

小杜心里打满了问号，脸上却挂着尴尬又不失礼貌的笑容。

寒暄了一阵，众人开始轮番向刘安之的木棺三鞠躬，人人神情肃穆，连小杜也发自内心地哀伤起来。正在这时，殡仪馆的工作人员慌慌张张跑过来，小心翼翼解释说，对不起，对不起，搞错了，刘老的遗体存放在长乐厅……

那你刚才，说什么，大人物，要低调！方才还一脸哀凄的众人，换上了群情激涌的愤怒，眼镜男率先揪住了工作人员的衣领。

呃，我正想刘老的火化时间明明是三点，怎么提前到一点，还以为记错了！皮草贵妇气急败坏，跺一跺脚，腰肢一扭，疾步往长乐厅小跑过去。

转眼空无一人的安乐厅，只剩下花圈簇拥下的刘安之的薄棺木，和一脸茫然的小杜。

大人物，要低调？哈哈哈！突然明白过来的小杜，拍着刘安之的棺木朗声大笑，刘老啊刘老，生前你活得连条狗都懒得理你，死后，还有这么多人物来给你掀开眼皮掉泪花子，太不低调了吧！

那不只是一场雨

冯继芳

下雨的晚上，她喜欢窝在阳台的藤椅上听雨。春天的雨总是那么多情，滴答，滴答，一滴滴落下来，不急不缓，诉说着衷肠。你爱听，便寻个地方坐下来。不爱听，便去做自己的事。

她捏着茶盏，抿一口茶汤。茶是金骏眉，金黄色的茶绒茶毫，细小紧密，汤色金黄，茶中珍品。

郑海就来了。郑海进门时，头发上挂着雾一般的水珠。

"怎么不打伞？看，头发都湿了。"她忙起身去拿毛巾。

"打伞，岂不辜负了这场春雨。"郑海边撩头发边笑。

"也是，你大老远跑到我这里赏雨，总得先和雨接触一下。"

"大老远？"

"嗯，一千米也不近呢。"她抿着嘴笑。

"一千米，是不太近。"郑海呵呵地笑。

她也呵呵地笑。

"其实，在来的路上，我在雨中待了一会儿。"

"我说你头发怎么湿了。"她笑着把毛巾递过去。

终于安静下来，两人坐在窗前的藤椅上，喝茶，听雨。窗外烟雨迷蒙，重峦叠嶂，若隐若现的山峰把远山的朦胧幻化成一幅婉约的水墨画。室内茶香袅袅，空气中流动着一种看不见的气息，在两人周围缭绕。

"我说，那个……"郑海转过身，想说点儿什么。

"嘘，安心听雨。"她把食指放在唇上，眼睛盯着窗外。

郑海笑笑，不再说话。雨似乎小了很多，滴答声渐远。

"以后，你还能陪我听雨吗？"她似乎刚从梦中醒来。

"我明天上午九点半的飞机，这里的工程已经结束，该回家了。"郑海望着窗外，神情落寞。

"要走了？"

"走了。"

"真的走了？"

"真的走了。"

郑海走的时候，她只送到门口，门关上的一瞬间，她的眼圈红了。

那只是一场雨吗？没有人回答她，窗外的雨不知何时已经停了，震耳欲聋的春雷不知何时也消失在天际。

她回到阳台在藤椅上坐下，捏起茶盏喝茶。茶是金骏眉，金黄色的茶绒茶毫，细小紧密，汤色金黄，茶中珍品。金骏眉很配这绵绵春雨，只是天空的雨已经止住，窗棂上的雨滴还在滴，很快，就坚持不下去了。

记得小时候，妈妈总是做好饭，和她坐在餐桌旁等爸爸下班。每次，只要门外传来哗啦哗啦钥匙串的声音，那就是开饭前的号角。她会跑到门边，等着爸爸进门。爸爸放下手中的包，把她抱在怀里，亲亲她的小脸，把她举过头顶。在与爸爸的嬉戏中，她总是笑得手脚乱舞。

妈妈看到，会笑着说："快别疯了，让爸爸洗手吃饭。"

她就会挣脱爸爸的大手，学着妈妈的口气："快别疯了，洗手吃饭。"

爸爸捏一下她的小鼻子，拽一下她的小辫子，再去洗手。一家三口坐在餐桌前吃饭的情景，她怎么都忘不掉。后来，家里换了大房子，爸爸却不怎么回家吃饭了。

妈妈做好饭，也不再等爸爸，而是默默地坐在饭桌旁吃饭，脸上再也看不到笑容。

多年后，回忆起这段日子，她都痛彻心扉。当年妈妈的沉默，比撕心裂肺的哭泣还让人心疼。

这些年一路走来，她渴望婚姻，又害怕背叛，暗夜里，妈妈默默吃饭的样子时常浮现在脑海。她给自己定下规矩，只在对的时间，爱对的人。没想到，爱情是悄悄来临的，甚至有些猝不及防，她爱上了合作伙伴——有家室的郑海。

她知道，郑海也喜欢她，只要她愿意，爱情唾手可得，可她没有。

雨又下起来了，一滴，一滴，又一滴，一滴滴落下去，不急不缓。

她捏着茶盏，抿一口茶汤。茶是金骏眉，金黄色的茶绒茶毫，细小紧密，汤色金黄，茶中珍品。

窗外，两只燕子在雨中低飞。

"风淅淅，雨纤纤。难怪春愁细细添。记不分明疑是梦，梦来还隔一重帘。"这首词从她脑海里冒出来，一抹忧伤便在屋里弥漫开来。

真的要把日子过成这样吗？她窝在藤椅上，看着窗外的燕子，陷入沉思。

叮，有信息传来，她拿起手机，是妈妈发来的微信。妈妈说："我和你徐叔叔明天就回去了，这几天，在云南玩得很开心。姑娘，谢谢你给我们安排的云南之旅。"

放下手机，她忽然想结婚了，想有个随时能聊天的伴儿，还想有个孩子在屋里跑。

她换了住处，从原来的一楼搬到另一栋楼房的三十楼。新住处的飘窗很大，能涌进更多的阳光。她坐在飘窗宽大的窗台上，能看到外面更多的风景。

她开始等待一场别致的雨，雨后能看到彩虹的那种。

南向街

赵悠燕

刘慕洋太想把他的女儿嫁出去了，为此，他公然对外宣称，谁娶了他的女儿，就可以得到南向街上的一套公寓。

南向街是莲城最繁华的街道，那套公寓闹中取静，价值上百万，未婚男子心里艳羡那套房，可是一想到他的女儿，都退缩了。

刘慕洋多精明的一个人哪，年轻时一个人跑到石狮，批发来服装，开始摆地摊。后来，在南向街买了两套店面房。20 世纪 90 年代初，20 来万的价格可以在莲城买三套普通公寓。刘慕洋经商成功，成了莲城首屈一指的富人。后来，南向街建成精品商业街，很多人在街上开了店面，学刘慕洋做起了服装生意。

许是年轻时赚钱太拼命，忽略了家庭。刘慕洋老婆生下女儿 3 个月便随刘慕洋跑去做生意，有次女儿发高烧，他的母亲用土方子降温，错过了最佳治疗时间，把脑子烧坏了。刘慕洋老婆受不了，随一个港商跑掉了。

现在，刘慕洋的女儿已是 26 岁的大姑娘，智商还停留在三四岁，人长得矮而胖，走路呈八字，胸前晃动着惹眼的两只大奶子，脸上带着经年不散的傻笑。

据说，有一次黄儿弄的老光棍给了傻妞一瓶津威酸奶，这傻妞就跟着老光棍走了。这事儿被传到了刘慕洋的耳朵里，他赶到的时候，傻妞正脱衣服，两只白晃晃的大奶子在老光棍眼前展露无遗。刘慕洋"嗷"地大叫了一声，一脚朝老光棍踢去。直到 3 个月后，老光棍才敢畏畏缩缩地出来见人。

从此，刘慕洋出去总是把傻妞带在身边，寸步不离，就是去店里，也把她带在身边。

这几年房价疯涨，有人出 200 万买刘慕洋南向街上的那套房子，他不肯。

一年多过去了，南向街上的人依然天天看到刘慕洋带着傻妞出来，一个在前面昂首挺胸地走，一个左顾右盼，迈着八字，露着一脸没心没肺的笑容。

寒风越刮越紧，这年冬天，地处海岛的南向街罕见地下起了雪，不久，街上商铺、银行和企业都挂起了红灯笼，虽然冷，大街上的人却如海潮般汹涌，手里带着大包小包。年的气息重了起来。

这天，人们发现，刘慕洋身边又多了一个人，一个年轻男人，瘦弱白净，五官周正，一副文弱书生样。刘慕洋带着他在南向街上来回走了两遍，有人耐不住好奇，问：刘老板，你女婿？

是啊是啊，我女婿。江海浪，大海的海，海浪的浪。

大家看着这个好手好脚的小伙子，冷静腼腆的微笑显示他的智商正常，只是两遍走下来，没人听他说过一句话，莫非这个人是个哑巴？

当然，傻妞能配上哑巴也是合算了。

莲城不大，七八万人口，早有好事者打听出来：江海浪父亲早年去世，前几年，母亲得了坏毛病。江海浪是个孝子，为给母亲治病把家里的房子都卖了。母亲的医药费是个无底洞，这个时候，他遇见了刘慕洋。刘慕洋答应他母亲的医药费全包了，并把那套房子给他母子俩住，只要江海浪娶了他的女儿。

他把自己卖了。莲城的男女老少都说。

一个孝子不会是个坏人。这是刘慕洋得出的结论。

刘慕洋摆了几十桌喜酒，许是喜事，那天，傻妞出奇地安静，甚至羞涩。

莲城的人都想看刘慕洋的笑话，他们觉得外表周正的江海浪总有一天会甩了他女儿。

好几年过去了，江海浪带着傻妞走在南向街上。偶尔，身边跟着刘慕洋。他毕竟老了，半年前，他突然中风，治疗后出来，行动大不如前。

江海浪接了刘慕洋的班，掌管着南向街上的几家商铺。他并不是哑巴，只是口吃，说话不利索，所以他很少说话，雇了几个精明能干的店员。

这年，刘慕洋去世。又一年，江海浪的母亲去世。

人们想：这下，傻妞有的苦头吃了。

南向街上的人看到江海浪身边除了傻妞，还常带着一个年轻漂亮的女人，知道的人说，那是江海浪雇佣的店长。就有风言风语传了开来。

日子不紧不慢地过着，江海浪也老了。有一天，他看着傻笑不停的傻妞说，娶你本是为了给我娘治病，我娘说，你是我们的恩人，所以，我不会抛弃你。

傻妞傻笑着，嗑着一根棒棒糖，口水滴到了衣襟上。

又过了些年，江海浪去世。

不久，人们看到傻妞跟在一个女人的后面，每天转悠在南向街上。认识的人说，是那个店长。她唤傻妞：姐。

父亲的高楼

王建平

李有根第一次见到高楼是在村长家的电视里。

电视机是黑白的，只有 9 英寸大。里面要人有人，要物有物。当高耸入云的高楼一出现，电视机前"哇"声一片。李有根肯定高楼离李家山村十分遥远。他挤到电视跟前：我能数出高楼有多少层。黄二狗当即攮一句过来：你？数出来，我跟你姓！李有根比黄二狗小好几岁，没还嘴。过一会李有根指着电视画面大声嚷：这是上海！我日后要去上海数高楼。黄二狗嘴角一弯，"哼"一声：日后？不晓得日后是哪辈人？李有根往后退，生怕黄二狗嘲笑他口无遮拦。

要说李有根和黄二狗都没算到两年后他们会同行随打工潮去广州。一路上，李有根心里"咚咚咚"狂跳，他知道广州也是一座大城市。走出火车站，李有根蒙了，我的妈呀！高楼林立，谁有本事数？于是李有根改变想法，对身旁的黄二狗说他以后只数参与建设过的高楼。黄二狗望着高楼，哑口无言。

冬至前一天，李有根腰间的 BP 机接连响，是李家山村口代销点的号码。电话里媳妇说她给他生了一个儿子。媳妇说：送月米的亲戚中有我不知道叫啥子的，总问你在哪儿，在干啥。我脱口而出，说你在干大工程——在广州建高楼！李有根听后笑得直不起腰。分明一个建筑工地上的搬运工，还干大工程，还建高楼？不过，李有根丢话筒前说了他给儿子取名叫李四化。

李有根第一次见到李四化时，儿子喉咙里发出模糊的"爸"音。李有根将儿子放在大腿上，面对面，捏住儿子双肩放倒拉起，再放倒再拉起，玩爹妈原来陪他玩过的问答游戏。他现编的词，又问又答。

问：爹爹爹爹，你在哪？

答：在沿海，在广州。

问：在广州，你在广州干个啥？

答：爹爹在广州搬砖头。

问：搬砖头？为啥在广州搬砖头？

答：搬砖头，爹爹在广州建高楼。

问：爹爹为谁建高楼？爹爹为谁建高楼？？

答：爹爹为儿子建高楼！爹爹为儿子建——高——楼！

……

新工程在上海。出发前，李有根陪媳妇回娘家。饭桌上丈母娘问：这趟要去哪？还干啥？李有根放下酒杯：当然去上海，当然还是建高楼。李有根怕丈母娘没听明白，继续说：上海大得很哦，那里要建很多很多的高楼，一定要多建高楼，将来我的儿子——你的外孙才有地方住……后面还说了些啥酒话李有根记不得了。丈母娘呆头呆脑看他，媳妇嗔怪李有根满嘴跑火车。李有根借着酒性：还不是跟你学的。

在上海陆家嘴一工地上，李有根不满足搬砖头、拌砂浆，转学绑扎钢筋。钢筋工技术性强，比杂工工资高不少。

三年后，李有根随公司到了北京，在北京东五环一待就是五年。

再次回到李家山，李四化已经读小学四年级了。语文老师要求学生写作文，写爸爸或妈妈的职业。李四化写了："我爹名叫李有根，去过广州、上海、北京等大城市，是一名建筑工人。我问过爹，你们建那么多的房子给谁呀，爹对我说，给退休的爷爷奶奶住，给大城市的叔叔阿姨住，给在那里创业的哥哥姐姐住，给……当然也给我儿子李四化住。听了爹的话，我真高兴，我一定发奋读书，考大学，当专家，建四化，在大城市工作，住我爹为我建造的高楼……"

李有根看过儿子的作文，心里不平静，觉得儿子说的不像是随口话。媳妇看完儿子的作文，说：看来我们一家三口都是麻雀子下鹅蛋——说大话。李有根说：不一定，有时随口话里可以体现出一个人的志向与理想。媳妇听李有根说出一句貌似很有水平的话，脸上绽放出桃花般的笑容。

在新疆一干又是五年。在这五年里，李有根顺利通过了施工员资格考试。他很欣慰，一个从李家山走出的农民工，能随建设大军去中国的东南西北建高楼，儿子一定觉得他爹很牛。

下一站，原计划回四川，结果，随公司去了东北。另一个没料到的是，李有根在离俄罗斯边境不远的一座城市的工地上出情况了。他从脚手架上摔下来，命捡回，但腰断了。就这样，五十出头的李有根只好回到李家山村养病。这一年，李四化正在读研。

又一个五年过去。

一天儿子与李有根通话。李有根先说自己可以下地行走了，接着他说：四化，你过三十了，最终想在哪里安家？或许，你中意的城市我真没去建过高楼……可能我这辈子再也没本事去建高楼了……

电话里儿子笑声朗朗，他说：爹，这二三十年你最辛苦，我——李四化就是你建造的高楼。儿子说他依据中国不同区域、不同气候、不同民族和不同风俗设计出的农村新居图已通过专家终审，正在申报"新世纪千村万户新居设计奖"……

李有根握住话筒听儿子说话，热泪盈眶。

好孩子

吕　斌

嘭嘭嘭，有人敲门。

陈小东睁开眼睛，看见窗户有了亮光。他从炕上爬起来，走过去拉开门。门外站着个老大爷，眼神流露着愤怒、焦急，说："有人偷我家牛粪。"

陈小东混浊的脑子清醒了一些，这是他到这个派出所遇到的第一个案子。他问："你家住在哪儿？"

老大爷说："就在西边。"

陈小东问："啥时候丢的？"

老大爷说："不知道，早晨起来看见粪少了。"

所长去县局开会，王敏娜和李宝庆虽然家住在乡政府所在的这个村，但八点半来上班。现在五点多。陈小东说："你领着我去看看。"回身锁了门，跟着老人走出乡政府院子。

老人腿脚不好使，走路一瘸一拐。牛粪是这一带农民的主要燃料，这样一个年迈的老人丢了牛粪，冬天怎么过！走到村西头，老人指指前面说："这就是我家的牛粪。"

大门口左前侧有个榆树棍子扎成的杖子，装着牛粪，一边陷了一个大坑，少了大约一驴车粪。大门口坐着一个老太太，愤怒地对陈小东说："粪是我家老头子一夏天和一秋天捡的，不知道哪个人偷走了那么多。"

陈小东对破这个案子很有信心，他脑海里出现了在警察学院学过的痕迹学。他说："二老放心，我一定找到这个人，让他把偷你们家的粪送回来！"

两位老人见陈小东说得坚决，有些许安慰，但是，也怀疑这个新来的年轻人能否破这个案子。

陈小东仔细观察了地上的痕迹，这是一辆当地农民常用的毛驴车，是两头驴，一个男人的脚印。他跟踪着印迹走出村庄。上了石子铺面的公路，看不清印迹了。陈小东顺着公路朝南边望，四里地处是鲍家店。再远处就是县城，他思量，虽然冬天临近，县城南边的人时常来这边买牛粪，有顺手牵羊偷粪的可能，但是，远处来买牛粪的人都是开着汽车。这么少的粪，应该是附近的人干的，那么，这个人很可能就是鲍家店的。

他顺着公路朝鲍家店走，心想：抓住这个人不但让他把粪送回来，还要拘留他，最次也要罚款。他在局里报到时，局长对他说："那里地处边远，但流动人口多，需要增加一个警力，你到那里一定要把老百姓的安危放在第一位。"他愉快地说："我家就住那一带的农村，小时候常到那边捡粪割草，对那一带农村的风土人情熟悉。"

陈小东顺着公路走到鲍家店，进了村街，边走边望村街两旁的人家，看见一个院落里停着一辆驴车，两头驴拴在车轱辘上，两间砖平房的窗户前堆放着牛粪，是新卸下的。陈小东一阵激动，案子破了！

他走进外屋，看见东屋站着一个男人，背对着门口正在看电视，电视里播放的是黄梅戏，男人听见声音转过身来，吓了陈小东一跳，男人穿戴肮脏，脸上有厚厚的污垢，小眼睛眨着。陈小东一下明白了，这个人应该叫王荣，外号王傻子。他来所里报到时，所长介绍全乡情况时，提到过这个村有个智力低下的王傻子，谁家的东西都拿，谁家的活儿都干，谁家的饭都吃，是个吃国家救济的独身户。

陈小东事先想好的询问技巧在一刹那全乱了套，直截了当地问："院子里的粪是你偷来的吧？"

男人理直气壮地说："谁偷来？是我拉来的！"

陈小东顺嘴说："那不是一样吗！你凭啥上人家那儿偷粪？"

男人说："冬天我没有粪烧，不去拉一车咋整！"

陈小东想给他讲，你偷了老人的粪，他们怎么过冬……可是，跟他讲道理，和跟牛粪讲道理有啥两样！

处罚这样一个傻子没有意义，拉走粪不可能，这个男人也需要救济，不拉走粪怎么向两位老人交代？他看看窗户外，院子里的驴车上有捡粪用的背筐，他有了主意，对男人说："我借你驴车用一上午，行吧？"

男人说："驴车在院子里，你用去吧！"

陈小东到院子里套上驴车，赶着走出村庄，下了公路，让驴车在草地上走，他背着背筐捡粪。

傍中午的时候，陈小东赶着驴车到了老人家的门前，两位老人走了过来。陈小东说："粪给你拉回来了，是鲍家店的王傻子偷去了。"

老大爷一愣，说："早知道是他偷的，就不要了。"

陈小东说："没关系，我给他送车的时候，顺便给他捡一车粪送去。"

老大爷眼里有了泪水，嘴唇哆嗦着说："你真是个好孩子……"

扶贫故事

蒙福森

　　在一次县文联组织的平天山野外采风的活动中，我认识了扶贫办的小杨，他给我讲述了一个感人的扶贫故事。

　　一年多前，小杨通过公招考试进了县扶贫办。去年开春，他接到了一个扶贫任务，扶贫对象是石岭村的吴志福。

　　一看到"石岭村"三个字，小杨的心里就发了毛——那是一个极其落后闭塞的小山村，路途遥远，坑坑洼洼，凹凸不平，一边是深沟，一边是大山。三年前，有两个干部开车去那里开展扶贫工作，在半路摔下山沟，一人重伤，一人当场殉职。

　　还好，小杨去的时候，路已经修好了。小杨到了石岭村，在村主任老赵的带领下，去见吴志福。

　　老赵一边走，一边喋喋不休地向小杨介绍三年前田副县长到石岭村扶贫的故事：就是在田副县长的多方努力下，修好了这条路，可惜，田副县长没有看到路通车的那一天，她倒在了扶贫路上……

　　她是一个好人啊！老赵感叹道，眼睛发红，声音哽咽。

　　这条路应该叫"玉清路"。老赵说，田副县长叫田玉清。可上面却说，不能用领导的名字来命名，他们起了另一个名——平安路。但是我心里……

　　政府是对的。小杨打断了老赵的话，转换了话题，问，老吴家里到底有多困难？能吃上饭吗？

　　难！老赵说，田副县长第一次来的时候，就指定老吴是她的扶贫对象，她带领工作组来到老吴家，当时，田副县长一看老吴家徒四壁，几间破屋，漏风漏雨，里面黑咕隆咚的，田副县长几度落泪。她说，想不到，还有这么困难的群众，是我们的工作做得不好啊！

　　当时在老吴家，要拍几张照片拿去存档，屋里黑，看不清楚，工作人员叫老吴开灯，老吴拉了一下电灯开关绳子，电灯闪了一下，灭了，再拉，怎么也不亮。

田副县长叫他再开另外的灯，老吴说，没了，唯一的电灯。

说话间，就到了老吴的家。

那是怎样的一个家啊！老吴年近六十，面容苍老，头发花白，穿着破旧；一个跛脚的老婆，头发蓬乱，像鸡窝里的草，还头脑不清醒，老吴年近五十才娶了她；一个半死不活的老娘，卧病在床，一年四季要打针吃药；两个孩子，一儿一女，去学校了，没在家，小杨没看见他们。

老赵说，老吴家比三年前好了一些，三年前，根本不成一个家，幸亏田副县长来扶贫，好多了。

老吴带老赵和小杨来到他家的砂糖橘种植地。三年前，田副县长带给老吴脱贫致富的第一个项目就是因地制宜种植砂糖橘。远远看去，十几亩砂糖橘在瑟瑟的冷风中一片翠绿。

可走近了一看，小杨心里一拨拨地凉，像大冬天雪水灌进骨子里去——这些砂糖橘，缺乏科学管理，一棵棵病恹恹的，像面黄肌瘦、缺乏营养的孩子。

老赵说，没办法，田副县长去世后，一直没有人来真正接替她的扶贫任务，上面来的人，走马看花一样，拍个照转个圈儿就走了。

小杨回到家后，翻箱倒柜找妈妈的书。

那是妈妈留下的种植砂糖橘的书，网购的。

在一个箱子里，小杨找到了厚厚的一摞书和笔记，还有一些复印资料，都是介绍如何防治果树病虫方面的书。

周末，一大早，小杨骑摩托车朝石岭村出发了。

老爸问他，啥事那么急？

小杨说，看了老妈的书，我找到了老吴的砂糖橘问题所在了。

老爸说，啥问题啊？

小杨说，见了老吴再说。

小杨那几晚睡得很晚，辗转反侧，不能成眠，眼前老是晃动着老吴病恹恹半生不死的砂糖橘——到底啥问题导致不能茁壮成长呢？

突然，他灵光一现，有了！

那是一种严重的根腐病。小杨问过几个老种植户，他们也说是。

小杨买了药，一路长驱直入石岭村。

此后，小杨一有空就奔石岭村。

几个月后，老吴的砂糖橘像大病初愈的年轻人，终于重新吐出嫩芽，焕发出勃勃生机。

第二年，老吴的砂糖橘挂果了，成熟时像一串串小小的红灯笼挂满树上，甚是诱人。

小杨日夜翻看老妈的书，一丝不苟地照着做，吸取老种植户的经验，想方设法要让老吴的砂糖橘赶在春节时上市，卖一个好价钱。有了技术支撑，老吴的砂糖橘够甜够靓，摘一个来尝，甜入心肺。

这时，一场大寒潮来袭，很多果场即将成熟上市的砂糖橘被霜冻打得七零八落，老吴的因为盖上了塑料膜幸免于难。

寒潮来袭前，小杨带了几个好友，和老吴不分日夜地给果树盖塑料膜，跟寒潮争分夺秒……

年底，老吴的砂糖橘像光彩照人的新娘，闪亮登场，一摘下来，就被守候在田头的水果批发商抢购一空。

老吴平生第一次拿到这么多的红艳艳的钞票，有十几万啊！那一刻，他哭了，扑通一下跪在小杨跟前，抱着他的腿，呜呜大哭。

小杨赶紧扶起老吴，跟着哭。

两个大男人，在柑橘地里抱头痛哭。

我以为他因感动而哭。

小杨说，我哭我妈。

你妈？

是，我哭她。那一刻我突然想起了我妈。她如果还在，多好啊。我想，她的在天之灵，也会在那一刻被感动的。

再问，小杨什么也不说了。

后来，我才知道，小杨的母亲就是田副县长，田玉清。

在县府大院里，没人知道，小杨就是她的儿子。

枪 决

小 海

20世纪40年代后期的国统区，地方划为县、区、乡、保、甲，办事机构县以下的区叫区公所，乡为乡公所。比如我们老家的百岁桥庄，当时就划归如皋县十五区李堡区管辖。乡里成立的武装组织叫自卫队。乡、保筹集资金、捐税作自卫队枪支弹药日常开销。

乡自卫队驻扎在百岁桥庄上，有一个排，三十多人。自卫队人人有长枪，队长有匣子枪（短枪），还有一挺轻机枪。轻机枪配俩枪手，一名正手，一名副手。自卫队主要是负责区内治安，也为国军效劳。国军下乡，他们提供情报，打前阵为其带路等。原则上，自卫队每天集中训练，间隔一阵，接受县、区指导和来人训话。自卫队这些人中，有几个沾染了二流子习气，没有约束的话，吃喝嫖赌样样要来。

自卫队的主要对手是共产党地方革命武装——游击队。

这对冤家对头各有领地和活动区域，也常常会在本乡交界地盘上狭路相逢。互相之间，偶尔也会你袭击我，我偷偷摸摸打你冷枪，这样的小交火属家常便饭。

这一回交火规模有点儿大。他们是在一条干涸的小河边，占据两条河岸较上了劲。双方趴在两头的河沿开枪，子弹在彼此头顶上空呼啸，河边看鱼塘的老人的草棚被手榴弹炸起了火。但双方都未有伤亡。

自卫队这边先沉不住气了，火力猛，枪打得河对岸柳树叶唰唰地往下掉，直到冒冒失失的子弹打光了，才后撤。其实是没等到队长下令，队伍就开始拖枪撒开了腿儿，满田满野往回奔。

自卫队的机枪正手是个胖子，怕抱了机枪跑不开腿，他一手将机枪皮带套挂到副手脖子上，一手压低枪管，吩咐他先跑一程。

游击队翻过河坎穷追，却未能追上他们。

回撤时，游击队意外发现了机枪正手。他躲藏在水渠涵洞口一堆废砖后面……

有人惊喜地喊出一嗓子：

"胖子！"

胖子弹起来，反身沿着老古河沿的一条纤夫小道跑。这条有坡度的小道离河面仅仅一米，布满了碎石子和河蚌壳，坡面上生满了带刺的乱灌木丛。胖子深一脚浅一脚，磕磕绊绊像被一根长竿子赶上岸的鸭子，两只手不断地往一侧的身后拨划着难缠的棘条时，又像个在河面上瞎扑腾的侧泳新手。

看他逃跑的怪模怪样，游击队队长冲着区队通讯员端起的长枪一扬手：

"饶他条狗命，活捉了这个死胖子！"

通讯员猫腰追出不到一里地，胖子自己已顺势倚住一棵槐树根半死不活了——虚汗满头满脑，面色煞白。

他成了游击队的战利品。这回交战的收获就是这个胖子。

押回驻地，游击队一问话审讯，胖子就喘大气翻白眼。只得将他双手反绑上，先放在一间空库房里，也没太为难他。

游击队唯一的一挺机枪打不响有多时了，需要整修。有人提出让胖子来试一试。

胖子要来一桶机油，拆开机枪部件，浸在桶里，再伸只手进去摸索。桶外的手呢，搁在长板凳上，手指头之间也在不断捻摩着，似乎动作一致地呼应桶里面的那只手。一会儿工夫，清亮得能映照出胖子脑门儿的一桶机油，变得混浊起来了。看守他的人也知道，胖子玩枪时间长了，对枪的结构和故障太熟了。他在擦洗、摆弄，再花心思进行组装。

这一切完成后，按上铁壳弹卡子，一扣扳机。

嗒嗒嗒——

机枪轻脆地开口了。连发一梭子，十多颗子弹都飞射了出去，库房对面的土坯矮墙上留下了十来处蜂眼。

胖子卸下铁弹卡子，朝枪膛内安上单颗子弹，扣动扳机。

嘭——

单发也灵光，子弹照样射出去了。

见机枪修好了，游击队员们都围拢来看。刚刚开会回来的区队长，走上去狠按着胖子的头皮，咧嘴笑出了声。

"这铁家伙只要开了口一响，足足顶我一个班哦！"

虽然仍有人负责看管和劝留这个胖子，但慢慢警戒也放松了。

瞅了个空子，胖子以夜间出恭的名义，趁机偷跑了。

一周后，补足枪支弹药的自卫队来到了上次交火的村庄。没人再提上周的那次交火。

约莫晌午时，机枪手胖子晃荡到了村口。

他归队了。

自卫队伙伴们围上去招呼，都为胖子能脱身跑回来而庆幸。

人群里有人说："机枪，机枪。"

是迫不及待的胖子，要摸他的机枪。

自卫队的队长听着了喧闹声，从里屋里跑出来。他瞪了胖子一眼，把吸到一半的烟头在鞋底上蹭灭，转身沉下脸来，掏出口哨就吹。

四下散落的队员们听到哨音，重新集合到场头排队。队长就近从一户人家找来一根粗扁担绳，叫胖子出列，亲自将他一道道严严实实绑上。

胖子跪在队伍前面。

他提高嗓门问：

"他帮'共匪'修好了机枪，该死不该死？"

队伍里鸦雀无声，没有应答。

队长的脸抬起来，看着屋顶上叽叽喳喳追逐飞远的一对麻雀，从身后慢慢拔出他的短枪：

叭——

子弹从胖子后脑勺穿向前额。

胖子向前一磕头，趴伏到地上。

血流出来，汪了一摊。

"你们不回答，我的枪替你们回答了。见着了吗？谁敢'通匪'，就这个下场！"

队长举着枪在半空中抡了一个半圆，低吼一声：

"散！"

队列愣了愣，反应过来，四下散开。

队长余怒未消，走向场头一侧的草垛子，一条黑色母狗拖着一个肥肚子，正缩在草窝里半躺着，显然，它被刚刚的枪声惊到了。

队长将还未来得及放回腰间的枪又提起，对准了狗。

叭——

狗"哦"的一声惨叫着蹿起，向前两步，痉挛着身子扑倒，又挣扎着翻转过来，四脚一阵乱踹。

狗肚子慢慢裂开来，三条没长毛的粉色小狗滑出血泊，都还没睁开眼睛，却在学着蜷缩着蠕动……

送 葬

刘 公

前年仲秋，阳光蹦跳着来到我的桌前，温暖的光泽摩挲着我的脸庞。我手捧散发着墨香的新一期杂志，诗歌栏目的头条——向东的名字再次映入眼帘。

向东是个农民工，他送来的诗稿，是用学生作业本撕下的两张纸写的。他带有泥点的建筑服上有股浓重的汗馊味，跟我说话时，眼神怯怯的，不敢直视我。他的三首诗都不长，我当即看了一遍，有几句一下子吸引了我，"伸手抓一把阳光 / 洒向大地 / 顷刻间 / 天下一片金黄"，我说："这首留用了，你没有固定住所，等杂志出版了，通知你来取吧。"他点点头，一脸灿烂地走了。

两个月后，向东接到我的电话不到半小时，就汗津津地来到我办公室，双手在衣服上蹭了蹭，握着我的手说："谢谢刘主编，谢谢。"他手上厚厚的老茧，石头一样硌得我的手生疼。

"不用谢，以后有好的诗歌再给我。"当即，我安排人把稿费发给了他，他眼中闪动着晶莹的泪花，激动地说："明天可以租个自行车回老家了。"

"你老家离这多远？"

"四十多公里。"

"你不用骑车了，明天我去你们县上采访，你搭我的顺风车吧。"他高兴地说："那太谢谢您了。"

次日，我开车走高速、国道、无名道路，颠簸了好久，终于到了他家。

两间土坯房歪着身子立在土坡下面，一面墙的裂缝像一个乞讨人的嘴，虚弱地张着，三根圆木费劲地支撑着那面墙，防止它随时坍塌下来。还没进屋，就有一股浓烈的中药味扑鼻而来。听到声响，他爸弓着虾米一样的腰迎了出来，满脸的沟壑纵横漾着笑意："嘿嘿，向东，带客人进屋里坐。"

东屋的蜂窝煤炉子上，咕噜着一瓦罐中药，向东的妈身着油乎乎的棉袄棉裤，坐在一辆残障轮椅上，无神的眼光瞅着我们，嘴角抽了好几下，才说道："你们坐。"

老爷子给我解释说："他妈半身不遂好几年了。"

看到轮椅锈迹斑斑，前面的两个小轮子，后面的两个大轮子，都用铁丝缠着，我问老爷子："大叔，出门要上个坡，这车，你推得动吗？"

老爷子把盛着开水的老瓷碗递给我说："上坡推不动，不过，乡亲们谁遇着了，都会搭把手。"

我对向东说："好好挣钱，给你妈换辆新轮椅。"

"这事不用孩子们操心，他们兄弟俩都在城里打工，住房都没有着落。他妈这轮椅，上个月乡长来村里，说给发一个。那乡长可好了，临走时还还给他……他妈100块钱哩。"老爷子激动得说话有点结巴。

离开时，老爷子左手提一袋土豆，右手提一袋柿子，说送给我的，我不要，老爷子着急地抖着两手说："自家产的，不值几个钱，你要是嫌弃，就算了。"看到老爷子一脸的真诚，我连忙说："谢谢，谢谢，我要。"

时光荏苒，转眼到了今冬，雪花一个劲地飘，我正在办公室外扫雪，向东流着泪来找我，说他妈去世了，跟我借点钱。我说："可以。下这么大的雪，我送你回去。"想到他爸妈给我的柿子和土豆，我得去送老人最后一程。

车停在村口的空地上，远远地看见两间土坯房外设了个灵堂，我和向东走进去，看到老爷子两腮挂满泪水，在一个黑陶盆里烧纸，一边烧，一边凄厉地念叨："老伴啊，都怪我不好，临走，也没让你坐上新车。不过，我给你扎了一辆新的。"

我这才注意到，灵堂的一侧，有一辆纸扎的轮椅车。

我问老爷子："大叔，大妈到走都没坐上新轮椅吗？那个乡长不是要送一辆吗？"

老爷子叹了口气，擦一把泪说："那乡长回去不久就得癌症死了，都怪他妈命不好，遇上个好乡长，又死了。"说完，他又哭了起来。

我点燃三支香，给老太太鞠了三个躬。

走出灵堂，老爷子的那句话一直回响在我的耳边："都怪他妈命不好，遇上个好乡长，又死了！"

看着大雪纷飞的天空，看着苍茫的田野和破旧的村庄，听到灵棚里向东一家人的伤心哭声，我的心一阵阵揪痛。

巴音诺尔的旗

何君华

只要看到学校的旗升起来,我们就知道该上学了。

升旗的除了老那,不会有别人,因为老那是我们嘎查小学的校长。说他是校长是抬举他,因为他是个"光杆司令",他除了是校长,还是我们的蒙语课老师、汉语课老师、数学老师和体育老师,是我们各个正课副课的老师。是的,整个嘎查小学只有他一个人,他是他自己的校长。

老那叫那日苏,但没人叫他那日苏,也没人叫他那校长,包括我们学生在内,背地里都喊他老那。老那究竟在我们嘎查小学当了多少年校长,没人说得清,我爸上学的时候他就是校长,你说得有多久。

有人说,嘎查小学创立的时候老那就是校长。用现在流行的说法,他属于创校校长。老那有个雷打不动的习惯,那就是每天早上六点准时起床升旗。一旦哪天没升旗,那意思就是学校放假。起初我们连什么是星期都不知道,时间久了才知道一个星期是七天,只有星期天一天放假不上学。在我们嘎查,谁都不习惯按照星期过日子,因此仍然每天还是看老那升旗没有,升旗了就赶紧催自家的孩子起床上学。

说起来,老那的"旗语"在我们巴音诺尔嘎查还真是挺实用的。我们嘎查虽然地势极平坦,但却是出了名的"幅员辽阔"(这个词当然也是老那用半生不熟的汉语教给我们的)。不夸张地说,我们嘎查可能是整个内蒙古自治区乃至全中国最大的嘎查(村),各家各户住得远,升旗确实是最简单有效的联系方式。

老那吃住都在学校,平时没事也很少离开学校,学校就是他千年不变的根据地。老那如果有事,通常就是作为优秀教师代表去苏木或是旗里乃至盟里领奖。老那有时候想不明白,他每天无非就是给孩子们教教课,水平也不高,能力也有限,很多知识他都不掌握,很多他掌握的知识也不一定对,比他优秀的应该大有人在,怎么他就被评上"优秀教师"了呢?老那想不通,我们也想不通,完全不知道常年一脸严肃的老那"优秀"在哪里。

尽管想不通，但我们倒总是热切地盼望老那去参加颁奖大会。那样的话，不仅我们能放一天或是两天假，而且老那还会给我们带回一些我们喜欢的物件儿，有时是一副羽毛球拍，有时是一副乒乓球拍。我们就在操场上用粉笔画一条线，或是把课桌拼起来摆上砖头拉开架势打，别提有多高兴了。最让我们激动的，是有一次老那去自治区首府呼和浩特领奖，那次我们不光难得地一连放了三天假，老那回来后还给我们带回一只崭新的足球。这是我们第一次看见真的足球，所有人都疯抢着上去踢，人实在太多了，脚又不听使唤，经常一节课也踢不上几脚，但仍然乐此不疲。

后来我们才知道，这些东西都是老那用自己得奖的奖金买的。老那除了给我们带回这些礼物，每次还要买些粉笔三角板之类的教具文具，因此他回来时肩上的帆布袋子总是鼓鼓囊囊。除开这些，一定还能在袋子里找到一面崭新的国旗。

我们嘎查地处科尔沁草原腹地，夜间风大，每天傍晚老那都要把国旗降下来收好。尽管这般爱护，可国旗还是禁不住每天的风吹日晒，因此只要有机会出门，老那就一定会买一面新国旗回来。

我们都不知道，一双破胶鞋穿了又穿的老那竟然如此慷慨。

我们不知道的事情还有很多。老那的两个儿子都非常有出息，一个是北京一所著名大学的博士，一个在国外一家顶尖科技公司任职，他们都想将老那接到他们身边去，但老那却从来没动过这种念头，一心只想留在嘎查小学当他的光杆校长。

这一晃多少年过去了，我们赶回去参加老那的葬礼时才偶然知道这些，一时都忍不住湿了眼眶。

如今，巴音诺尔嘎查小学早就不在了，整个巴音诺尔嘎查也已经异地搬迁安置，但我们所有人都决定回去看一看，因为那里曾经有一面旗，指引着我们年少求学的路，也将永远指引我们人生的路。

马云是谁

羊 白

马云是我们这个时代的神话。我一直觉得，马云就是孙悟空，他敢想敢做，冲破了人们固有的思维禁区，他改变了人们的消费模式和支付模式，使我们的生活更加便利。他已经成为互联网的标杆。他的影响力已渗透到社会的各个层面，他大闹天宫，挑战房地产业、金融业、保险业……他的成功，让外国人竖起大拇指，是我们中国人的骄傲。尤其是年轻人，把马云奉为神明，把他的语录当成信条，前赴后继、追逐财富和梦想。

在我的手机微信里，总是有着各式各样的广告。我知道，这些人是所谓的微商。做生意嘛，哪有不吆喝的，虽然霸屏，滑过就是了，谈不上厌恶。

但从事微商的朋友越来越多，就让我苦不堪言了。

我不知道这些朋友挣到钱没有。反正每天都在锲而不舍地秀产品，晒交易单，晒各种各样的活动，甚至和豪车和飞机和星级酒店的合影照片。

朋友推荐的产品，需要的，即便贵一点，我也会优先考虑，成人之美嘛，天天吆喝着也挺不容易的。

我手机微信里曾有个"花想容"，她是幼儿园的老师，长相漂亮，装扮得也有气质。她喜欢文学，诗歌写得情深意长，缠绵悱恻，忽一日向我请教，要学写小说。我就通过了她的好友请求。

不几日，她在朋友圈推荐面膜，我翻过就是。有天晚上，她把广告直接发给我，问我：羊老师，这么多天，这么便宜这么好的面膜难道你没看见吗？

我说：我看见了，可我是个粗男人，平时连擦脸油都不用，又怎么用面膜呢？

她说：你不用，难道你太太也不用吗？

实话说，我老婆也不用面膜。可她把太太都用上了，我终归得顾及一下自己的面子吧。那好，我买了五盒，算是送给老婆的礼物。

过一段时间，她又开始推销一种中华神皂，说能洗脸洗头洗脚还能治脚气治痔疮。我不想和她啰唆，花三百块买了五块中华神皂。她来了劲头，给我发了几条马云语录，意思写文章是发不了财的，让我识时务者为俊杰，和她一起联手做微商，且让我帮她写软文，在朋友圈发广告，做这神皂的经销商，干好的话一月工资就可以上万。

我无语，只好把她删了。

几天后，她又出现在我的朋友圈。她主动向我道歉，说人各有志，不该如此造次，以后再也不敢了。我问她是怎么回阴转阳？她调皮地说，秘密，不告诉你。

一段时间后，她不卖中华神皂开始卖袜子了。她的袜子奇葩到还分左右脚，说是避免交叉感染。我心里反问，那以后穿这种袜子，是不是洗脚也得两个盆，擦脚毛巾也得分两块，晚上睡觉还得左右脚各盖一条被子？

我真是佩服这些微商的想象力，为卖东西，能造出各种概念。如她所说，独特才有卖点，与众不同才有吸引力。

我无语，再次把她删了。

我以为她会施展回阴转阳的神功再次骚扰我。可是没有。她未必是不好意思，估计意识到，关系搞僵了，我对她来说已无油水可捞，弃之也罢。

有段时间，我遇到一位初中同学，他口气很大，扬言是某个产品的区域代理。

多年失联，见面自然亲热，吃了顿饭，寒暄过后，互加了微信。

第二天，就见他晒日进斗金的截图。原来他推销的是一种保健品。他卖的保健品获了多少奖，多少中央领导人都在用，有奖状奖杯还有中央领导人的合影，似乎确凿无疑。他偷偷告诉我，这东西还能壮阳哩，老同学，内部价再加半价，吃了就知道有多爽哩。

我委婉谢绝，夫妻生活还行。那位同学没再说什么。

后来我问朋友，才知道有一种软件，移花接木是很容易的事情。

有天半夜，老同学猛烈地在微信里和我讨论，这个时代究竟应该干什么才无怨无悔？这么大的命题，我虽然爱看《奇葩说》，但我不是辩手，没兴趣和他讨论。

他不依不饶，哗哗哗一连给我发来多条马云语录：

跟着苍蝇找厕所，跟着蜜蜂找花朵，跟着千万赚百万，跟着乞丐会要饭。活鱼逆流而上，死鱼随波逐流。总有一天，你会发现微商能带给你意想不到的收获，或是思想上，或是财富上。如果你现在不创业，不做微商，五年后你会更后悔。就像当初没有人看好马云一样！

现在国家鼓励创业，等你发了财，女人会排队追你，你会被人崇拜，你手下自有一帮人马，你只需点点手指，躺在被窝里也能挣大钱。让那些没有见识跟不上时代的人淘汰去吧！见鬼去吧！后悔去吧！

我眼睛都直了，妈呀，这也太狂热太洗脑了吧，和那些搞传销的一样像是打了鸡血，在臆想的老鼠洞里陈词激昂。

我无法反驳他，只好弱弱地问：你这么卖力干，赚到钱没有？

他的回答又是一条马云语录：

不要问我能赚多少，当你问这句话的时候，你的思想还停留在给别人打工的阶段，如果你想做的话，能挣多少得问你自己想挣多少！

然后他开始打击我，就凭你那点儿工资，写点酸文章，挣几个小钱，也就养家糊口，永远翻不了身。

话到此，我无语了。我什么时候说我要翻身？我是农奴吗？我没被什么东西压着，好好的，干吗要翻身？要推倒谁？

行了，让你怜悯吧。道不同不相为谋，我删了这位同学，忍不住在朋友圈发了句感慨：朋友是拿来卖的吗？

许多人留言安慰我，以为我受了什么伤害。我说，没有，就事论事，是说给微商的。

有趣的是，前段时间，我还真有幸见到了马云。在一个颁奖会上，马云是嘉宾，他给我颁奖时，我悄悄问：网上那些马云语录是你说的吗？

他笑问我：马云是谁？

大　哥

余清平

　　我调到市政府文明办，每次上班，看到一个现象，大哥上班，只要走到市政府大楼的大门，保安郭斌"啪"的一声，双脚并拢，身体笔直，挺胸收腹，右手举起，行了一个标准的军礼。大哥也立正，挺胸收腹，右手举起，还了一个标准的军礼。

　　郭斌会说，首长，你别这样，我受不起！大哥说，必须的，哪有首长不还礼的。

　　郭斌也就作罢，行注目礼，直到他走进了市政府大门。

　　大哥名叫郑武，有一个宝贝女儿。他是转业军人，转业后是市府文明办副观察员。在我们市文明办，大哥年纪最大，正直豪爽，我们谁有点困难，他都会尽力帮助，像大哥一样亲切。自然地，我们这些小字辈就称呼他大哥。转业后的大哥也坐如钟，站如松，行如风！一丝不苟，标准的军人本色。

　　郭斌是保安，复员前是特种兵连级文书。郭斌一米七八的个头，模样虽然英俊，但是，是那种秀气的英俊。郭斌做保安，见到谁依旧会行一个标准的军礼，加上一个腼腆的微笑。别人都只是点点头，但大哥每次都会还礼。

　　很多人看过《从奴隶到将军》的电影，大哥虽然没有当上将军也没有做过奴隶，但也是个标准的旅级上校干部，七岁放牛，高中毕业后当民办老师，又赶在对越反击战前参军，坚守过老山猫耳洞。所以，大家都知道他是吃过许多苦的，是通过摸爬滚打，真刀真枪，凭着过硬的军人特质一步一步升到这个职位的。一次，我笑着对大哥说，英雄莫问出处，富贵当思缘由。大哥笑着纠正，我不是英雄，我是个军人。

　　一个晚上，郭斌请我吃饭。我估摸他无事不登三宝殿，请我吃饭，肯定是有所求。现在，领导再三强调不许请吃请喝。我看了看他真诚的样子，但还是一口拒绝。我说，无功不受禄，无故请吃，必有异情。郭斌赔笑说，哥，哪有什么异情？就是看到你平日里对我好，才想回报一次。我说，没怎么照顾你呀！他说，哥，你就答应吧，如果担心出问题，我们就去大排档吃，标准的40元一个人，绝不超过这个数。

他这样说，我就不好意思拒绝。我说，不去吃饭，去消夜吧，去吃砂锅粥。

"好运来砂锅粥"虽然是大排档，但店面干净整洁，几排紫色圆桌整齐排开，和服务员一起露出笑脸。我俩落座。服务员拿着笔纸。郭斌说来锅大的，加个青菜，一瓶苹果醋。我连忙说，大锅吃不完，来锅小的。郭斌看了看我，说，就依哥。

服务员很快送来砂锅粥，我们边吃边聊。郭斌说他当兵时与大哥是一个部队的，他是大哥的兵。我说，难怪大哥每次见到你都会行军礼。郭斌说，不是的，大哥有部队情结，只要是遇到当过兵的都会敬军礼。

在与郭斌的聊天中，我知道了大哥一些不为人知的秘密。

原来，大哥在部队里一直保持军人本色，也不愿意转业，但是，他的痛风症发作起来，痛得他受不了。部队里官兵一致，晨起早操，晚上夜操，一样也不能落下，大哥的痛风症拖了他的后腿。首长亲自给他做工作，他才不得不忍痛割爱，离开自己心爱的部队和他心爱的兵。

听完郭斌的叙述，我不由得对大哥的敬意又增加了一层。

我们吃完夜宵，聊了一会，说再见的时候，郭斌从身旁拿出一个纸盒说，哥，我有件礼物不好意思送给大哥，这个麻烦你帮助我转送一下。

我听了，变了颜色，难怪古语说得好，"无事献殷勤，非奸即盗"，原来请我吃饭是想我帮助送礼，这不是陷我于不义吗？领导三令五申，不许请吃送礼，你郭斌顶风犯案，还想拉我下水。我断然拒绝，强行付账，拂袖而去。

到了周末，郭斌微信我，说有重大的事情向我报告。我生气地说，我不是你的领导，又不是管理治安方面的，有事情应该向保安科长报告。郭斌说，此事事关重大，有关大哥的事。前几天让我送礼的事像影子一样挥之不去。我说，你又整什么幺蛾子，有关大哥的事，我更不去。郭斌说，好，那出了事儿可别怪我，我是职责所在。

我一听感到事态很严重，如果大哥真的犯了事儿，我却置之不理，这就是枉他平时对我们好了。再说，他那么正直的人不可能犯什么错误。转而又一想，人不可貌相，若真的犯错误，我该怎么办？我决定见郭斌。

郭斌约我来到公园一处无人的地方。他说，我发现大哥每天中午上洗手间。我说这有什么奇怪？问题是他还夹着文件袋，更加让人起疑的是文件袋鼓鼓囊囊的。这也不用奇怪。如果是行贿受贿的赃款或者是偷卖政府的机密文件又该如何？

郭斌这句问话，我一听，即刻冒汗了，感到事态的严重性。我说，你暂时别声张，更不要告诉第三人，让我来处理。

第二天下班前，我找到大哥去喝夜茶，席间，聊了一会，我话锋一转，直接问大哥每天中午上洗手间拿个文件袋，里面装的是什么？大哥军人出身，不喜欢转弯抹角说话的人，因此，我单刀直入地问。大哥听了，一愣，很快就笑了，说这事你咋知道的？我告诉你，你可得为我保密，我有痛风症，蹲厕所要用砖头垫住脚后跟，痛才轻很多，以前放了两块砖头在厕所里，总是被人拿走，后来，我干脆放文件袋里带着。

原来如此！

这时，郭斌进来了，手里捧着一个纸盒，脸像灯笼一样红。他抢先说，那我送给您的增高鞋怎么再三不收？大哥瞪了他一眼，说，那是你的新发明，我哪能接受？再说，付钱你又不要。我是请您给我做临床实验，是我该付款给您试验费才对！我说不行就不行，我以前是军人，现在也是以军人要求自己，怎能知法犯法？你不收钱，我就不要。

这时，门口一闪，进来一个女孩——是大哥的宝贝女儿。她抱着大哥的脖子说，爸，那你女儿的男朋友孝敬给您的也不能要吗？您常说，要让我嫁给一个有才有上进心的青年才俊，郭斌听到这话后，就一直不敢公开我们的恋情，现在，他有了这份"小发明"，是不是达到您的要求呢？

你这丫头，他现在才可以算是一个合格的兵。大哥笑着说。

杀　手

谢大立

老石来电话说，有人要买我们的杂志。我说，谁？要多少？他说，一些文学青年。虽是一本一本，但我们也不能忽视。他们买的可是梦，这梦，你我都是做过的，都是先有这个梦，然后才走上写作之路的……况且，眼下习总书记又提出了中国梦……

我皱眉——这老头给我添堵。每天我都被杂事缠身，写点东西都是在见缝插针，哪管得了这些事。但我又不好直说，老石文学前辈，且七十高龄了，且有个"厕所里的石头"的诨名，这诨名是说他在为人处事上像块石头一样硬，厕所里的石头，还臭。好在他说，我知道你忙，如果没有越权嫌疑的话，这事我来给你们办……

我说，没嫌疑没嫌疑，你办你办！

周五下午，忙完活关上门为一个短文写了不到十个字，敲门声响。我啧一声，习惯性地眉头一皱说，谁？老石的声音：我！我不耐烦地一叹说，什么事？要是常人，会说没事，走人。他却推门而进，看都不看我说，这些天，我跑遍了全市的书店和报刊点，给他们讲解了这项工作的伟大意义，总算都同意卖我们的杂志，卖的钱三七分成，他们三，你们这边七，要行，我现在就把杂志拿走……

我说，行，行！拿走，拿走！把几期剩下的几十本杂志拢一块。他刚捆好，我往电脑前一坐说，不送。他就提起来朝电梯口走去。

一忙，就过去了很多天。坐在火车上，电话响了。看是老石打来的，我就掐了。一是异地漫游，电话费贵，二是不想与他啰唆。刚掐，他又打过来了，我再掐。他再打，我还掐。他不屈不挠，我想，总掐也不是个办法，摇头、叹息地接了。说了一句话，又掐。这句话是：我在外地，有事回来再说。

一会儿，他又打过来，很不满意：就几句话。卖杂志的账我跟他们结了，共是四十元零五角，钱我什么时候交你。我说，四十元零五角，你买包烟抽了不就得了。他说，我早戒烟了。我说，算给你的交通费吧！他说，我凭老年证坐车，不花钱。我说，算电话费吧，打电话总得花费吧！他说，我家电话包月，每月都用不完。我实在耐不住性子了，算杂志社送你的辛劳费好了。他说，你怎么能这么处理，卖杂志的所得，公家所有，我这辈子还没拿过这种不清不白的钱……不等他说完，我关掉手机。

回单位，我却不得不主动给他打电话了。走廊里，领导笑着问我，卖杂志怎么回事？那笑仿佛在说，你怎么干这事？我一怔后，想做些解释，领导边离去边说，去一趟财会科吧。到财会科，出纳对我说，前天有个老头来交了四十元零五角钱，说是卖杂志的收入，我们不知道入什么账，就请示了领导……我拿起电话就打老石家的电话，老石的老伴说，老石走了，你是大立吧，你现在去火葬场也许还能与他见上最后一面……

我的脑子里轰地一响，立马往火葬场赶。对老石这人烦是一回事，多年的感情使我不能不去送他。火葬炉前，我见到了老石，他躺在那张灵床上，虽然死了，还是那副活着时的硬汉样。和他一起躺着的还有一块圆石头，他的儿子小武正在为那块石头的事与人交涉，石头要了他父亲的命，他要让这个杀手为他的父亲陪葬。他的儿子五大三粗，黑铁塔一般，两个工人看看他，互相看看，依了他。似曾相识的石头，临进炉子前，一脸的冤。

在等着炉火对老石焚化的时候，小武感谢我有情有义，来送他的父亲。我说些人生有常无常的话安慰他，说他的父亲好人命不长。小武说这也是他要让那块石头死无葬身之地的原因，前天，他的父亲是拿着病历去医院看病的，病还没看就被这块石头绊了一跤，摔死了。奇怪的是医院在咱家的东面，父亲却被西面的这块石头要了命……小武补充说。

送走老石后回到单位，门卫的小伙子对我说，总来找你们的那个老头那天被石头绊了一跤，不知到了医院怎么样。老头那天在这里碰到个偷景观石的石痴，他制止，那石痴抱着石头跑，他追，石痴丢地上的石头绊了他一跤……我一惊，想起小武的话，我们这里正是他家的西面，不由得看眼有景观石的地方，那地方的一排石头缺了一块多出个窝。怪不得那石头那么眼熟。

上班下班看到窝，我总要想到那块一脸冤相的石头，随后听到一个声音说，我是为你而殁的，要不是你那么处理事情，老头那天不会来这里，老头是怕自己

进了医院出不来才在看病前来这里的，你才是杀死他的真正凶手……我虽然是个
唯物主义者，不信这个声音真正存在，但久了，还是被它折磨得无法忍受。直到
我找来一块相似的石头把窝填上，折磨感才慢慢地轻下来。

神 笔

王　溱

原本我打算用一种沉重的语调来讲这个故事，毕竟故事发生在直面死亡的重症监护室里，老马又得了重病躺在那儿生死未卜，但老马不同意。老马说，整那么凄凄惨惨干吗？最危险的地方就是最安全的地方，ICU 有最齐全的设备，最专业的医生，我有什么好怕的？

好好好，不怕就不怕吧，反正人已经康复了，又能在棋盘前跟人争得面红耳赤了，现在怎么嘴硬都行。也不想想当初谁一出院就到处咋呼：人大代表在哪里？医疗主管部门在哪里？我要建言，我要提建议！ICU 太不人性化了，太不人性化了！

按老马的描述，重症监护室是这样的：半个篮球场那么大的空间，左右各摆着一排床，床与床之间就一个布帘子隔着，间隙里堆满了仪器，嘀嘀响，嘟嘟响，伴随着不知道是谁的呻吟声，喘息声，还有医生护士匆忙的脚步声。随时都有人或昏迷或残喘着被推进来，又随时会有人被盖了白布推出去。老马自己想了一个比喻：进了 ICU 就是摆上了死神的餐桌，他想夹哪盘就夹哪盘。老马说，我是不怕，但其他人会怕呀，胆小的直接就能给吓死，还治什么治？你仪器再先进，医生再专业，都是白搭！

老马说的"胆小的"，指的是他隔壁床的那个小老头。小老头刚推进来抢救时的动静挺大的，醒来后动静更大，时不时大声恸哭，嚷嚷着放我出去，还动手拔管子，护士没法子了就给他打了镇静剂。安静下来的小老头一直小声念叨着：我不要死，我不要死……

老马听着难受，就跟他说话。老马告诉他，像我们这样已经被抢救过来的，死不了了，等再稳定些就可以换普通病房了。老马又告诉他，这里一天可以探视半个小时的，等会儿你就能见到家人了。

小老头问：真的？他们什么时候来？

老马说：每天十点到十点半。

小老头问：那现在几点了？

这可真难住老马了。这 ICU 顶上的灯 24 小时亮着，没有白天，没有黑夜，谁知道现在几点。老马随口应：快了快了，现在差不多天亮了吧。

小老头问：你怎么知道天亮了？

老马说：太阳都升起来了啊。

小老头问：太阳呢？

老马四周找了找，看到了床头的一沓彩纸。彩纸是昨天闺女来探视时带进来的，上边写了些鼓励他战胜病魔之类的话。老马看看彩纸的背面是空白的，有了主意。

趁护士过来给自己打针，老马问：能不能借我一支笔？

护士就把上衣口袋的笔掏出来，递给他。

老马看见了笔上的"马"字，问：你也姓马呀？

护士说：对，马小良。

老马高兴了，好好，马良的后代啊，那你这支就是神笔了。

护士愣了一下，满是疲倦的脸忽然舒展开了，对，就是神笔。你随便画吧，想要什么就画什么。

老马就画了一个太阳，指给小老头看，你看你看，太阳！

老马自己也盯着太阳看，看着看着，耳边恍惚听见老伴在说：太阳多好啊，得赶紧晒被子，老头子你倒是搭把手啊。老马嗅了嗅身上的被子说，老婆子，这被子是得晒晒了，一股怪味。

过了一会儿，老马又画了一个小孩在放风筝。

小老头问：这是你孙子吧？

老马得意地说：对啊，是我小孙子。老马仿佛听见小孙子说，爷爷爷爷，你快点帮我拉住啊，风筝要掉下来了。老马也着急啊，说乖宝贝你等着，爷爷很快就能出去帮你了。老马想起刚才医生说要配合呼吸机的频率来呼吸，说这样血氧恢复更快，就赶紧就着呼吸机的频率一下一下呼气吸气。

过了一会儿小老头又问：现在几点了呢？我想打会儿盹儿。

老马就又拿起笔画了一个钟，九点五十。老马把"钟"递给小老头，说：别睡别睡，再过十分钟，家人就能进来看咱们啦。

小老头接过"钟"，捧在胸口轻声数数，数到快600的时候，探视时间果然就到了。

老马一见老伴和闺女就说：我就知道你们该来了，我都不敢睡觉。

老伴问：你怎么知道的呀？

老马说：我看钟的呀。

闺女左看右看：钟在哪儿？

老马抬手指向隔壁：那儿呀。

闺女顺着他的手的方向找去，隔着五六张病床之后的墙上，果然有一个钟。

闺女怎么都想不明白，这么远，还隔着好几层帘子，他是怎么看到的？

我要讲的故事到这里就结束了。老马这老家伙脾气臭是臭，心态还真是没说的。做人豁达至此，什么生死，什么疾病，也确实是浮云了。不过我还是忍不住怀疑那个隔壁床的小老头其实就是老马自己，老马怕丢脸才编造了这么个人出来说事。我这么猜测是有根据的，他刚开始跟小老头说的话太专业了，一般只有医生或护士才会那样说。还有，据老马的老伴说，她第一次去探视的时候，老马说的第一句话是：你们怎么把我扔在这儿啊？我身上一分钱都没有，连衣服都没有……老马到底胆大还是胆小，真说不清了。

但有一点是毋庸置疑的——世上真有神笔，真有马小良，关键时刻真有一些神奇的力量。

三旦的军帽

朱 羊

在 20 世纪 80 年代初，男孩子的头顶上若能戴一顶军帽，那绝对是一件很值得炫耀的事情。

开学第一天，全校最风光的男生一定非初二一班的三旦莫属了，因为只有他有一顶崭新的军帽，草绿色的，正中还有两个小针孔，那是别过红五星留下的。

中午放学后，三旦戴着军帽，特意绕远从商店那条街往家走，他知道，再过一会儿，柳小艳准会出现在大街上。

偏偏这时候，他的军帽让人抢了。抢三旦军帽的那个人，个子要比他高出半个头，眼神冷得像刀子一样。那家伙轻轻地用拳头将军帽捣出一个尖，然后歪扣到自己头上，嘴里斜叼着烟，慢条斯理地告诉三旦："我是萨大路的贾四，借你的军帽戴几天。"

三旦脑袋嗡地一响，他早听说过贾四，有一回，在商店盯上一位大婶的钱包，被路边修车的葛瘸子发现了，结果没得手，贾四怀恨在心，趁葛瘸子上厕所的机会，拎一条镐把，从后面突然袭击，一闷棍将葛瘸子打昏在地，因此被拘留半个月。

三旦眼睁睁地看着贾四戴着自己的军帽扬长而去，有那么一刹那，他很想冲上去，像一名战士一样，从贾四头上把军帽夺回来。军帽是老舅给他的，老舅在部队是侦察排长，如果老舅回来，问起军帽的事，自己如何解释？但他只是腿肚子转了几下筋，终究没敢冲上去，他知道，冲不冲，结果都是一样的，军帽肯定是夺不回来，没准还要被人家打个满地找牙，算了，好汉不吃眼前亏。谁让你碰到贾四呢，只能怪自己倒霉，不然又能怎么样呢？

他低着头，快快地往家走，心情低落到极点，他觉得路上的人都在看自己，嘲笑他是个胆小鬼，他不由加快脚步，好像这样就能把别人的鄙视甩到脑后似的，他越跑越快，一口气跑到东风电影院的门口，眼前突然飘来一道黑影，他来不及做任何反应，只听哐啷一声，一辆自行车连人带车被他撞翻在地。

"三旦，你没长眼睛呀？"一个女生坐在地上，哭得梨花带雨一般。

三旦的额头也擦破了皮，血流出来，像一条蠕动的蚯蚓。但他根本顾不得这些，慌忙抢上前，扶女生站起来，一脸急切地问："柳小艳？怎么是你？"

柳小艳表情痛苦地揉着膝盖："我还要问你呢，愣头愣脑的，把魂儿丢了？"

三旦尴尬地笑了一下，不敢再言语，柳小艳是全班最漂亮的女生，又是文艺委员，还有，他曾经给她递过小纸条……

好在，柳小艳没什么大碍，但自行车的前轱辘却有些歪了，三旦为了表明歉意，非要扛着自行车走。

柳小艳走在前面，突然想起什么似的："三旦，你早上不是戴个军帽吗？"

"啊，借给哥们了。"三旦红着脸支吾道。

柳小艳似笑非笑地点了点头："听说你老舅上过战场，是真的吗？"

三旦没有言语，他觉得自己没脸回答这个问题。

说着话，两个人来到了葛瘸子的修车摊前，葛瘸子认识三旦，见他领着一个女孩儿过来，两手在围裙上拍了拍，贴着三旦的耳边笑着："你小子可以呀，搞早恋呢？"

三旦一脸惶惑："葛叔，别瞎逗，她是我同学。"

葛瘸子嘿嘿一笑："明白，明白。"

葛瘸子的手艺不错，没一会儿工夫，车圈校正了，三旦摸了摸口袋，面露难色："葛叔，修车的钱先欠着，明天再给你。"

葛瘸子一摆手："今儿葛叔高兴，当一回雷锋。"

这时候，贾四领着两个小地赖子，哼唧着跑了调的流行歌曲，从大街的对面招摇过来。三旦一眼看见他头顶上的军帽，只觉得眼睛针扎似的疼。

几个人呈扇面状围住柳小艳，贾四涎皮赖脸地上前打招呼："嗨，小妞儿，交个朋友呗？"

柳小艳又羞又怕："我不认识你们。"

"一回生，二回熟嘛。"贾四流里流气地说，特意将歪斜的帽檐正了正。

葛瘸子闷声不响地抬头，又低下。

贾四乜斜着三旦："你杵在这儿等着上菜呢？麻溜儿找个地儿，一边凉快去。"

三旦只觉得后脖颈青筋暴跳，他咬着牙，一言不发，顺手从车摊上操起一根撬棍，然后，像一堵坚实的城墙一样，伫立在柳小艳的身前……

父亲的麦粒

许心龙

　　那一年夏天的一天，偏西的太阳热劲儿刚弱下来，父亲将饭碗一推，抹把汗，就喊娘到场里收麦子。凌乱的麦秸屑很有感情地揉进父亲泛黄的短发里。一晃，父亲在打麦场上忙乎了半月多，该颗粒归仓了。六月的阳光把父亲的背心烙在了身上，父亲洗澡时，脊背呈现出醒目的背心模样，白而发亮。

　　父亲和我娘我哥齐上阵，摊开的一大场麦子很快变成一堆小麦山。麦山按捺不住地弥漫着麦香的热气。我娘拢了拢湿漉漉的乱发，瞅着麦山脸上露出了疲劳后的笑容。

　　这时，父亲伸出左手弯腰抓起一把温热的麦子，用力握了一下，伸开手掌盯了一会儿，又用右手食指来回划拉几下。

　　"干透了吧？"我娘问道。

　　父亲没有搭腔，而是拈起几粒麦子准确无误地投入了口中。随着颚骨的上下晃动，父亲嘴里发出了清晰的嘎嘣嘎嘣的脆响。

　　"我要的就是麦粒嚼在嘴里的嘎嘣脆响！"父亲不容置疑地说。

　　"装麦！"父亲将军般的命令。面对饱满的麦子，父亲的精气神儿也是永远饱满的。

　　"麦收恁爹看得最重。"我娘边往簸箕里搂麦，边说，"自从跟恁奶奶分家另过，年年都是这样。"

　　"麦子晒干了，不会生虫。"父亲边扎麦袋口边说，"交公粮时心里也踏实。"

　　"我说多少遍了，从今年起，不再交公粮啦。"我强调说。

　　"你以为你是皇上，说免皇粮就免了。"父亲头也不抬，接话道。其实，父亲很为有我这个师范毕业执了教鞭的儿子骄傲的。

　　我娘不置可否地笑笑，那意思是责怪我想得倒美。

　　我望望仅会歪歪扭扭写出自己名字的二老，无语了。无知者无过，只是后来我才知道，父亲是想借今年的饱满麦子，好好出一口去年在乡粮站交公粮时受的恶气。去年排队交公粮时，有人趁父亲去厕所，把一袋掺有土坷垃的麦子，调换给了父亲。面对坷垃秕子麦，父亲一百张嘴也说不清。他因此受到了大喇叭的广播批评。受了奇耻大辱的父亲回来就找村长申冤。村长笑笑，拍拍父亲的瘦肩膀，说公粮交掉不就好了，再争论还有意思吗？父亲叹一声，气得夜饭也没吃就蒙头睡了。睡梦中还发癔症连喊："那不是我的麦子！那不是我的麦子！"

十多袋麦子规矩地躺在了架子车上。父亲还跟往年一样，要提前一晚上去乡粮站排队。我娘准备好的有葱花面饼还有过夜的铺盖。

这时，我看到村长朝我们的麦场走来。我忙向村长招手。村长不会不知道政策，这回看愚顽的父亲还有什么话可说。我长出了一口气。

"老陆，今年麦子咋样？"村长走近了，瞅着父亲问道。

"亩产一千一二百斤吧。"父亲笑答。父亲说着就解开一袋麦子，抓出一把，说，"来，村长你看看。"

村长探头看看父亲手里的麦子，点点头。

"嘎嘣响呢。"父亲说着就拈起几粒麦子准确无误地投入口中。很快，嘎嘣嘎嘣的响声就从父亲嘴里传出。我看到父亲咀嚼得很耐心很卖力很幸福。父亲的那嘴钢牙好像就是为了麦粒生长的。最终父亲很满足地咽下那口麦面，说："村长，我再打开一袋你看看吧。"

"不必了。你呀，就跟这麦粒一样瓷实。"村长再次点点头，说，"村里最过硬的，就是老陆了。"

"用这样的麦子交公粮，没问题吧？"父亲胸有成竹地问道。

"交啥公粮？"村长一愣，望我一眼，恍然明白了什么，笑道，"呵呵，你交公粮交上瘾了吧？你不知道今年起公粮免征了吗？"

父亲呆若木鸡。无疑，村长的一番话在父亲看来显得惊天动地。

"老陆，不交皇粮就违法的时代过去啦！"与父亲年龄相仿的村长显然也很激动。

"村长，你可别开这样的玩笑呀！"父亲盯着村长，小心地说。

"连我的话你也不信？电视上都播了呢。"村长拍拍父亲的瘦肩膀，一本正经地说，"老陆，对去年交公粮的事还放不下吧？"

"我真咽不下这口气。"父亲哽咽着说，"我的麦子粒粒嘎嘣脆响，交恁些年公粮了从没有过二样的。"

"老陆，别恁较真了，都过去了。"村长安慰道。

"看看我的麦子哪粒不嘎嘣脆响？"父亲执拗地说，"那袋土坷垃秕子麦，打人的脸呀！"

"好了，别伤心了。"村长再次拍拍父亲的瘦肩膀，说，"你就用这车麦子卖了钱，买辆三轮车吧。也一把年纪了，该省点力气了。"

"听村长的，买辆三轮车吧。"我娘忙说。我娘望村长一眼，说，"没见过恁一根筋的，弄啥事就怕别人吃了亏。"

"呵呵，谁不知道老陆！"村长笑说，"我说老陆呀，这就是变迁。可不能身在福中不知福。"

父亲一屁股坐在了车尾的麦袋子上，右手不停地一下一下捶着鼓鼓的麦袋子。

我娘叹一声，偎坐在了父亲的身旁。

我知道看电视怕费电的父亲封闭了自己。父亲有的就是力气，不需花钱的取之不竭的力气。

晚饭时，父亲破例喝了二两小酒，早早地睡了。半夜里，父亲的高声喊叫把我惊醒。父亲喊道："那不是我的麦子！那不是我的麦子！"我娘摇摇头，轻推了父亲一把。父亲翻翻身，呼噜声再次响起。

……

如今，年迈的父亲嘴里没有了牙齿，村长和我就再也听不到父亲嚼麦粒时发出的嘎嘣嘎嘣的响声了。父亲嘴里没有了牙齿，那嘴就成了舌头的天下，那自由的舌头时常翻滚："那不是我的麦子，那不是我的麦子……"

我牵着父亲不停哆嗦的手，知道他一直很纠结公粮咋突然不让交了呢，他的那嘎嘣脆响的麦粒有多失望和忧伤呀！

陈老太的战斗

高淑霞

陈老二躺在抢救室里和阎王爷较劲，陈家的老少在大玻璃窗外抓耳挠腮地着急。他们不是为陈老二的性命着急，医生说陈老二熬不过今天夜里，他们是在为另一件事闹腾。

陈老大攥着手机向大家宣布：老二闺女一会儿就到。

陈老三对着手机喊：二嫂你不能不管啊，你……话说半截，声音立马变小，因为媳妇正戳他后腰：嘿，嘿，小点声。

其余的人，伸舌头，撇嘴，嘀嘀咕咕。

陈老太坐在这群人中间，脑袋像扎进了马蜂窝，嗡嗡乱叫。但她努力地使自己镇定，她不能乱，她不能让那个外地娘们得逞。按说，快八十的人了，一听说儿子要不行了，不瘫在床上，也得哭晕过去。但陈老太没有，陈老太和别人不一样，陈老太心里憋着口气。

两年前，离了婚的陈老二，又要结婚。陈老太死活不同意，那个外地娘们长得葱心似的水灵，说话有板有眼，比老二小十一岁，还带着个半大小子。图什么？图的就是你的房。你的房不是大风刮来的，那是血汗换的！那要留给我孙女，虽说孙女跟她妈走了，但怎么说也是陈家的骨血啊！可老二不听，不仅把婚结了，还在房本上加了那娘们的名字。陈老太气得差点吐血。但那时陈老太也没像现在这么焦急。她想：慢慢来吧，日子还长着呢，我们这么多人就斗不过你一个外地娘们？

现在陈老太表面上平静，心里却像炸开的油锅。她闭着眼，耳朵像侦察兵似的挺立着。她捕捉到了旁人的闲言碎语，探测到了针尖似的眼光。她慢慢地睁开眼，瞄一眼玻璃窗内趴在老二床边的女人，拽了一下正给律师打电话的女儿：四丫，我们回家。有事，家里商量去，别在这让人笑话！

……

陈老二走了，丧事是那个女人一手操办的，像模像样。面对满脸悲哀，眼睛哭得像对桃子似的女人，陈老太叹服：这个外地娘们可太会演戏了，演得跟真的似的！转瞬陈老太又犯嘀咕：难道这个女人真的和老二有感情，真像老二说的那么好？

迷蒙的小雨像张昏暗的网笼罩着枯黄的落叶，低沉的哀乐滚过灰黑混沌的人群撞在对面的墙上扇着冰凉哀伤的翅膀，葬礼显得凄凉和诡秘。诡秘来自一些人的眼睛，那眼睛里分明燃烧着仇恨、贪婪、兴奋的火焰……

此刻，陈家大小心里都揣着一把算盘，老二没有什么钱财，值钱的就是五环边上那套一百多平方米的住房。那套住房，至少值五百万，这五百多万不能便宜了那娘们。老四已经向律师打听过了，那房应该算老二的婚前财产。婚前财产就应该全是老二的，就应该一半给老二闺女，一半给陈老太。陈老太的就是大家的，要分到每个儿女手里就应该是……但律师也说了，要是房本上是夫妻二人的名字就悬了。想着，那把算盘就变成了燃烧的火，越燃越烈。

嘿，一会别走，直接去老太太那儿，那娘们有话说。刚出墓地，陈老大就挨个叮嘱众人。

谁？嘿，她倒先拉开阵势了！陈老三嚷道。

嚷嚷什么？有劲一会儿再使！陈四丫白了陈老三一眼。

陈老太的客厅里坐满了人，孙子辈的有的倚在沙发边上，有的靠在门框上，唯有老二闺女低着头坐在陈老太身边。陈老太端坐着，一脸凝重，像个指挥作战的将军。

屋里死一样寂静，所有人的眼都盯在一身黑衣满脸肃穆的女人身上，像盯一条恶狼。女人缓慢开口：妈，我今天本不该说这事，但我知道您老惦记这事，所以我今天要把这事交代完。说着女人把一个红本递给陈老太。

还没等陈老太把红本拿稳，陈老大就抢了过去，陈老大刚看了几眼，陈老三又……红本像翻飞的蝴蝶在人们手中翻转，随着红本的翻转，人们的眼睛盯向女人，几乎异口同声地说：房本的名字没改？

女人说：没改，老二让我改，我没去。老二骗你们，是怕你们找他闹。老二走了，我也不想在北京待了，过了"三七"我就回老家。老家的父母都老了，我也该回去尽孝了。

你，陈老太哆嗦着"你"了半天，终于喊出：你这个孩子啊！泪水夺眶而出。

打 劫

秦兴江

电影散场了。大宝摸出兜里的手机一看，竟然有 12 个未接来电！大宝吓了一跳，12 个未接来电都是"她"打来的。

"怎么啦，有事吗？"跟在身旁的阿霞眼尖，马上问他。

"没，没事——是她，打来的！"

大宝声音很轻很轻，特别是说到"她"的时候，声音更轻，好像不曾发出声。但是大宝知道阿霞还是听出来了，那个"她"就是他的老婆。"你不是说她从来不给你打电话吗？"阿霞问。是呢，这可是从来没有过的事情啊！

几年前，大宝刚来深圳打工的时候，为了省电话费，老婆不给他打，也不让他老给家里打。没事打什么电话呢，有什么好说的？这是老婆挂在嘴边的一句话，所以他们顶多就是相互之间发一个短信问候一声，吃了吗？回家了吗？睡了吗？就这三句话。而且，这三句话还不是一起问，有时一天只问一个问题，或者三天都是问同一个问题。

老婆只上过小学，文化低。后来智能手机虽然普及了，可老婆说不会用，因此他们还是保持先前发短信的习惯，每次都是他问：吃了吗。老婆又转发过来问他：吃了吗？他回两个字：吃了。老婆也发回两个字：吃了。

这天晚上下了班，本来工友们是喊他一起喝酒的，可阿霞约他看电影。阿霞是他新带的徒弟，阿霞最喜欢看电影了。到了电影院，阿霞一把扯住他的胳膊就往里拽……没想到看一场电影的工夫，竟有 10 多个未接电话。难道家里有事？不然的话老婆突然打这么多电话干啥呢？他不敢往下想了，急忙把电话回拨过去。

"大宝，你在哪里，在干吗？给你打了这么多电话也不接，急死我了！"电话刚接通，老婆就打机关枪似的一连声问他。

"刚才有事，没带手机。"

大宝第一次撒谎，还没说完，额头就冒出一颗颗豆大的汗珠。

"没事就好！我寻思你出事了呢。大宝，我刚才梦见你被坏人绑去了，把你往死里打，还要好多钱……"老婆急促地喘着粗气，在电话里听得清清楚楚。

"怎么会呢？怎么会呢？"大宝一连声地安慰着老婆。

"真的，我梦见你被人家绑架了！那个人跟你要50万。"老婆还在喘着粗气，在电话那头说得有鼻子有眼，活灵活现，"我还梦见，绑架你的是个女的……"

"这深更半夜的，你瞎说什么，瘆人！快睡觉去……"大宝忍不住提高了音量，对着手机瞪着眼睛喊，结果一喊就把阿霞喊没了。

醒来的大宝愣怔了半天，开始使劲想，想阿霞，想梦里的事情。前几天晚上，他是跟阿霞一起看电影了。阿霞比他小几岁，刚来半年，在他手下学徒。看得出阿霞也喜欢跟他在一起，偶尔会约他一起看电影，阿霞最喜欢看电影了。记得那天晚上阿霞说要跟他说一件事，可电影散场以后他们就回去了，他忘记问，阿霞也没有说。当然也没有发生什么事情。一起看场电影有什么呢，难道老婆有第三只眼睛？大宝摇摇头，不由得自己笑自己。真傻，这只是一个梦啊。

谁知，两天后的晚上，阿霞又约大宝看电影。

这次看完电影，阿霞说："咱们散散步吧。"大宝说："好。"两个人顺着小街默默地往前走，走了一会阿霞开口说："大宝啊，我这两天一直想跟你商量一件事呢。""啥事啊？"大宝转过头看着阿霞。阿霞含情脉脉地说："大宝，我好喜欢跟你……"

大宝瞪大了眼："怪不得家里那个说梦见我被一个女的打劫了，原来你就是那个——打劫的人啊！"

"你神经病啊——"

阿霞骂他一句，转身跑了。

大宝没有去追，他知道阿霞真生气了，他觉得自己有点过分，有点对不起阿霞。他想打电话道歉，阿霞不接。再打，还是不接。大宝独自徘徊在异乡的街头，路过一个小超市，买了一包烟。平时他是不抽烟的，他不会抽烟。

点上一支烟，他开始往家里打电话。响了三下，通了。

"半夜打什么电话！不是说好不打电话吗，啥事？"老婆开口就责问大宝。

"老婆，我梦见你打电话给我，说我被打劫了。"

"我是梦见你被打劫了，可我寻思着就是个梦，我没打电话给你啊。"

"打了，你打了。"

"我什么时候打的？"

"在梦里，你在梦里打给我的……你真神，你是怎么知道我被人家打劫了啊？"

"啊？你真被打劫了吗，丢了多少钱？"

"没丢，没丢，一分没丢！"

大宝说着，竟然有点激动起来，一滴眼泪悄悄地从眼角滑落。

相 牛

黄大刚

长安墟东边有一片木麻黄林，每到集圩日，周边乡镇买牛的，卖牛的集聚而来，平日寂静的木麻黄林便有了市场的喧闹，一只只待卖的牛拴在树上，买主，牛贩子，相牛的，围着牛评头论足，讨价还价。

每逢牛市，亚山铁打不动必去赶集。亚山相牛有一套，信誉度高，村里人买牛，必请亚山。亚山一到牛市，就有人抢着请他相牛。当然买卖成交，少不了亚山的茶水钱，外加一包软盒好烟。

亚山从牛市回来，我们便向亚山讨烟抽，亚山乐呵呵地把烟掏出来，一人一根。遇到不会抽烟的，亚山把烟塞到手里，强硬把烟点上，看着别人抽，比自己抽还高兴。

在村里，亚山是那样与众不同，他的头发什么时候都梳得一丝不苟，他的衣服即使打着补丁也是干干净净的，他的脚上除了下田，常穿着皮凉鞋，不像我们脚拇指夹着拖鞋，脚面上蒙着尘土。他的口袋里常揣着一瓶风油精，隔老远就闻到风油精的味道。

要是别人，村人早骂他是"二流子"，可亚山精于相牛，村人看他的目光不由充满了尊敬。

看到亚山风光的样子，弟弟亚东的心蠢蠢欲动。逢牛市，他便紧跟在亚山的身后，留心亚山的相牛经。几个牛市过后，亚东竟也能说出道道儿来。相牛要看毛旋涡，四个毛旋涡生长在肩胛的，就是吉利牛。牛背及肚有六个或八个毛旋涡，叫送"棺材"，牛脖子有毛旋涡，那叫带"尖刀"等等，那都是不吉利的，要克主败家。

亚山相过不知多少头牛，但没有一头是亚山的。亚山家穷，买不起牛。每到农忙季节，亚山都是先给人家帮工，等牛主人把田耕好了，才借得到牛。临牵走，牛主人不放心地叮嘱要及时饲草喂水，别使鞭子。亚山弓着腰，连声应允，生怕牛主人反悔。等到地耕完，好不容易从老天爷那盼来的几滴雨，都快要给炭火般的日头晒干了。

相牛虽有主家给茶水钱，可要靠这点茶水钱买牛，简直就是异想天开。听说东山那边修高速公路，需要一大批工人，只要不惜气力，工钱还是很高的。

春节，亚山把钱交给老婆豆花时，眉开眼笑地说："这下可以买头牛了。"

牛市过完正月十五才开市，初二才过，工地便催亚山他们去干活。眼看春耕要开始了，亚山还抽不出身来买牛，豆花焦急得整天念叨。亚东自告奋勇，称已得哥哥真传，并把相牛经说得头头是道，豆花这才放了心。

亚东相中了一只健壮的公牛。他细细察看了毛旋涡，毛旋涡长得端端正正。讨价还价时，亚东发现牛主人口气有点软，便大胆砍价，以亚东比较满意的价钱把牛牵走了。

亚山放假回来，亚东买的公牛已饲养快三个月了，亚山一见那牛，就来了火气。

"亚东，你看你买的是什么牛，你说这破相牛能养吗？"

亚东蒙了："这牛怎么了，毛旋涡长得好好的。"

"你看到牛脖子上两行白毛没有，那叫'铁钳'，会夹主人的。"

亚东的目光被那两行白毛烫了一下。

亚山决定，把这头牛当肉牛卖了，破相的牛万万不能养。虽然卖肉牛比耕牛价格低，但总比克主强。

第二天，亚山牵着牛向长安牛市走去。

路过一片田地，牛看见绿汪汪的地瓜藤，趁亚山不留心，偷嘴啃了几口，亚山忙拽紧了缰绳，一个老汉从地头走了过来："小伙子，你这是去卖牛吗？"

亚山点了点头。

"这牛真壮，多少钱，我正想买头牛来对付这些田地。"老汉流露出喜爱。

"这牛不能养，你看到牛脖子两行白毛没有，那叫'铁钳'，会伤主人的。"

"哦。"老汉点了点头。

到牛市要经过一条河，每次蹚过，亚山都是把衣服脱下来，顶在头上，到河对岸后再穿上。

不知是河水太凉，还是好久没游水了，到河中央时，脚突然一阵钻心疼痛，他暗叫一声，知道脚抽筋了。身体开始下沉，几口水灌进了肚子，慌乱中，他抓住了牛尾巴，牛回头看了他一眼，喷了一下鼻子，带着他奋力向河岸浮去。

终于到了岸，他紧紧抱住牛的脖子，泪水糊在牛身上。牛静静地站着，不时摇一下头，似乎在安慰他：没事啦。

亚山把牛牵回了家，对亚东说："这头牛不卖了，好好养着吧。"

亚山又去高速公路干工了，可是刚干了两天，就没命地想家里的那头牛。

他辞工了，飞一样地往家赶……

暗 佑

陈力娇

　　虎出现时，大柳开拓团的时左栋里正在树上采松塔，虎在树下转着圈，等他下来。栋里吓得大气不敢出，抱着树枝闭着眼睛，好像那虎随时都会上来。一泡尿顺着他的裤管流了下来，虎抬头看看，不解地坐了下来，瞅着那丝丝"雨滴"，亮晶晶地撒了下来。

　　栋里十岁，从日本来中国五年了，来时太小不懂事，现在懂事了，知道帮父母忧愁了。父亲要去太平洋打仗，母亲天天哭，他就想采松塔，拿到大罗密集市上卖。给父亲买一支笔让他带上，好给他和妈妈写信。

　　栋里从早上七点钟就来到森林深处，那棵老红松下。中国的老银匠告诉他，松塔并不是什么松树的都好吃，只有红松的才可口，才有营养价值。因此他找这棵树已经一星期了，现在终于找到了。他要用最好的松塔换最多的钱，给爸爸买最好的笔。

　　栋里找到这棵树后，兴奋地去找冬青，可是冬青见他来，马上把脸转了过去。他不再理栋里，原因是栋里的爸爸把他家的猪叉死了。那猪本是圈养的，没看好，跑出来，乐颠颠钻进栋里家的苞米地。栋里的爸爸就要了它的命，那是冬青家一年的口粮钱。

　　栋里趴在树上，不敢下来，也不敢声张。下来虎会吃了他，声张虎一样也会吃了他。栋里就怪爸爸太不讲理，如果不是把冬青家的猪叉死，冬青是一定会和他来的，自己也不会在树上等死，冬青有老多的办法对付老虎。

　　虎今天很懒，它和栋里一样，也会爬树，但它不爬，它就等。栋里也只有等，如果老虎一直不走，栋里保不准自己会从树上掉下来，瞬间被老虎吃掉。

　　一小时后，老虎醒了，伸了个懒腰，看树上的栋里。看来它是饿了，它开始盘算如何上树。栋里看出它的动向，身体开始发抖，腿抖得把树针都抖掉了。

　　老虎可不管他抖不抖，它希望他下来，他不下来它就上去。

　　老虎站了起来，前爪搭在树上，准备攀爬。就在它努力向上蹿的时候，凌空飞来一只兔子，砸在老虎的头上，是只死兔子。老虎放下前爪，肉爪子抓过它，大快朵颐，它的大嘴，只两三口，兔子就下肚了，连毛都吃了进去。

虎吃完兔子，意犹未尽，它又开始思谋上树。这回是它猛然一蹿，一下就跃上了三米高，也就是这个时候，一只野鸡落在了它的脚下。野鸡没有死，只是瘫了，咯咯地叫。半空中的老虎低头瞅了瞅，想上去，但又舍不得野鸡，就又下来了，五彩缤纷的野鸡也成了它的阶下囚。

虎是有灵性的东西，它不断地吃着送上口的食物，也纳闷它们为什么成为它的口食，就想去深草中看个究竟。老虎爬上了一块山石，正东瞅西望，树上的栋里迅速从二十米高的树上滑落下来，可是他滑落到地才发现自己的腿早就麻了，不会走路了，只能爬。

老虎回头看到摔在地上的栋里，掉头想从岩石上下来，还没等它下来，一只狍子从高处落在岩石下，拦住了老虎的去路。老虎又迟疑了，这时的栋里，连滚带爬到了密林，他只要再缓一口气，就可以逃离这个危险的境地。

老虎吃一只狍子是用不了多少时间的，但这只老虎贪，它把狍子藏在一个树坑里，大爪子扒下坑壁上的土，觉得丢不了，就又去追踪刚才树上下来的猎物。它知道他逃到了密林里，就轻手轻脚地向林子里伺机窥视，栋里甚至都看到它的斑纹，看到它机警的眼睛。栋里想，我完了，给爸爸买不了笔了，也回不了日本了。

人在极度恐慌的境地里，最直接的办法是吓晕，不知道生，也不知道死，栋里这会儿就吓晕了。在没晕之前最后的意识里，他感觉有一个人叫了声，老虎，我在这！这声音太及时了，之后他就放心地进入了梦乡。

栋里醒来的时候，老虎早没了踪影，身边半面袋松塔，个个都馒头一样大。

栋里认不出这是谁的袋子，也不知道是谁为自己采的松塔，更不知是谁救了自己。栋里回家后，和妈妈说了这事，妈妈想了想说，只有冬青，除了冬青没有人会这么做。

栋里听了妈妈的话，又一次去了冬青家。冬青在院子里劈柈子，他仍旧没有理栋里。栋里小心地走在他面前，问，是你救了我？冬青不吭声，干自己的活，斧头在他手里挥舞得很有劲。栋里推想他还在生爸爸的气，就道歉，对不起，我爸爸太过分了，他不该打死你家的猪，现在我来赔偿。

栋里从兜里掏出卖松塔的钱，塞在了冬青的兜里。冬青这才停下手，看了一眼栋里，把钱还给栋里，说，不需要，只需要你回日本，中国终究不是你的家。

栋里不知如何回答，很尴尬，他想说，我一定回日本，但又觉这不是自己能做到的。正不知如何是好，冬青的父亲扛着药铲回来了，他总去山里采山药，见到冬青没好气地说，你又出去闯祸，虎也是你逗着玩的？还把它引到狼群里，亏你做得出来！

看到栋里在这里，冬青的父亲愣了一下。

绝 路

张新文

　　这是他第二次从公安的追捕中逃脱。

　　此时，已是八月中旬。

　　他以为，翻过这座大山就可以进入绵延万里的森林地带，人烟稀少，是他安全避难的天堂。他始料未及的是山的另一边，跟一个鼓胀的西瓜被拦腰切开一样……

　　扔块石头，半天才听到微弱的回声。

　　他长长地叹了口气，这是绝路啊！

　　怎么办？

　　他疲惫地一屁股坐在地上，背靠着一棵大树。他用左手摸一下黑色塑料袋后，总是习惯性地用右手先触碰一下背后腰间别着的那把三棱刀。

　　刀在，袋子里的六万块也在，他心安了下来。

　　看看太阳，他估摸是下午五点左右。为了减轻负重，一块手表他也给扔了，所以，时间只能靠太阳来判断。这个时候，即便汗流浃背，也阻挡不了他的困乏和睡意……

　　每次在梦里，他都会被奇异的事情惊醒，总是在惶恐中度过白日和黑夜。

　　有个公安已经站在了他的面前，他迅疾站起，右手的三棱刀已经抵上公安的心脏位置。

　　他从梦中一激灵就醒了。遗憾的是，现实中，刀对着的不是公安，而是一个约莫六十岁的老者。

　　你——是——谁？

　　我是老黄，也有喊我黄驴的，因为我爱好旅游的缘故。

　　他看到老黄面对刀子面不改色，心里就多出了一份胆怯和敬畏来。只见老黄一身运动装，身边放着一个大大的旅行包。

　　老黄不停地用毛巾擦着汗流不止的面部和脖颈。

　　哈哈——小伙子，对一个老者，可不能没有礼貌哇！

他没有回答老黄的话，只是觉得老黄没有敌意，就把三棱刀又别在了身后。

森林里不能明火做饭，老黄从包里掏出火腿肠、道口烧鸡、八宝粥，还拿出了两瓶北京二锅头和两瓶矿泉水……

他第一次美美地把肚子填饱，还喝上了酒，而且有了醉意。

当夕阳被树遮着滑落山那边的时候，老黄已经把夜宿帐篷搭好，并扶着他进了自己的帐篷。他没有忘了那个黑色的塑料袋，他把它放在自己的头底下，当枕头。

小伙子，吃饱喝足了，是不是该谈谈你自己了？

我——唉！我没啥好谈的。

我是老黄，那你呢？人总得有个姓甚名谁吧。

我也姓黄，你就喊我小黄吧！

天底下还真有巧事，一个老黄，一个小黄，俩兄弟在这绝路相逢喽！我是旅游到这里，那你呢？

我，我，我——

他的话很多，上不了台面，只能在腹部堵塞着，出不了口。

那就说说家人吧。老黄开导道。

我兄弟三个，他俩都结婚过他们的日子去了，父亲前年去世了，只剩下年迈的母亲。两个嫂子是老虎，他俩家都不愿负担母亲的生活，那只有我来负担。我没文化，靠在工地提灰桶挣点钱。现如今，没有钱也就意味着讨不到媳妇。看着那些有钱人，出入娱乐场所逍遥，心里就痒痒。于是，我就瞄上了那些靠色相赚钱的小姐们。

后来呢？

后来我就在银行转悠，拣那些露肩露胸的下手。

兄弟，不知道你是醉话还是真心话，你这是犯法知道不？

大哥！他竟然哭出声来，我真的好害怕，也不知道被我捅一刀的那个小姐是死是活……

他把放在头底下的黑袋子扔给了老黄，说，钱都在这里，都是钱做的怪。

他又呜呜地哭了起来。

老黄说，人都有犯浑的时候，知道错就是好同志。路，得靠自己选择！

他说完谢谢老哥，就没有声音了。

老黄知道他肯定是酒喝多了，他没有打开黑袋子，还是把它放在了他的头边。

接着，他开始打起鼾声来，滚雷似的。

第二天，两个黄姓兄弟，一前一后进了当地派出所。

小黄转身，却不见了老黄的人影。

此时，从里间走出一个身着警服的人来，办事人员忙喊，黄所！有个投案自首的。

哦！我知道了。

他愣住了，这不是老黄吗？

老黄冲他笑笑，是我，黄驴！

大哥，在没有戴上手铐前，你得回答我两个问题。

可以，你说吧。

第一，你为什么没有穿警服上山？第二，你为什么不趁着我的醉意抓捕我，回来可以得到单位的立功奖赏？

你是初犯这么大的案子，我怕你看到警服会心里承受不了压力，万一跳了悬崖，一切都晚了。要知道，那个女子已经脱离了生命危险期。至于第二个问题，因为你能担负起赡养你老母亲的义务，说明你的良知还在。要知道，投案自首与抓你归案，在量刑上不是一回事啊！

他扑通跪下，冲老黄磕了三个响头，歇斯底里地叫了声——

娘啊！

保安杨大全

非非鸟

头发稀疏而卷的杨大全，当保安已经十年了。

据说，他随同伴出来寻工时，人家图钱多进了厂，他却非要应聘保安，工作倒是不累，可是工资就低了。

钱少点没啥！他嘿嘿一笑。但有人发现，他特喜欢替人顶班代班。还不就念着有顶班费吗？这家伙哪！

话是这样说，但对于杨大全，你确实无法挑剔他的工作。他坐在保安亭里，人们通常注意的是：手里褪色的塑料保温杯，夹着一根烟的耳朵，紧接着，是从不疲倦的笑，在橘子皮般的脸上，括出张几乎连到耳根的大嘴巴。

换班后，他喜欢在小区里转，这边帮老人提点油米重物，那边又与小孩们玩起游戏，一点不像其他保安。时间一长，业主们亲切叫他老羊——长相确是像卷毛绵羊呢。

国庆黄金周的一个深夜，大雨滂沱。杨大全去接班，看见保安亭前停着几部车。原来，有个业主的外地亲戚自驾游过来，没料酒店爆满了，现在找不到地儿停车。

哪来车位？除非我是孙猴子能变出车位来！年轻保安有点不耐烦。

的确，这小区有七八百户，地下停车位挤得满满当当，还嫌不够放呢。

业主瞧瞧黑乎乎的雨夜，一脸焦灼。

A 区 68，B 区 163，D 区 418，可以放，但只能到明天傍晚。杨大全闭目稍顿，便脱口而出。

老羊，别添乱，哪来的空车位？何况这都是私家车位！

去吧！杨大全很自信。

业主半信半疑开车进去了。出来时，千恩万谢，丢下一条烟。

不客气，谁没个为难时候？杨大全咧嘴一笑，抽出一包，其余推了回去。

厉害！年轻保安瞪大眼睛。

杨大全就笑，昨天这几户也自驾游了，不打过了招呼吗？

年轻保安眨巴了下眼，没吱声，心里却暗自惊叹，这好记性！

又是一个中午，十二点交班。

上午啥情况？杨大全习惯这样问。能有啥？一样进进出出出进进。年轻保安伸了个懒腰打起哈欠。

哦，对了，这包咸花生，是6栋302业主老爹送的——前脚刚走。这小老头可真好，拎着一蛇皮袋自家种的秋花生，说看小孙子来了！年轻保安沉浸在无限感慨中，杨大全的大拇指已摁下了一键报警。

当小偷被警察带出来时，花白的假发耷拉着，露出了秃顶。年轻保安傻了眼，一旁直挠脑瓜。

6栋302业主的爹，上月去世哩，除非转世复活了！杨大全轻描淡写幽默了一下，不光刺破了年轻保安的满肚困惑，连严肃的警察也笑了，便故意考他：

6栋301呢？

业主姓高，白净的中年眼镜，唱歌挺好听，可没结过婚……8栋804嘛，那是煤气店老板，有个女儿在外地上大学……杨大全不假思索，如背书般流利。

在场的人都呆了。

全在这排着呢——不过才几百户嘛！杨大全指着脑袋，咧开大嘴笑。

真神了！这俩事儿传出去后，竟惊动了物业公司老总。

年底总结会上，老总专门叫杨大全介绍经验。他红着脸，有些不好意思。

你们不晓得，那些年，沙尘暴闹得厉害，草场全荒漠化了，羊养不成，我才出来打工的。

啥好记性啊，那都是几十年放羊练出的呢。天天只琢磨羊嘛！几百上千只羊儿，哪个尾巴短，哪只犄角弯，哪个叫声怯……我能记得一清二楚。随便哪只，甭管跑哪吃草，我就是闭着眼，抖抖耳就能知道……做小区保安呀，我又找到了放羊的感觉呢！杨大全两眼放出异彩。

大伙都听得愣了。物业公司老总很兴奋，就准备请他做一次保安大培训。没想还没开班，杨大全竟急匆匆请假回内蒙古老家了。不久后，就听说他辞去了工。

年轻保安挺纳闷，业主们也十分失落。唉，你说一个保安，业务精致到这份儿,恐怕稀罕。

春节后的一个下午,年轻保安正玩着微信,通讯录亮起个红点。哟,新朋友——老羊?也上微信了?

发来的照片里,杨大全坐在草坡上,摇曳的野草望不到边,有一大群悠闲的羊儿。

草原复绿了。我的钱又换了群羊。这些年,我可是天天都梦见在草坡子,看羊儿白云一样飘呢,呵呵……

老羊你忘了?我老乡,收废品的余老头住院那会,你借给他两千元。这钱,他拿来了,要我想办法还你呢。

噢——唔……他不是早还了吗?你退回给他吧。

年轻保安为老羊茫然的反应感到惊讶,心里直嘀咕,明明人家没还,你却硬说还了——怎么记性糊涂成这样?

哪天来我老家,请你们喝羊奶酒吃正宗烤全羊!杨大全冒了个憨笑。

愣愣的年轻保安,眼前便闪出个扎白毛巾挥鞭儿的老羊倌,恍惚连耳畔都是羊铃铛的叮当声。

孝

刘 帆

有个人一生被人念叨。

这人，生在远门镇。

远门镇，风景极其秀丽，在南岭北奔二百余公里的水州境内。

这个古艳动人的地方，有个古艳动人的妇人。

风光入眼在远门镇，不但群峰耸立，如屏如障，就是烟云变幻，也积翠堆蓝。偏偏镇上房屋接瓦连椽，沿河星布，兼绿树在其间点缀，春水发声之时，有竹筏乘流而下，河间如画，精壮汉子，在筏子上自如，水深流急，也不见胆怯。

自从水州王位纷争结束后，这里复归平静。女子们闲若无事，时在岸边危立，土布花裙，在一处轻烟细雾中，令江上过往外人，生出啧啧赞美。

与镇上相距五里远近，生就一座怪石突兀的山，山顶有座庙宇，名"云上寺"。此庙只一条极其陡峭、狭窄的攀缘之路可以上达。背后则是险峻悬崖，谅有胆之士亦无法上去。庙里住着一个和尚，人物也是面善和气，英俊标致，每日参禅苦修，诚心诚意，不求闻达，却有一众善男信女，活跃不已，纷纷前往求个几声佛法。

镇上尽头，是一户安静人家，女子是一个虔诚的信众，已有二十余年烧香信佛史。女信士貌美如花，身材高挑，常来宝刹祈福，青年和尚不知咋的，竟不作深度理会。

这一天，妇人在山路上艰难走着，两边树木葱茏，小道拐弯抹角，矮小植物遮挡视线，林深幽暗，妇人竟全然不惧凶险，始终面色柔和。

妇人上山，内心有时也很忐忑，却并不混乱，只要脚踏在前往云上寺的泥土路上，一颗心望着前方，就常常祈祷，口中念念有词：愿我能赎回罪过，让菩华法师脱离苦海，愿万能的神罩住菩华，洗脱冤孽。

菩华一直在梦中。从认识菩华开始，月光就常常无声无息地出现在梦里。

二十年来落脚在远门。妇人有时想，这就是命啊。

妇人上山，有的地方根本没有可供攀缘的树枝或柴草，且怪石嶙峋，行走极其艰难。每上一处，已然气喘吁吁。没办法，岁月如流，都说年轮是把杀猪刀，不信不行啊。妇人，每前行一步，便感吃力，有时很想坐下来歇一歇，又怕下山时天黑，不好回家，二十多年，都从未在半路停歇过。妇人来来往往，其实也不甚明白，这样执着只因为篮子里放着些新鲜时令的果菜，或禽蛋酥油？非也，这些固然有些，可妇人却不尽然如此。

上山之路，如此难走，也曾想带孩儿上山来，最终不想拂了菩华清净，祸起另端。云上寺隐于近山顶处，没在树林中，倒是一处幽僻佳处！寺中干净整洁，祈愿烧纸献牲祭拜，在这据险处兀立，香火缭绕，尽管上山之路心惊，但在庙中，却感觉心安云开。

妇人到得庙里，依例到正殿佛祖像前虔诚叩拜。和尚在一旁敲木鱼，口中"南无阿弥陀佛"念念有词，寺中并无他人，这等险绝处，上来之人，也少，非虔诚信士，必不肯来。

还香叩拜礼毕，和尚请施主偏殿稍坐，妇人也将一应带来之物交给和尚，柔声道："法师何苦如此长居于山中？今已太平，妇与法师二十多载，暑去春来，人世有多少啊？"

"施主虔诚，菩华感同身受，我佛慈悲，唯愿施主福慧双增，菩华无以回报，愿生生世世成为施主在菩提之路上的助伴。阿弥陀佛！"

"法师！"

"施主请回吧，山高路险，万望小心！阿弥陀佛！"

"法师，我……如果不是当年支持二王爷，你就不会……"

妇人一双眼睛，似要滴出泪来，一路辛苦，唯愿法师心里明白。"孩子大了，亦不可能常来宝刹，愿法师保重！只是孩子日渐成熟，必定要寻好人家与之成婚，法师你有何安排？"

"施主，一切善善之人，都是好人家！菩华相信，世间必有善根，菩华失手，罪孽深重，避祸遁入空门，已负你，无法陪伴终身，罪过，罪过，愿青灯常伴，你尘缘未了，孩子之事，你做主，一切随缘吧！"

"如果可以，来年再来宝刹还愿！"

妇人此番下山之后，每日劳作，浆洗缝补，邻里间往来亦少。其子每日早出晚归，谋些营生，妇人觉得孩子大了，也不过分干涉，任其于自然中成长。

来年，妇人依约上山进香。

一路前行，不觉大吃一惊。临河悬崖上已开辟一条小路，路旁草丛不见，从前狭窄、人不能过的途路，已经新辟成石板梯路，劈陡恶险处，两边各有长而粗的铁链固定，可作为上下援手的屏障。云上寺山脚与前山沟壑间，已然架设了一座拱形石桥，虽小，但四人并排行走并无大碍。如此，到云上寺省却一大半路，节省不少时间。

只是这荒郊野外，人工凿就的羊肠小道，究竟是何人所为？妇人不解。

晨钟暮鼓，日日依旧。

过往外人，却时常在筏子上听到一个故事，一个男孩一日尾随，得知母亲探望出家的父亲，唯恐路途艰辛，担心母亲失足堕入深涧，与父亲相见之愿达不成，所以特意雇定石匠、铁匠，历时一年艰难修成。

在远门镇，导游一直说那个男孩。

叫什么名字？游客好奇地问。

导游说，男孩后来寂寞地远走了，再也没有回来。不过，他的母亲高寿，常有接济，日子衣食无忧，直到归西。

那条石板梯路时常有人维护，男孩去了哪里？没人知道。

远门镇的人，却常念叨他：孝。

赵 老

宁春强

　　我目瞪口呆。我无法相信，眼前这个糟老头子，就是大名鼎鼎的赵教授——赵老。

　　是朋友二宝领我来拜访赵老的。半年来，我一直被自己的肺结节闹得不开心，很不开心。先是体检时发现了问题，又相继看过几个大夫，都建议我手术。市医院胸外科主任，甚至毫不掩饰地告诉我是恶性的，需马上做掉。

　　二宝却坚持让我来找赵老给看看。没见到赵教授之前，赵老对我来说只是一个传说。他是北京医学影像学专家，许多被诊断为癌症的患者，在即将手术之前，经赵老看过片子，又被否定了。患者免挨了动刀之苦。北京各大医院，协和也好，301也罢，都认赵老。赵老说是良性，没人敢说不是。如今，八十多岁的赵老回到农村老家，侍弄一片菜地，和老伴过起了悠闲的田园生活。

　　"这就是赵老。"二宝指了指头戴草帽、脚踏农田鞋、正在菜园子里忙活的一个老汉说。他就是赵老？是专家？教授？我像泄了气的皮球，满腹的希望顿时落空了。怪不得有传闻，说赵老如今不比以前，常常误诊，好多患者明明已是癌症晚期，可他偏偏看成是良性！

　　时值夏末秋初，赵老正在园子里给茄子施肥。他的衣着比农民还农民，唯一不同于常人的是，那用来浇农家肥的器皿，竟是医用玻璃缸。他每次从粪桶里舀出半缸子粪水，小心翼翼地浇到茄子的根部。玻璃缸上刻有尺度，有时舀多了，他会再倒回桶里一点点。

　　"赵老，您好！"二宝喊道，"我朋友来求您给看看片子，我替您浇吧。"

　　赵老直起身子，望着我们："不用不用不用。"就从菜园子里走了出来。先是洗手。屋外立一大水缸，缸旁就有脸盆。赵老洗得极为认真，打了两遍香皂，这使我感到了他与一般农民的不同。又换衣服和鞋，然后招呼我们："请进。"

　　"赵婶呢？"二宝问。

　　"给街坊们送菜去了。一园子的菜，我们两个老家伙也吃不了呀。"赵老笑了，一脸的灿烂。

居室很简陋，却留有一间工作室。室内有看片的专用灯箱。接过CT片子，赵老插在灯箱上，带上老花镜，仔细地看。"还有吗？"赵老问。我说有，就把半年前的片子也递了过去。他继续看，看得很仔细。看罢，赵老笑了："大夫都建议你马上手术是不是？像，的确像。"他指指片子上的一个结节阴影，"论大小超过一厘米，仅这一条就足有理由让你做掉。还有，表面不光滑，呈磨玻璃影；边界也不清，且有血管聚集。恐怕十个大夫会有十个建议你手术。"摘下眼镜，赵老不容置疑地说，"像是像，但不是！百分百不是恶性结节！把心放回肚子里去吧，什么事也没有。"

"可是，为什么不是呀？别的大夫都说是啊！"我疑惑，很是疑惑。

"经验。"赵老说。

经验？经验再丰富的人，也有马失前蹄的时候吧？"赵老，我这片子，您不会看走眼吧？以前，您从未看走眼过？"

"哪能没有？经常有。"赵老看着我，一脸的安详，"不过，那都是故意的。对于癌症晚期患者来说，手术做还不如不做。不做，或许还能活上一些时日。做了，就没几天活头了，甚至会死在手术台上。你说，遇上这样的病人，我该怎么说？"

我恍然大悟："所以您就谎称是良性的，让患者在无忧无虑中度过人生的最后时光。而您，却无辜地背上了庸医的名声？"

"所以你就不敢相信我这庸医的眼神了？别的大夫都说是，唯独老赵头说不是。你不知道该听信谁的，是不是呀？"赵老无不调皮地笑了，他又戴上眼镜，提笔在信笺上写道："宁春强，男。左下肺外后方小点状影，另有叶间裂增厚，均为陈旧病灶残迹，无碍。余肺未见异常。赵秉谦 2018年9月25日。"写毕，将信笺交于我，"拿着，证据。"

我再次目瞪口呆了。如此自信、如此负责的专家，闻所未闻！掏出在家就准备好的红包，我递给赵老："一点心意，请笑纳。"赵老接过红包，回道："谢谢。"就去菜园里摘了两篮子菜，硬让我们带走。

归来的路上，二宝将一红包丢给我，说："赵老趁你上厕所时托我转给你的。

来时忘记叮嘱你了，赵老对谁都不收诊费，你给什么红包呀？好在赵老今天很客气，没当场对你甩脸子。"

　　我哑住。

评书

满 震

　　部长亲自给我打电话（而不是让他的秘书给我打电话），让我到他办公室去。我想问他什么事也没敢问，想想领导让你去肯定有事，你去了不就知道是什么事了。

　　我诚惶诚恐地来到部长办公室。部长客气地说："请坐。"然后给我泡了杯茶。对我来说，这是以前从未有过的待遇。我赶紧起身接过茶杯，说："部长有什么吩咐？"

　　部长说："你是我们县书协主席，是书法行家。我这里有一幅字，请你给我看看怎么样。"

　　我这才注意到墙上挂着一幅字。问："这是哪位名家的字？"

　　部长笑着说："你先别管是谁的字，你先给我看看这字怎么样。"

　　我起身走近字幅，细看。说实在的，这字真的不怎么样，一看就觉得稚嫩，充其量只能叫毛笔字而算不上是书法作品。可我想到时下书法界"以丑为美"的怪现象，有许多书法名家的作品奇丑无比，却能卖大价钱。我就不敢妄加评论。

　　部长说："怎么样？你有一说一，实话实说。"

　　我想说这字不怎么样，可是我能直说吗。你想啊，送给部长的字画怎么会是一般无名之辈的作品呢！部长希望收藏的当然也肯定是有价值的艺术品。我要是说这字是小学生的毛笔字，是一文不值的废纸一张，那岂不是打部长的脸吗。而要说它的好，我一时又不知从何说起……

　　部长又催问我说："你看怎么样？"

　　我搜肠刮肚斟字酌句："其实我对书法的欣赏水平很粗浅，我说的不一定对啊。我怎么想的就怎么说了。部长你看啊，这幅字整体布局如水流迸溅，而又浑然一体，这是一；第二，局部细节变化生动，笔画有长有短、有粗有细，笔墨虚实结合、浓淡相宜；第三，这字看起来有点拙，但这拙不是稚嫩，而是超乎平常的风格，我们书法界叫'拙美'，大拙大美。"

部长开心地笑了："是吗？真的有你说的这么好吗？你没说实话哦。"说着提了水瓶给我续了茶。

我口是心非地说："这的确是一幅好字。"

部长说："我虽然不认为有你说的这么好，但还是要谢谢你的称赞。"

我仔细看了这幅字的落款和签章，想辨认出是我市或者我省或者我国的哪位知名的书法家，发现不认识。就又追问："这是哪位名家的作品啊？"

部长大笑："那我就告诉你这是哪位'名家'的作品吧。这位'名家'嘛——远在天边近在眼前。我在家里闲的时候胡乱涂鸦的。"

我心里"咯噔"一下：我刚才幸亏没有实话实说，我刚才要是实话实说了，那我就真是栽了。但又想起某领导就是因为用胡乱涂鸦的所谓画作换取多笔高额润笔费进去的，我这心里就又"咯噔"了一下。

后来每隔一段时间部长就会请我去他的办公室，拿出一两幅他的字让我看看，让我指点指点。说实在的，我觉得部长的字的确在不断地进步，越来越好看了。

最近县里正在筹办一次书画展览，我请部长选一幅作品参展。部长谦虚地说："我的字太嫩了，不敢献丑。"

县里将举办一次书画大赛，我请部长选一幅作品参赛。部长又谦虚地说："我的字太差了，离获奖作品的标准差距太大了。"

我说："部长你不要太谦虚哦。你的字现在真的写得蛮好的了。您只要参展参赛，就是对我们活动的最大支持。"

部长说："谢谢主席的鼓励。我想告诉你，当我工作上感到压力山大的时候，当我心绪不顺的时候，我就喜欢练练字，写着写着，心就慢慢静了下来，就觉得轻松了许多。我写字的目的就是修心养性，而不是为了出名呀得利呀什么的。等我退休了，我会积极地应征参赛，不仅参加我们县里的书画比赛，还要参加市里的、省里的书画比赛，如果能入选，如果能获奖，那就证明我的字真的是写得不错了。"

我抬头看，真的觉得部长的字很漂亮了。

三婶的秤

叶瑞芬

　　这天，素来恩爱的三叔三婶忽然吵起架来，一怒之下的三叔还把三婶赶出了家门。我们一家连忙赶过去劝架。

　　原来因为肚子里有点儿墨水的三婶，前些年被选为村委会委员，今天竟然在村委会游说下，当上了村党支部副书记。三叔闻讯气不打一处来，责备三婶不安分守己，偏要出头露脸，竟敢去当这空壳村的出头鸟。

　　想当初三婶高中毕业后没舍得离开父母，又回到了村里，种田耕地，直到嫁给了我三叔。小两口承包了一口鱼塘，还圈养了鸡鹅鸭。养殖场每天开门纳客，吸引了附近农贸市场的小商小贩，生意盈门，很快成为远远近近有名的养殖户。而三婶手上那杆秤，更成为十里八乡人人称羡的标配。

　　然而，困难也随之而来。村子经济发展缓慢，房子普遍破破烂烂，连通往市集的路也是凹凸不平的，每逢雨天泥泞不堪，前来进货的商贩总是抱怨连连，三叔三婶心里也很不是滋味。

　　"你这头发长见识短的，你知道不知道那个劳什子村委会 1 毛钱都没有，还欠着 10 多万元外债呢？就连屋里的火炉都只是摆设，根本无煤可烧！"三叔不顾众人围观，对着三婶咆哮道。

　　"村再穷也是咱们的家啊！你不管他不管，咱们村民怎么办？"三婶人好，是村里有口皆碑的事实。邻居李婆婆病了，三婶亲自骑着摩托车把李婆婆用背带绑在身上送到医院，垫付了 500 元的医疗费。村头的聋哑人赵叔公女儿出嫁，三婶出钱帮他们置办了嫁妆，主持了婚事。村尾的王寡妇家婆去世时，三婶帮忙操办了丧事。8 岁的小敏敏父母遭遇车祸去世，三婶不仅送她奶奶去养老院，还把小敏敏接到自己家中照顾。

　　眼见三叔三婶两人僵持不下，心眼儿活络的二婶忽然排众而出，附在三叔耳朵根上如此这般地说了好大一会，三叔的脸色这才从红转白，慢慢平和了下来。

　　平静下来的三叔和三婶定下了协议，然后三婶就全身心轻装上阵了。上任第一天，三婶就从家里背着煤去，把一个村委会办公室烤得温暖如春。没钱买纸和笔，她也自掏腰包。

刚一上任，三婶就处理了2名向群众索贿的村干部，劝退3名群众反映差的村干部，通过竞争上岗和考核推荐组建村干部队伍，对有能力肯干事的村干部各用其能。经过一番整顿后，村干部作风切实转变，为村民办了不少实事。

村里有个沙场，每年都只是象征性地收取承包人1万元钱承包费，并且20年不变。"咱们买沙子还要50元一方呢！"群众意见很大，村委会却慑于承包人与村党支部书记千丝万缕的关系而不敢换人。三婶在会上一而再再而三地提出动议，村里终于同意通过投标的方式招承包人。

这下三叔家可就热闹了，天天人来人往，明里暗里都争着打听承包价格。二婶也不甘人后，她的儿子我的二堂兄正好在外面沙场打工，对村里这一块肥猪肉早已垂涎已久。我这才悟出原来当初二婶帮三婶在三叔面前说好话的目的。

为了彻底撬开三婶的嘴巴，二叔还专门设了家庭宴会，邀请我父母和二叔一家到他家里吃饭喝酒，席间二叔二婶趁着酒酣耳热就对三婶说了很多关照拜托之类的好话。

三婶也不含糊："当村干部我不为钱，就是想让全村人都能过上好日子。"三婶的话掷地有声，一下子把二叔二婶和各路人马给镇住了。

因为投标事宜保密功夫做到家，最后，沙场以50万元的承包价被邻村一名早年外出发家致富的土豪中标了。

村子有了钱，三婶的底气一下子充足了，接连举办起了一系列技术培训班，一心帮着村民早日脱贫致富。

可是，面对空空的报名名单，三婶急了，不惜饿着肚子，趁饭口逐家逐户上门游说："先富脑袋才能富口袋啊，放心把孩子交给我吧，我会让他们改变你们一家人的生活的。"

在三婶的努力下，开班那天，课室里黑压压来了30多个年轻人。在请来的专业老师指导下，村里的耕种和养殖技术都获得了质的飞跃。家家如获至宝，争相效仿。不到三年，村里的新房子竞相出现，道路也全修好了。二叔家的房子还是村里率先建起来的新房子。

而三叔更成为村民免费的技术顾问，因为早在三婶履职前，三叔就在协议书上承诺，倘若三婶三年内让空壳村变富，他定必无偿为村民推广养殖技术。

　　三婶，我们村的骄傲，更是以全票当选为新一任的村党支部书记。"她心里有杆秤，我不得不服输啊！"三叔幸福地感叹道。

危险游戏

王培静

祥飞大学毕业后在北京工作、成家、生子，虽然有时坐下来想想，生活过得有些累，但一切都很稳定。但最近发生的一件事，让他平稳的生活顿起波澜。

五一前后吧，有位叫狼的陌生人加他微信，对方的头像真是一匹狼。刚开始他没有理会对方，对方就天天要求加他，他犹豫再三还是加了对方，他想看看狼是什么样子。对方上来就是一个拥抱，把他吓了一跳。接着对方发来了信息：祥哥，知道我是谁吗？

他回道：不知道。

狼：你现在还学狼叫吗？

祥：你是春草，小老虎？

狼：还能记起我？

祥：真的是你，小老虎？

狼：祥哥，是我，这个外号你给我起的，多少年没人这样叫过我了。

祥：只听说你后来去了南方，你在那边生活和工作还好吧？

狼：马马虎虎吧，一切都还过得去。老公开着一家公司，儿子今年要结婚了。

祥：你过得好，我就放心了。

狼：祥哥，你也一切都好吧。

祥：也是马马虎虎，我在一个科技公司，妻子在公安局工作，女儿出国留学了。祥飞有些激动，一边回着信息一边走向了一间没人的会议室。

祥：小老虎，我想看看你现在的样子，行吗？

狼：都半老徐娘了，还是别看了，再吓到你。

祥飞有些激动：我就想看看你现在的样子。

他发出了视频要求。第一次对方没有接受。

小老虎是他高中时的初恋，那时两人独处时，晚上见面他总是爱学狼叫，嗷——呜呜——，嗷——呜呜——……吓得小老虎就向他怀里藏，后来小老虎说，你是狼，你知道我是什么？我是老虎，我属虎的，虎是百兽之王，你狼再厉害也是我的臣民。

他又发出了视频要求，对方接受了。看到对方，他既兴奋又有些不好意思，他说：春草，真的是你？这么多年了，你真的没有太大变化。

狼：我刚去换了件衣服，怕祥哥看到我邋遢的样子，笑话我。她的脸上竟平添了些许红晕。

说起过去一起的日子，俩人都有些激动，祥飞道歉说：是我对不起你，那时光想着考学，断了和你的联系。

狼说：你是我的初恋，我也是你的初恋。你知道我是怎么找到你的微信的吗？是从家乡的一个叫"乡音难改"的微信群里。等我们的另一半都不在了，你还能和我在一起吗？她抹着眼泪说。

祥飞说：小老虎，你别哭好不好，我答应你，等我们的另一半都不在了，我就娶你回来。他的眼睛也模糊了。

俩人哭了、笑了，相约有机会见上一面。

祥飞说：你和爱人或孩子来北京，一定要找我。

狼说：好的，你和家人要出差或开会来深圳，一定到我家来坐坐。

此后，俩人想找对方聊天时，就心照不宣地先发一个打招呼的手势，对方方便时会很快回话，如对方不回话，那就证明对方不方便。

儿子结婚后搬出去住了，春草在家当阔太太，丈夫应酬多，很少在家，闲得难受。自从和祥飞联系上后，她每次照镜子，总觉得自己眼睛两边的鱼尾纹太明显了，还有这鼻梁也不够高，特别是这胸部，下垂得厉害。一年半的时间里她去了六次韩国，她想象着和祥飞见面时的场景，对方先是学一声狼吼，然后露出惊讶的表情，把自己轻拥入怀……

祥飞心思多了，也幻想着和初恋见面的那一刻，送对方一个什么礼物。一个深深的拥抱，然后是一个结结实实的长吻，然后就是物质的，动用自己的私房钱去买个钻戒……

这天，春草发微信给他，她打招呼后，他马上回了一个笑脸。

狼：我要去北京了，替丈夫去参加他一个姑姑的葬礼，顺道去见见你，不知道你那方便吗？

祥：方便呀，我爱人正好出差了，你来家里还是在外边都方便。你订了机票，我去机场接你。

狼：好呀。

上飞机前，她微信他：晚上 10 点接机。

祥：明白，会在接机口恭候。

飞机快降落时，她想了又想，犹豫再三，给祥发了微信：对不起，老公安排人接待了，你不要来了，咱们择日再见面吧。

祥：我都快到机场了。

祥下班回家后洗了个澡，兴奋得连晚饭都没吃，他正犹豫去不去机场呢，万一发生了什么故事，妻子可是个警察……

狼：对不起，只能这样，原先丈夫没说安排人接待。

那几天，谁也没有和谁再联系。

一个星期后，她微信他：我回到家了，没方便去见你。你有机会来深圳吧。

她去北京前的头一天晚上，洗完澡，换了自己最喜欢的那身粉红色的蕾丝内衣，在镜子前走起了模特步，自我欣赏了好大一会。

她不知道的是，那晚穿内衣在镜子前的举动，被丈夫看得一清二楚。丈夫在家里偷偷装上了摄像头。

她更不知道的是，在北京时，有两个身影一直跟随在她的身后。

事情如何发展，谁也无法预料。

微信时代的爱情

冷 江

第一次用微信，动作笨拙，既紧张又兴奋。一个要加他好友的名字突然跳跃到眼前，他不由得全身颤了一下，头皮一下子紧了起来，继而一阵奇怪的说不上来的味道涌上鼻腔，酸酸的、涩涩的。他犹豫了，不知道要不要添加。

二十年了吧，那时自己还是一个刚从学校出来的青葱少年，因营养不良瘦得全身皮包骨头。她后来笑着告诉他，我第一眼看见你就觉得可怜，说这话时，他看见了她眼里闪着泪花。

仅仅是可怜吗？他不信。

那次单位组织去坝上草原，他没有学过驾驶，第一次开吉普带着一车美女穿越荒漠，一路上其他人都在大呼小叫，花容失色，只有她紧紧抓着车椅后背平静地说，没事，他一准能行！

后来大伙去骑马，走着走着，他和她的马渐渐走到了一起，他们并缰齐驱，时而缓辔同行，时而策马追逐，第一次看见她笑，像一朵花润入湖水中，一点点荡漾开来。

他还记得第一次见她时，自己正双手沾满印墨捧着一卷文稿，慌慌张张地闯入洽谈室，那一瞬间，他愣住了，眼前一个女孩全身罩在深黑色的紧领职业装里，衬着雪白的脸和修长的脖子，洋溢着忧郁的气质。他的脸不由自主地发热，心扑通扑通跳。从那以后，在他的记忆里，她总是无形中散发着沉静和忧郁的气息，像檀香，让人微微晕眩。

那次骑马，她告诉他，有一天如果能够离开人群，走得远远的，有山有水有宽阔的草原，有花香有骏马有人陪着轻轻说话，那该有多好！他当时一傻，半天没有想出一个词来。

直到三年后他离开北京去遥远的英伦三岛，而她也离开那家报社去一个新创立的咨询公司，他始终没有说出她想要听的词来。

他是没有词吗？不是。那一次，因为临时撤稿赶版面，一夜帮她连写三篇文章，她电话里谢他，恨不能将心底里的感激沿着电信网络像电磁波一样撞进他心里。

一天一夜的挣扎，终于下定决心。他拿起手机，心在扑通扑通跳，脸颊滚烫滚烫。手指停在手机页面上半天没敢按。终于咬了咬牙按了下去，页面显示已添加成功，可以发消息了。

他还没有想好说点啥，那边已经有微信发过来：你电话没变吧？他忙回：没变！他拿着手机等了半天，她没有再发来任何文字。

几个月过去了，他每天还是照常上班下班。日子平平淡淡，生活简简单单，可他内心里始终有一根弦绷得很紧很紧。他越来越不爱说话。

没事的时候，他经常不由自主地去查看她的微信，她的微信成了他生活中最重要的慰藉。

最近单位特别忙，已经有好几天没有去看微信了。这天中午打开微信，那个又熟悉又陌生的名字一下子闪了出来，竟然只有两个字：在吗？他急忙回：在！正准备按发送，他突然发现这已经是三天前的消息了！

闪着亮光的眼睛一下子黯淡下来，他有点懊悔，也有点懊恼。想了想，还是回了，但只用了一个符号：？

她没有再回。

焦急地等待，半小时过去了，还是没有回。一周过去了，还是没有回。一个月过去了，半年过去了——等她的微信成了他生活中最重要的内容！可是如石沉大海，他再也没有等到她发来的微信，哪怕一个字或者一个笑脸！

接下来的日子里，生活在延续，工作依然忙忙碌碌，他一直没有去找她，也没有发微信，更没有收到她的只言片语。就像是石沉大海，就像是约好了似的，他们之间断了一切音信。

这种默契在这年的四月十八日清晨被打破，他突然收到她发来的微信：我不行了，医生说能活到现在就是奇迹！我知道这个奇迹靠什么！我们都知道爱但更懂得尊重爱。我很满足，是你让我一直活在期待中！

四月十八日，是他第一次见到她的日子。

最精彩的一场戏

田玉莲

　　天刚蒙蒙亮，院门就嘭嘭地被人敲响了。父亲披上衣服，睡眼惺忪地去开门，来人是个乡下汉子，狗皮帽子以及整个身上都覆了一层霜花，直戳戳铁塔似的站在门口。那人见了父亲，上前指手画脚，嘴里还咿咿呀呀，不知说些什么。父亲细细地分析那人的动作，用手捋胡须，又把双手交叉起来放到后脑勺上当枕头，还有把眼睛睁开又合上等等。父亲明白他的大概意思了——他家或者说是他村里，有一位年长，似乎是生病的老人，要看父亲他们演的戏。

　　那汉子"说"完后，就双手拽住了父亲的手，做了一个欲走的姿势，然后，又用另一只手指了一下他家的大体方位。

　　汉子忽然又想起了什么，面露窘迫羞怯之色，把手伸进衣衫的内部，掏摸了好一阵子，终于拿出了一沓钱，都是些十元、五元、两元的零散票子，一百多块钱的样子。汉子双手把钱捧到父亲面前，父亲知道他这是下订金，也可能这是他的全部家当，就把他手中的钱推回去，说："钱，你先拿上，你到我家稍等，待我通知了其他演员，带上道具就马上跟你走。"

　　那人不会说话，但似乎耳朵好使，这是父亲没有预料到的。他朝父亲嘿嘿了几声，憨憨地点点头。

　　有演员被父亲唤出来了，问今日到何处演出。看见那个哑巴，立时变得有些不愉快。演员中，有不少人都认识他，是松树沟村的，尽管哑，但是个戏迷。人们不愉快的原因是，这个村子很远，足有四十多里路程，且道路崎岖，交通极为不便，只能徒步行走。现在出发到日头贴近西山方能到达，况且今日老天不作美，天寒地冻的。于是，有演员就想打退堂鼓："到那里去演戏，还不够受罪的，一场戏演下来，还不知挣多少银子。"

　　"就是，听说，那个松树沟很穷的，兔子都不拉屎……"

　　父亲很是不悦，说："大家都别吵啦，家有千口，主事一人。现如今不是都讲诚信吗？人家大老远来请咱，是觉得咱们的戏演得还好。咱要是不去，就是失信于人家，这对日后咱们戏班子的发展不利。今天这场戏，就是上刀山下火海也得去。每人发八十元的劳务费，如果请戏的人家付不起，我付。"

大家听了父亲的话，不好意思再说什么，悻悻地带上道具，跟着哑巴汉子，朝松树沟进发。

父亲的话，让哑巴感激涕零，他恨不得把所有的道具都扛在肩上。

一路无话，演员们徒步累个半死也不必细说，午餐喝山水啃煎饼亦无须唠叨。冬日天短，到达松树沟时，已日薄西山，演员们草草地扒拉了几口主家备好的饭菜，就马不停蹄地搭起了戏台。为了让哑巴满意，也根据哑巴的意图，戏台就搭在了他家房前的场院里。三通锣鼓敲过，好戏开演。演员们尽管累，但演出都十分卖力。台上的父亲，偶尔扫一眼台下，并未瞄到哑巴的影子，于是心就嘀咕：这个戏迷哑巴，请了戏又不见了人影，真是怪。

演的是《霸王别姬》，渐渐进入高潮。突然，台上冒出一个人来，呜里哇啦哭泣着，双手抹着眼泪，十分伤痛。

这一搅和，戏，不得不暂缓演出。男扮女装的父亲，搭眼一瞅，见是哑巴，正要说些什么，哑巴却咕咚一下双膝跪在了他的脚下。因为戏班子来到村里时间已晚，只是赶时间搭台唱戏，也没有腾出过多的时间与哑巴家人交流。父亲见哑巴此刻甚是蹊跷，就双手扶他起身，想弄个明白。哑巴也想跟父亲解释，可他呜呜哇哇，舞手抡胳膊，尽管费了九牛二虎之力，也没有说清事情的来龙去脉。这当儿，上来了一个十五六岁的孩子，替哑巴解说起来："这是俺二叔，俺二叔的爹，我的爷爷，今年八十多岁了，自小好听戏看戏。爷爷病了不少日子啦，他有个愿望，就是在他临终的时候，能够看一场或者是听一场这生根于家乡的戏！"孩子在叙说，那哑巴哇哇啦啦害牙痛般的直朝父亲点头。孩子继续说，"刚才，躺在病床上的爷爷正在用心听戏，突然闭上了双眼。爷爷是微笑着走的，看样子，他是心满意足，死而无憾了！"

此时，台上台下，一片唏嘘之声。父亲这个大老爷们更是哭得一塌糊涂。这一小插曲，似乎是戏中必不可少的一个情节，把这场戏推上了更趋完美的程度。

哑巴和孩子的这一曲完毕，戏继续进行。父亲和演员们没有想到竟有如此的铁杆戏迷，皆被老人这一举措感动鼓舞了。父亲说："尽管老人已经走了，戏还得演，且要演好，就算我们用戏来送他老人家一程吧！"他们几乎是把心捧给了观众，绝对是拿出了所有的看家本领，把戏演得更加到位，简直到了出神入化的地步。

"劝君王饮酒听虞歌，解君忧闷舞婆娑。赢秦无道把江山破，英雄四路起干戈。自古常言不欺我……"

父亲嗓音甜美圆润而又不失细腻，然却字字血声声泪，摄人心魄。台上台下又是一浪高过一浪的声声啼哭。

饰演虞姬的父亲，此刻已完全入戏，那挥舞的宝剑，把霸王走投无路的绝望和虞姬生离死别的伤悲，演绎得淋漓尽致。最后时刻，父亲把手中的宝剑在脖子上奋力一划。霎时，宝剑以及脖颈鲜血淋漓，"虞姬"也突然扑通一声，重重地倒在了地上。

台上台下一片寂静，空气像凝固了。

突然，掌声响起来，这是人们看到的最精彩的虞姬。

突然，掌声又停下来。"虞姬"似乎不对头！饰演霸王的演员突然叫一声"不好"，这是戏文中没有的台词！人们突然明白过来，舞台上下乱作一团。

父亲住了一个多月的院，脖子上的伤口才痊愈。

"还好，算是有惊无险啊！那多亏是一把木剑。"日后父亲每每提起此次演出，总是心有余悸。但他也会骄傲地说，"这是我演得最好的一场戏！"

远去的红围巾

青霉素

一弯月斜挂在天上，远处的坟葬岗幻化成了一屉黑馒头。

真是馒头多好，要是花妮蒸的馒头就更好了，柳根觉着肚子一阵咕噜，天黑前喝的一碗地瓜干子汤，几泡尿都出来了。磕磕绊绊，柳根手脚并用，路边蒺藜草拉得手生疼，离坟葬岗还有最后一段路。

昨天一大早，花妮就站在村头的大碾上宣传区里下达的指示，号召年轻人积极参军保家卫国。花妮的爹是村长，她爹牺牲后花妮就当了村长。花妮说了半天，没人响应，花妮有些生气，大声说："鬼子不赶走，永远没有好日子过，鬼子每次进村，谁家的房子没烧过？谁家的粮食没被抢走过？搞得人人害怕家家挨饿！"

好多人不抬头，他们知道花妮说得有道理，但他们更知道当兵就要打仗，打仗就会死人，都不想先报名，他们是眼看着花妮的爹领着担架队走的，也是眼看着花妮的爹被抬回村的。

花妮站在大碾上使劲地盯着柳根，她希望自己的心上人能带个头，她知道柳根懂得自己的意思，可柳根低着头不看她。她看到站在柳根旁边的山柱正看着自己，只是山柱的娘死死地抱着山柱的胳膊，不松手。

"谁第一个报名参军我就嫁给谁！"花妮喊出这句话时，眼里盈满了泪。

"我报名！"山柱挣脱他娘的胳膊，向前跨了一步。

"我报名！"柳根也向前跨了一步。

花妮含着两汪泪，笑了。

"我先说的！"山柱看着柳根一脸得意。

"我先想的！"柳根狠狠地瞪着山柱。

周围的乡亲都笑。有了开头，不少年轻人都报了名，打鬼子是大理，大理谁都懂。只是花妮又犯难了，柳根和山柱闹得不可开交，最后山柱出了主意，让花妮白天把她的红围巾，放到坟葬岗她爹的坟头上，深夜子时他们两个各自去取，谁先取来交给花妮，谁就娶她做媳妇。山柱知道柳根的胆子小得像芝麻粒似的，看见一段绳头就以为是蛇，从小一块长大，谁不知道？他谅柳根不敢去。

柳根一口答应下来，他输不起了，他不能没有花妮。

柳根终于来到坟葬岗，他一眼就看到花妮她爹的坟头，是新坟头，招魂幡还插在坟头上，远处看去，影影绰绰像个鬼影子。一股冷风吹过，柳根脊背发凉，但他很快镇静下来，自己给自己壮胆，就要去打仗了，战场上低头抬头都有死人，我是爷们儿，怕什么？心里想着，柳根还是狠狠地挠头发，他听人说过，男人走夜路，挠头发会发火光，神鬼避让。柳根边挠着头发边向坟头跑去，嗷嗷地喊着，冲锋一样。

真有红围巾，柳根太熟悉它了，他送给花妮的，能不熟悉吗？他记得给花妮围上时，花妮的脸比红围巾还红。忽然，一个黑影扑向柳根，抢走红围巾，一阵风没影了。

一串鞭炮响过，山柱迎来他的大喜日子，他把戴着红围巾的花妮娶进门，山柱的狗亲昵地围着花妮摇尾巴。

三天后，参军的年轻人离开村庄走了，花妮领着乡亲们站在村口送行。远远地，山柱和柳根不时地回头向她挥手，山柱手中高举的红围巾旗帜一样，走在队伍的前头。一向很坚强的花妮怎么也站不住，双手抱着村口的一棵柳树，一脸的泪。

……

柳树长得很大了，她双臂已经围不过来，举手在树干上抚摸，又轻轻拍打着。

"花奶奶，你在干吗呀？"一群放学的孩子从她身边走过，手里拿着新折的柳枝，叽叽喳喳像一群小鸟。

"奶奶看柳树呢。"她说着伸手摸孩子们的头，一脸的笑。

"花奶奶，给你一根柳枝，明天是清明了，要插在大门上的。"一个孩子说。

"好啊。"她接过柳枝，看着孩子们又叽叽喳喳地远去了。

"我也该回家喽。"她揉揉腰站直身子自言自语，"回家和面蒸馒头，摆上供桌，明天那两个家伙又该回家了。"

水管王

孙 博

枫城的人都尊称他为"水管王",也有人直呼"老王"。他的手艺活可是一绝,专治水管爆裂、管道疏通。恰好他姓王,这个封号给他也是当之无愧的。

以前在江南一带,老王是一名机电工程师,英文底子也不错。20年前移民加拿大,先在洋人公司干了几年,从事水管工程安装和维修。后来自立门户,公司就取名"水管王",还雇了几个人,生意做了十多年,有口皆碑。

老王早给公司立下规矩,生意再忙星期天也要休息,雷打不动。他常会利用这一天去电影院看侦探电影,那是他最大的业余爱好。如果没有新片,就在家里回味经典片。今晚也不例外,外面北风呼啸,老王缩在家里重温《尼罗河上的惨案》。

刚看了十来分钟,手机突然响了。对方自称姓贾,家中地下室水管爆裂,请求他上门急救。老王一口拒绝,对方给出了五倍价钱,他也没动心。当手机第四次响起时,对方竟哭哭啼啼起来,说是家里上有老下有小,怕停水停电捅出大娄子,老王听不得大男人哭,勉强答应了。

老王根据地址,一直往北开车。半个小时后,终于到了第24街,黑灯瞎火地摸到14号,见是一大片农场。他也是头一回知道,附近还有这么一个隐蔽的地方。贾先生开门,见到传说中的"水管王",好像见到了救命恩人,马上热情地请他入屋。

贾先生身材魁梧,比老王高出大半个头,还留着八字山羊胡子,带有北方口音。他头上的棒球帽压得很低,好像故意不让人看到他的面容。更令老王感到奇怪的是,他在室内还戴着一副大墨镜,自我解释说双眼患有"畏光症"。

老王也顾不上这些闲事,就跟着贾先生来到地下室。首先映入眼帘的是满地的中文旧报纸和抹布,肯定是用来堵漏的。半小时不到,老王就找出了症结所在。他到车里取来短水管、弯头等零件,三下五除二地换上,前后共花了一个多小时,全部问题迎刃而解,一旁的贾先生佩服得五体投地。

上到一楼客厅，贾先生从茶几上拿起一个大信封，问道："王师傅，连工带料多少钱？"

"一千加元。"

贾先生把信封递给老王，说道："五千加元，都是现金。"

"也太多了吧！"老王惊讶道。

贾先生一本正经地说："电话里不是讲好的吗？五倍价。一个人最要紧的是诚信……"

老王见他这般执着，只好收下钱，笑着说："那就恭敬不如从命了，以后有啥活打电话。当然，最好不要星期天。"

贾先生开门送老王之际，一股强风扑面而来，两人条件反射般的往后退，老王的头无意中碰到了他的山羊胡子，余光瞥见到他的胡子松开了，显然是没粘牢。

老王急中生智，故意低下头，边快速走出门边说："别送了，风太大。"

"那您小心开车！"贾先生用力关上了门。

老王钻进车内，浑身冒冷汗。先镇定地发动车子，急驰而去。他一路上抽着烟，脑海中不断涌现假胡子、棒球帽、大墨镜的画面，再说压根儿没见到老人和孩子，看来贾先生是一个有故事的人。

也许是出于好奇，也许是侦探迷的缘故，老王决定好好查一查贾先生的底细。考虑再三，准备从贾先生家的垃圾入手。上网查询后得知，贾先生住宅所在的区域三天后收垃圾。

那天上午九点，老王就蹲守在贾家附近。一个小时后，垃圾车如时来到贾家。接着，他尾随垃圾车来到堆填区。之后，他戴着口罩开始了长达半天的搜寻，终于在一堆旧中文报纸、信件中发现了端倪。他将贾家垃圾全部带回家，上网展开比对研究，终于发现了秘密，这个贾先生可是个大人物啊，但他并不姓贾……

一周后，中国驻枫城总领事馆收到一封匿名举报信，内文和信封都是用电脑打字的，并未留下寄信人地址。内文写着："'百名红通人员'方海鹏，藏匿于枫城第24街14号。他自称姓贾，留有假八字山羊胡。加拿大朝阳群众于2018年2月2日。"

半年之后，老王看晚间电视新闻报道，在中央反腐败协调小组国际追逃追赃工作办公室协调下，外逃 18 年的方海鹏回国投案自首。他的脸上露出了笑容，顺手开了一瓶茅台酒。

不是一把麦扬的事

厉剑童

赵武刚进家门，还没等放下手里的锄头，正在屋里做饭的老婆桂花迎出来，说，哎——秋葵说刘能早晨拿咱家的麦扬（小麦脱粒后的碎秸秆，鲁东南农村常用来和泥用）让他碰见了。

谁？刘能？他拿麦扬干啥？这事我不知道，他跟你说了没？赵武站住，瓮声瓮气说。

王宏宇家不是修老屋倒檩棒吗？刘能在他家帮工，拿麦扬和泥使。桂花说，拿就拿了，气人的是，他没跟你说，也没跟我打招呼。桂花话里显然不满意。

当是麦扬没主的了？拿人不当人！赵武说着，当啷一声，把锄头往墙根一扔，正巧碰在一堆铁头子农具上，发出很大声响。我找他去！不是东西！

别——我就是说说，叫你知道这个事，觉得刘能他太没把咱放眼里，气得慌。桂花阻止说，别去找了，跟这种二愣子生气，不值得。再说，他拿麦扬给王宏宇家，王宏宇在镇医院当医生，说不上哪天有个头痛脑热的用着他，别得罪了。

不行，你想想，他刘能拿咱家的麦扬，王宏宇一定不知道他家用的是咱家的麦扬，那咱不就好事做了黑影里了？面子让刘能赚了，咱啥也不是，吃哑巴亏！赵武气鼓鼓地说，你别拦我，我非去找他不可。

算了算了，不就一把麦扬吗？再说咱做饭有柴火也烧不着麦扬，烂那里也就烂了，别去找气生了。桂花说。

不是一把麦扬的事。这事他不向我赔不是，我跟他没完。赵武说着，一把推开桂花，径直去了刘能家。刘能家大门紧锁，赵武这才想起，这个点他一定是在王宏宇家吃中午饭。

都让这小子气糊涂了。赵武一拍脑袋，自语道。赵武等了一会儿，没见刘能家里回来人，肚子咕噜噜叫唤起来。先让他吃顿安生饭，晚上我再找他算账也不迟。

见丈夫很快又回了家，估计没发生什么大事，正站在门口焦急等待的桂花心里一块石头咕咚一声落了地。桂花骨子里不是那种爱惹事的人，凡事能忍就忍，嫁到赵家庄十几年了，还从没跟谁争吵过。

下午，赵武扛着锄头去锄地，刚转出几条胡同，正巧碰见刘能推着车子满脸赤红往家走。刘能这人身高马大，一身蛮力气，往哪一站，铁塔一座，村里人送他外号"刘铁塔"。说起来，赵武和刘能还是初中同学，那时两人挺要好，一块上学，一块吃饭，两人都没考上高中，一块回家种地、打工。说不清什么原因，走着走着，两人没上初中时那么要好了。

刘能，推车子做什么了？赵武看到刘能车子里沾满了麦扬，先开了口问道。

我干什么要跟你汇报？一边去！刘能粗声粗气说着，推着车子就要往前走。

哎——刘能，你先站住，问你个事。赵武把锄头往地上一立，拦住说，你上午拿谁家的麦扬了？

谁家的麦扬？我自个的，咋了？你管得着？刘能吐着满嘴酒气说。

是你家的？我怎么听说你拿的我家的？赵武说。

一把烂麦扬，什么你家我家的？有啥了不起的，我推了正好替你打扫打扫场院，不收你工钱就算好的了。刘能见瞒不过去，坚持输理不输嘴巴。

赵武一听，顿时火冒三丈，说道，好你个刘能，白拿我家东西送人情，不知道说个好话，还有理了是吧？今天你不向我赔不是，我跟你不算完！

两人你一言我一语，唇枪舌剑起来，差点动了手，幸亏被闻讯赶来的王宏宇给挡住了。

来来来，都先抽支烟，乡里乡亲的，抬头不见低头见，消消火。王宏宇说着，往每人手里塞了一支烟卷，咔嚓咔嚓打着火，给赵武点了，又给刘能点上。

赵武，这事我弄明白了，是刘能的不是，他没跟我说清楚，麦扬是你家的，我替他赔个不是。

你看看，宏宇，客气了不是？早知道是你家用，你一个招呼，我给你送上门，何必用别人？赵武说着，猛地吸了口烟，噗，一下吐了出去，那烟在一周人头顶上盘旋着。

我光图省事，没到那边我家麦扬堆拿，早知道你这么在意，打死我也不拿你家的。刘能看着赵武，猛吸一口烟，噗，一下吐出去，那烟叠着赵武的烟，在他们头顶上盘旋着，纠缠着。

赵武，你看我这事做的，没跟你早打招呼，也没跟宏宇说清楚拿的你家的，总觉得一把麦扬有啥了不起。刘能似乎醒了酒了，涨红着脸说。

不是一把麦扬的事，早这样不就好了。赵武火气消了，笑着说。

好了，好了，你们俩都别说了，晚上到我家喝酒，我呢，一来向赵武道个谢，二来也给刘能压压火。说定了，晚上我让老婆多炒几个好菜，咱兄弟三个好好喝一杯。

不用，不就一把麦扬吗？不值当挂嘴上。赵武大气地说。

这可不是一把麦扬的事。王宏宇说。

对对对，不是一把麦扬的事。刘能紧跟着，借坡下驴说。

三个人嘻嘻哈哈，扛锄的扛锄，推车的推车，各忙各的去了。在他们站立的地方，那一圈圈烟雾早不见了踪影，空气里只留下可闻不可见的烟草的芳香气息。

珠光宝气

胡 玲

小城是旅游胜地，步行街更是游人如织。美珠堂珍珠店位于步行街黄金地段，店内各种珍珠珠光宝气，宛如耀目星辰，闪烁着华美色泽。

老板娘明珠佩戴着上好的珍珠首饰，光彩照人，简直是店里的活招牌。

店门口，摆放着一个大木盆，装满了肥硕的蚌，明珠的侄儿水生正麻利地开蚌取珠。他用菜刀劈开蚌壳，从蚌肉里取出一粒粒珍珠给顾客。每天找他开蚌取珠的顾客不在少数。

识珍珠者，一般进店选珠。不识珠者，不敢进店购买，怕买到假珠，现场开蚌取珠使他们更放心。由顾客自己选蚌，开一个蚌50元。取出的珍珠，拿进店里打磨抛光，可制作成耳环、吊坠、胸花等珍珠饰品。

暮春，店前来了个中年男人，穿着绿色环卫工人工作服，在水生面前驻足观望了许久，选了个蚌叫水生开。水生一刀劈开，取出十二颗珍珠，递给男人。大哥运气好啊，一个蚌里十几颗珍珠，水生说。

男人摸摸珍珠，又迎着光，眯着眼睛瞧瞧，问道：小师傅，我不懂珍珠，这珠如何？

水生说，再好的珍珠也需要包装和加工，你拿进店让老板娘加工一下，再难看的珠子也能化腐朽为神奇。

男人进店，明珠热情迎上来：大哥一看就是好男人，珍珠肯定是买给老婆的吧？

男人羞涩一笑，黝黑的脸上，皱纹如细密的波纹荡漾开来。今天老婆生日，买个礼物给她，老板娘，你看做什么好？男人把珍珠放在柜台上。

明珠指着一颗最大的，说，这个加个挂头，配条链子，可做成项链。她又指指两颗小的，说，这两颗大小差不多，颜色也相近，能做成一对耳环。剩下的这九颗，加点水晶，串成一条手链。

男人兴奋道，那好，首饰三件套全齐了！

明珠打开抛光机，给珍珠打磨抛了光，取出挂头、链子、水晶等配饰，经她巧手摆弄，很快做成好看的耳环、项链和手链。她用一个精致的盒子装起来，递给男人。

多少钱？男人问。

明珠熟练地按按计算器，说，1060 元，去个零头，收你 1000 块就行了。

男人从口袋里掏出钱包，钱包很旧，破了皮。男人把钱全取出来，数了几遍，一脸尴尬地说，身上只有 800 多了……

就收你 800 吧，以后要多光顾我的店啊，明珠爽快地说。

男人把钱给明珠时，她看到男人的手布满老茧。

男人走了，明珠望着他的背影，嫣然一笑，呵，又做成了一单生意！

深秋，天气转凉。明珠叫水生看店，约好姐妹玉芝去买加厚睡衣。玉芝说，同事介绍我一家睡衣店，里面的睡衣全是自己做的，质量好，款式靓，全棉，穿着特舒服，全场 80 元一件，我带你去。

玉芝带着明珠来到老城，在一个偏僻的小巷里，找到了睡衣店。店不大，挂满了各种款式的睡衣。一个女人坐在缝纫机前埋头忙活。见有人来，女人笑着抬起头，说，你们随便看。

明珠一眼看到女人佩戴的珍珠首饰，一看就是她店里的珠。哇，大姐，你戴的珍珠都是在我店里买的。

女人娇羞一笑。这是我老公送给我的生日礼物。

三个女人热切交谈着，一个穿着绿色环卫工作服的男人走进来，明珠认出是在她店里买过珍珠的那个环卫工人。大哥，还认识我不？

男人看看明珠，又看看她身上熠熠生辉的珍珠首饰，笑道，记得，你是美珠堂的老板娘，真要谢谢你，在你店里买的珍珠首饰我老婆喜欢得很，天天戴着呢！

明珠说，你瞧我们多有缘，我今天又到你店里来买睡衣。

男人一笑，你随便选，我老婆做的睡衣质量绝对过硬。

明珠在店里转了半天，挑了件酒红色的睡衣，带回店。

晚上，美珠堂正要打烊，睡衣店的女人突然气喘吁吁地跑进来。老板娘，总算找到你的店了。

明珠一脸诧异。什么事？

女人说，老板娘，中午你买的那件睡衣腋下有个破洞，我本来放在一边了，女儿不知道，又挂了起来，晚上关店时才发现那件破洞睡衣不见了，想起只有你买了件酒红色的，向我老公打听了你的地址，送件新的过来，把破的那件换回去。女人从随身布袋里拿出一件崭新的酒红色睡衣，递给明珠。

明珠从里屋找出中午买的那件睡衣，翻了半天，果然发现腋下有个小小的洞，如不仔细看，根本发现不了。大姐，其实没多大事，你太有心了。

女人把有破洞的睡衣装起来，说，做什么事都不能坑人嘛，要不我心里总不踏实。

明珠心里一热，从柜台里取出一条珍珠项链，递给女人。大姐，我们有缘，这条项链送给你。

女人说，那不行，这么贵重的东西，我可不能收。

明珠说，这条项链成色一般，不值钱，你收下吧，要不然，我可不许你走咯！

女人没办法，只好收下项链。明珠望着女人的背影，心情有点复杂。那一串珍珠是她店里最好的项链之一，价值上千。

明珠把水生叫过来，郑重地说，以后，咱们要买质量最好的蚌，以前那些劣质低价蚌都不要了。

为什么？水生满脸疑惑。店里的蚌全是他们低价从养殖户那里购来的，取出的珍珠其实品相很差，到店里加工成饰品，价格翻了好几倍，利润极高。

明珠说，不为什么，只为心里踏实……

射　雕

佟掌柜

公元一二二七年六月一天傍晚，西夏中兴府郊外百里。如血的残阳笼罩着无边无际的荒漠，漫漫黄沙之上到处都是散落的尸体，偶有行人艰难行走。六旬老翁搀扶着年轻女子，蹒跚而行。那女子身着青色麻衣，青色云云鞋，系在腰间的花围腰似要被隆起的腹部撑破。"爹，我实在走不动了，浑身像散了架，肚子疼得厉害。"女子哽咽。话音未落，老翁突然倒地。"爹……"女子看老父突然跌倒，赶紧蹲下腰身，一只手捧住腹部，另一只手摇晃老翁。老翁一动不动，女子仔细一看，老父未闭上的双眼瞳仁已散。

女子大哭起来："爹，你醒醒啊……醒醒啊……你怎么丢下我不管了……我们好不容易逃出中兴城，这才走出百里，你就……我该怎么办啊……"

天空中几只大鸟"咕咕"地叫着、盘旋着。

一只硕大无比、羽毛在夕阳映射下散发着金属般紫色光泽的金雕尤为炫目。突然，它俯冲下来，利爪豁开女子不远处一具死尸的皮肉，大口啄食起来。

突如其来的刺激，让女子的腹部再次强烈地阵痛起来，她痛苦地喊了几声，昏了过去。

不远处，两骑骏马之上端坐两人，皆强弓斜背于身后，箭囊悬挂于马鞍。其中一人身材高大，体格健壮，前额宽阔，一双猫眼，颌下长须，马鞍箭囊内只有三只长箭，格外引人注目。另一人恭顺地尾随其侧。"大汗，近日您贵体欠安，召唤属下与您潜行百里到这荒郊，必有要事吩咐于我。"被称大汗之人，正是孛儿只斤·铁木真。

成吉思汗第四次率部亲征，蒙古铁骑第六次踏破贺兰山阙，迅速攻陷积石州、西宁等西夏领地，并驻六盘山，围困中兴府近半年。此时，西夏正发生地震，中兴府瘟疫流行。

最近几日，铁木真因旧伤复发，身体每况愈下，虽然他不相信自己英雄一世，会在西夏这鬼地方死去，但身体的强烈不适，不得不让他有所准备。

今日晚饭后，铁木真觉得有些精神，带上大将军察罕出了军营，来到这大漠。

铁木真坐在马背上，眼看着金雕的利爪将尸体的腹部豁开，耳听着党项女子凄厉的叫喊，猫眼里射出复杂的光芒。他望着上空盘旋的金雕久久未发一语，似乎这茫茫大漠，这遍地遗骸都不曾走进他的视野。

金雕从天空俯冲下来，再次用其利爪抓破一尸前胸。铁木真看罢，双眼金光乍现。

"察罕，想我铁木真戎马一生，近日沉疴复发，恐怕不久即将离世。西夏国反复无常，木华黎、合答安皆因其背约而亡。此心腹大患不除，我难以心安……若我离世，切勿发丧，待嵬名睍开城受降之日，立刻屠城永绝后患……"几声清亮的婴儿啼哭刺破天际的昏黄，金雕惊得高飞。

铁木真听到婴儿啼哭，凌厉的猫眼闪出一抹柔和，轻叹一口长气。年轻女子深情望了婴儿一眼，永远闭上双眼。婴儿完全不知道她的母亲已因生他离世，将小手伸进嘴里吮吸。

大雕被血腥气味吸引，再次低飞盘旋。铁木真迅速将箭搭于弓弦，铁臂引弓，"嗖"，但见长箭直奔大雕激射而去。箭，并未射中大雕身体。说时迟，那时快，第二只箭随即射出，破空之声未尽，金雕轰然坠地。铁木真一口鲜血喷涌而出，察罕将弓急急背于身后，伸手欲扶。铁木真一手捂住胸口，一手轻摇，再向婴儿的方向指了指。察罕迟疑一下，催马而去，将婴儿抱于怀中，手提大雕尸体而回。两骑绝尘而去……半月后，成吉思汗殁。西夏末帝嵬名睍打开城门投降，拖雷按父王遗嘱将其杀害。察罕努力使中兴府避免屠城命运，城内军队得以保全，西夏灭亡。

大丫的名字

朱红娜

爹妈没文化，不会像城里人一样翻书给女儿取名字，也不可能专门找人算卦取名字，爹爹看着生出来的女儿，像随手在山上捡树枝一样捡来一个名字：是个丫头，就叫大丫吧。

大丫在十八岁以前一直叫大丫，父母叫她大丫，老师同学叫她大丫，户口本上也是大丫。大丫不喜欢这个名字，感觉被人叫得跟阿狗阿猫一样随便。

十八岁那年大丫长成亭亭玉立的大姑娘。亭亭玉立的大丫讨厌和爹妈一样面朝黄土背朝天的生活，背着背包跟着村里姐妹，走出大山，走进了城里。

城里男人不好找工作，女孩工作不难找，酒店发廊洗脚城，十个女孩十个要。大丫在山里扛锄头，城里给人洗脚算是享福了。

洗脚城女孩的名字都很有文化，很好听，小丽，小清，小美，一大串的小字辈。大丫很是羡慕，咋人家父母就那么有文化，都能起这么好听的名字？大丫一打听，原来都不是身份证上的名字。老板说，大丫，你的名字太土，要换个名字。大丫想了一个晚上，顺着"小"字辈，给自己也起了个好听的名字：小红。

小红把欢喜都挂在脸上，很快就在洗脚城红了，客人排队点她洗脚，小费每天鼓鼓囊囊的。大丫很庆幸，取了小红这个名字，给她带来了红红旺旺的好运。

小红更大的好运是一个光头佬带来的，光头佬打开满满的一箱钱，让小红自己随便拿小费。小红眼珠子差点掉了下来，赶紧用手捂回眼珠子。

眼珠子回去了，小红的脚出去了，小红穿着高跟鞋上了光头佬的宝马车。

光头佬不叫大丫小红，叫她小心肝，小宝贝。小红在心里嘀咕，城里人真奇怪，小心肝小宝贝也是名字吗？

光头佬让小红叫他老公，小红又在心里嘀咕，你比我爸还老呢，我才不要你做老公。大丫情窦初开的时候喜欢村里的一个师哥，他高大帅气，初中毕业后进城里打工了，听说现在是一个酒店的保安，小红想着赚够了钱就向他表白，小红做梦都想让他变成自己的老公。小红突然想起看过的电视剧，宫廷剧里有种称呼叫“公公”，小红嗲嗲地叫了光头佬一声：老公公。

光头佬听得哈哈大笑，全身骨头酥了一地，肥厚的手捏着小心肝的屁股，嘴巴凑上小心肝的嘴，说道：你这个小妖精。

一会小心肝，一会小宝贝，一会小妖精，小红一下子多了几个名字，兴奋得喝了白酒似的，睡梦中都在叫老公公。如果不是爹妈电话上叫她大丫，大丫快要忘记大丫这个名字了。

光头佬不许小妖精再给别人洗脚了，小红从此住上了豪宅，每天就给光头佬一个人按摩洗脚，当然还要满足光头佬肥厚身体的各种需求。没事的时候，小红就带上光头佬给的钞票，请小丽小清她们逛街吃饭。小红在她们面前大把大把地花钱，眼睛都不眨一下，她们羡慕说，小红，你真幸福。

小红昂首走在熙熙攘攘的大街上，看见满大街的男人女人都向她投来艳羡的目光。突然，对面有人喊了一句，大丫。小红没反应过来，那人再大声喊一句，大丫。小红才看清，原来是他！她出来还没见过他呢。小红心跳“咚咚”加快，小鹿乱撞一般。

大丫，你出来半年变化真大，都快认不出来了。

明哥，你叫我小红吧，我改名了。大丫脸上泛着红晕，不敢看他。

明哥惊讶地盯着大丫，上下左右看个遍，最后说了句“怪不得”，转身就走了。小红在后面一个劲叫，明哥，我请你吃饭。明哥头也不回地走了。

死脑筋。小红心里骂了一句。

小红回到光头佬的豪宅，尽情享受着公主般的生活。小红对着梳妆镜上的小美女噘着嘴，自言自语：死明哥，有什么了不起，看着吧，小红以后一定嫁个比你帅的老公。

突然一天，一个珠光宝气的女人带着一伙男人找上门来，伸手掴了小红一巴掌：你这个不要脸的小三。

小红被巴掌掴得蒙了：小三？我不是小三，我是小红。

“啪”，又一个巴掌掴了过来：我让你做小三，我让你做小三。女人咬牙切齿，使出全身力气甩着巴掌。

不，我是大丫……大丫大声喊着，捂着火辣辣的脸，落荒而逃。

乡 恋

刘向阳

二伯的儿子十年前考上了北京最有名的大学，成了我们村，乃至我们乡和我们县的状元。乡亲们纷纷祝贺二伯时，都短不了说上一句，你老爷子有造化，将来儿子一定会接你到北京享福喽！二伯也总会回答，儿孙自有儿孙福，咱可不去沾那光。二伯说这个话谁信哪？连我二娘都不信，二娘说，就他那老贱骨头，能舍得离开儿子？到时候，只要儿子一句话，我想拽都拽不住，他就会屁颠屁颠地去喽！

四年后，二伯的儿子大学毕业了，果然留在了北京，听说在一家科研单位上班。两年后，二伯的儿子娶了位北京姑娘。又过了两年，不但有了孩子，还从职工宿舍搬进了一百多平方米的楼房。接二连三的喜事飞到了村里，乡亲们都羡慕得不得了，纷纷向二伯祝贺时，都短不了旧话重提，你老爷子有造化，儿子一准要接你到北京享福去喽！二伯也还是那句老话，咱可不去沾那个光。乡亲们都打着哈哈地不相信。二娘更不相信，还没少揭二伯的短，打小就跟孩子叨叨，好好学习，爹还等着你光宗耀祖，过上好日子呢！

那年春节，二伯的儿子带着媳妇，抱着孩子回来了。二伯的儿子当着前来探望的乡亲们的面说，这次不单单是回家过年，主要是想把二老接到北京去住。二伯的儿子从小就对爹娘孝敬，乡亲们都看在了眼里。所以，二伯儿子的话没有谁不相信。可是，过了正月初五，全村人只看到二伯的儿子、媳妇和孙子走了，二伯和二娘却没动窝。乡亲们都纳闷了，这是咋回事？一打听才知道，儿子说破了大天，二伯就是不吐口，理由是，二娘腿有风湿痛的毛病，上不了楼梯，离不开热炕。

二伯的话不无道理，乡亲们纷纷替二伯和二娘遗憾，好端端的一件大好事，生是让二娘的腿给耽误了。看着二娘整天闷闷不乐的憋屈样，乡亲们的心里也不好受，都劝二娘想开些。二娘泪眼汪汪地叹着气说，自己是个累赘，耽误了老头子的好日子。

四年后的一天，头天还好好的二娘一觉醒来，变得嘴斜眼歪，话都说不利索了。乡、县的医院都看过了，非但不好，还一天比一天严重。二伯终于稳不住神儿了，给儿子去了信儿。儿子立马回来了，又火速将二娘接到了北京。二伯放心不下二娘，也跟着去了。

半年后，乡亲们盼来的信儿是，二娘严重脑梗死，医治无效去世了。乡亲们还听说，二伯让儿子留下不回来了。乡亲们一致认为，二伯的儿子做得对，哪能再让二伯一个人孤孤单单住在乡下呀！

可是，别说二伯的儿子没料到，就连乡亲们也没料到，身体硬朗、大半辈子没得过病的二伯，自从住进了儿子的楼房后，身体一天不如一天了，整天病恹恹地打不起精神，一身肌肉疙瘩的二伯，不到半年快瘦成了皮包骨头。急得儿子带着二伯跑遍了北京的各大医院，都没看出二伯身体有什么实质性的病变。二伯的儿子和儿媳妇变着法地给二伯改善伙食，鸡呀，鱼呀，肉呀，海产品呀，好吃的吃遍了，可二伯的身体还是看不出有半点儿见强。

乡亲们听说后，都惦记二伯，都想去看看二伯。比二伯小两岁的我爹与二伯最亲，最先去看二伯，给二伯带去了刚从地里刨出来的土豆，还杀了只下蛋的老母鸡。为了保鲜，土豆带着泥装进了布袋里，老母鸡用村里的那口老井的水在冰箱里冻成冰块包裹着，一齐带到北京。

看到我爹，二伯自然高兴，看到那土豆和老母鸡，二伯更高兴。双手捧着带着泥土的土豆，放到鼻子上贪婪地嗅着。又把装着老母鸡和快化成水的冰块的塑料袋，贴在脸上，放在嘴上一遍遍地亲着。

二伯的儿子问二伯，您老想吃家乡的土豆和老母鸡了？二伯答，俺更想家乡那养人的水土呀！说这话时，二伯的眼里有了泪花。金水银水，不如家乡的老井水，金疙瘩银疙瘩，不如家乡的土疙瘩。你要真是孝敬爹的孩子，就放俺回去吧，这儿的水土爹实在不服哇！

羊　事

陈慧君

三爷爷年纪轻轻就去世了。

听奶奶说，三爷爷的死与羊有关。

三爷爷脾气急，发脾气的时候，三头牛都拉不回来。

三爷爷小时候，有人冤枉了他或是误会了他，他不辩解。漂白自己的方式不是打自己就是打东西。

打自己，就是用左手撕打右手胳膊，右手撕打左手胳膊；打东西，身边有什么东西，拿过来朝地上就摔，有瓶子摔瓶子，有罐子摔罐子，没东西摔的时候就拆墙头。总之，让人一看确实不是他干的或者不是他的原因。

知道三爷爷脾气的，就尽量不去惹他，或者聪明些的就敬而远之。俗话说得好，惹不起，还躲不起吗？

因此与三爷爷走得近的、合得来的、说上话的人就不多。

于是三爷爷就和羊打起了交道，养了一群羊，天天放羊。

羊不会冤枉或误会三爷爷。

三爷爷不顺心的时候还可以在羊身上尽情地发泄。哪只羊不听话了，轻则用石头砸，重则用鞭子抽。慢慢地，羊也学聪明了，跟人一样，都躲三爷爷远远的……

听奶奶说，那是一个阴天，要下雨的样子。乌云密布，有闪电划过长空，随后是惊耳响雷。

三爷爷在凤凰岭放羊。

去的时候，三奶奶就劝，别去了，这就要下雨了，吃不了多久了。

三爷爷闷声地说，吃一会儿是一会儿！

三奶奶就没再言语。

去的路上，羊走得很慢。三爷爷的鞭子就甩得啪啪地响，比雷声还响。

到了山坡上，羊就开始吃草了。

这时候，三爷爷可以坐在石头上打会儿盹，小憩一下。

当三爷爷再睁开眼时，看到那只头羊正在领着群羊走向拴住家的地瓜地。三爷爷不想起身，从身旁拿起一块不大不小的石头，瞄了瞄准，准备扔在头羊和地瓜地之间，只要石头一落地，头羊就明白，不能再往前走了。

前几天，三爷爷睡迷糊了，羊吃了拴住家的花生秧子。拴住媳妇找到三奶奶哭了一哭，闹了一闹。晚上睡觉的时候，三奶奶就学给了三爷爷看。

第二天，三爷爷就把头羊狠狠地揍了一顿……

这次，三爷爷看头羊又要犯错误，气就不打一处来，一生气力道就没掌握好，石头落在了头羊身后。头羊一惊，就顺着来道往回跑，一群羊也跟着都往回跑。

三爷爷又是甩鞭又是扔石头，怎么也挡不住羊群的归路。到后来，羊群越跑越快了，这时的甩鞭和石头起了反作用。

天上的云压得越来越低，似乎天要塌下来，末日一般……

三爷爷气喘吁吁地追到家时，羊早已归了羊圈。

三爷爷对准头羊抬脚就踢。可是头羊一躲，三爷爷一下子踢空，脚下一滑，来了个四脚朝天。三爷爷跟上一句，想死啊！

三爷爷拿来绳子，把头羊拴在了门前的老槐树上，先是用鞭子抽，一边抽一边说，让你跑，让你再跑！抽累了，就用木棍捶，打得头羊咩咩地叫，羊的眼角都一片模糊。

三奶奶出来劝了三次，每劝一次，都如火上浇油，三爷爷打得更厉害一些，羊叫得更惨一分。三奶奶干脆就不管了。路过的村人装作看不见还好，要是劝上一句，如同火里添柴。

怕什么来什么，就在三爷爷打累了将要放手，羊也叫得声嘶力竭的时候，拴住媳妇没事人一样从这路过。拴住媳妇轻描淡写地说，吃庄稼的羊该打，打死也不解恨！

这犹如濒临饿死的狼突然吃到了一只肥羊。三爷爷如打了鸡血似的，再一次异常英勇起来……

终于在天全黑下来的时候，头羊一伸腿，死了。三爷爷说，死了好，明天就扒你的皮，抽你的筋，吃你的肉，喝你的汤！说完一头栽在了地上。三奶奶闻声跑出来一看，才知大事不好，忙喊人把三爷爷抬到了床上，掐人中，三爷爷方才醒了过来。

当晚，三爷爷未吃下一口饭，不时从房里传出叹气声……

第二天，三爷爷就再也没有醒过来。办公事的时候，吃的就是羊肉。这事上了陈庄的历史，这一回是白公事吃得最好的一回，让庄人乐道了好一阵子……

秘 密

张志明

那天晚上，五队和八队的小孩们发生了战斗。

霜降刚过，还没见霜。月亮很大，就洒了满村满地的霜。

战斗的双方是五年级的两个男孩，一个是五队的贾红新，一个是八队的王志强。战斗的起因是，贾红新把王志强只告诉他一个人的秘密泄露了。

俩人好时，王志强跟贾红新说了自己的秘密，说他喜欢六队那个地主家的闺女水香。

因为成分不好，水香二十八了，也没人敢娶。水香性子也大，看不上的她还不嫁。

早上，贾红新去喊一个同学一起上学，瞧见同学家的狗生了一窝儿狗娃，刚满月，胖乎乎肉乎乎的可爱死了，贾红新双脚就挪不动了，俩眼就不想挪开了。

上学的路上，走到大槐树底下时，贾红新只是稍微犹豫了一下，就把王志强的秘密告诉了同学。那同学听完呵呵笑了半天，痛快答应，叫贾红新下学捉一个狗娃儿回家。

到了下午，王志强的秘密全校的学生都知道了，连老师都知道了。

一场战斗就这样发生了。

月亮底下，胡家桥的夜亮如白昼，战斗的双方先是在大街，后来打到了胡同，然后又打到了村西的竹园，最后推进到村北的苗圃。弹弓竹箭砖头石块水枪木棍竞相发威，没有喊杀声，只有偶尔的惨叫声。

开始，双方基本是势均力敌的，后来那个家里有狗娃儿的同学突然带了几个大孩子来增援贾红新了，战局便急转直下。贾红新一方火力顿增，王志强一方马上就寡不敌众了，他们只好且战且退，很快就被打散，各自逃命了。

成了孤家寡人的王志强一路溃逃，跑到了六队的场上。秋收过去没多久，场上垛满了稻草，稻草垛之间像迷宫一样，王志强慌不择路，一头钻进了稻草垛缝道里。

快要钻到东北角场边时，在狭窄的稻草垛之间，王志强突然撞见两个人，一个女的靠在稻草垛上坐着，一个男的躺在地上，头枕着女子的大腿。

那女的，正是水香，脸朝南，王志强看得清清楚楚。地上铺了草，男人躺在稻草垛的阴影里，不知道是谁。

王志强瞠目结舌，进退不得。水香和男人都站了起来，低了头，背了脸。

稻草垛外传来贾红新一方的追杀声时，王志强和水香他们还在原地僵持着。

当贾红新一方包围了那片稻草垛，开始喊叫着往里面搜索时，水香突然跨到王志强跟前，说："你快出去吧，要是让人知道了，我都活不成了……姐姐求你了，千万不要说出去！"

王志强抬脸瞧了瞧水香，低了头。然后，他又抬起头，狠狠地瞧了一眼男人。完了，王志强冲外边大吼了一声，反身冲了出去。

刚冲出稻草垛，一块砖头砸到了王志强头上。

看到王志强倒在了地上，贾红新一方不敢恋战，四散奔逃。

水香听到了王志强的惨叫，那个男人已经走了，水香从稻草垛里出来也已经小跑着进了胡同，她又返了回来，看了看躺在地上已经昏迷的王志强，转过身跑去叫了王志强的家人。

第二天去地里干活时，水香才从闺女们神神秘秘的窃窃低语里知道了昨夜小孩们打架的原因。

王志强再也上不了学了，他瘫在了床上。

过了几年，水香家摘掉了地主帽子，那一年，水香三十六岁。又是深秋，水香嫁人了，男人是一个老实人，人高马大，仪表堂堂。

出嫁了的水香常常回胡家桥，也常常去王志强家。开始，王志强天天在床上，后来不知道从哪里找了一辆破轮椅，他会摇着轮椅在院里街上转转。

王志强一直没对任何人说过在稻草垛里撞见水香的事，包括他爹妈。

水香和王志强家来往多了，两家的关系越来越好。后来水香提出想认王志强作干儿子，王志强的父母同意了。

过个一年半载的，水香就会来胡家桥把王志强接到她家，当亲儿子一样，推着他赶会看戏瞧风景。

水香的老实男人买了小四轮给纸厂拉麦秸，忽然就出车祸死了。那一年水香刚过五十，她不显老，依旧白，依旧风韵犹存。

水香没再找，她来王志强家更多了。水香偷偷跟王志强商量过，想把他接过去，让他跟她一起过。王志强没同意。

水香说过好几回，甚至求过好几回。每一回，王志强都是沉默半晌，最后还是不同意。

回乡探师记

苏 龙

人到一定年龄容易怀旧。大强也不例外，才步入不惑之年，以前，尤其是少年时期的往事就经常萦绕在头发日益稀少的脑瓜里。

想起悠悠往事，大强就会想起许久不见之人，比如小学的老师，其中就有八十多岁的陈老师。

再不见面，以后就留终身遗憾了，大强想着，于是乎吆喝上几个同学，买了水果和营养品，开上车一溜烟往乡下平桥村赶，却在准备进村路口被一辆丰田车阻住了。

一个粗脖圆脑的汉子吃力撑出驾驶室，腆着大肚子晃悠过来。

是阿牛，大强他们几个眉头就皱成川字，面面相觑。

阿牛胖得有些变形的身子趴着摇下的车窗，头伸进去，瓮声瓮气问：我说强班长，这算咋回事？去看陈老师也不知会我一声。他的短粗食指嗒嗒敲车玻璃，手指上的金戒指发亮刺眼。

这家伙消息倒灵通，大强心想。他咳几下，干笑说：阿牛，你跟陈老师可是冤家对头咧。车里人也跟着附和：就是咧，你去了怕不好收场。

阿牛一下哑口了。

大家伙都知道，读小学那阵子，阿牛可是皮得一塌糊涂：跟男同学打架，扯女同学头发，扔石头砸人家房屋瓦顶。有的老师管得紧些，他就搞事，要么放单车气，要么藏教案本，有个老先生还被掰断眼镜腿，老师们无不头疼，也就懒得管了。四年级那年陈老师调来了，直接跟阿牛杠上了，但凡阿牛犯事，或罚写检讨，或罚跑圈，或打手心训诫。有一次阿牛偷了几把生产队晒场上的花生，被陈老师小鸡般拎起来痛打一顿，屁股皮开肉绽。陈老师说了，小时偷针，大了偷金，不治得了？阿牛不是不想反抗，反抗不了，陈老师可是武术世家出身咧，拳脚功夫了得。陈老师还经常私下数落他是烂泥一坨，扶不上墙。阿牛被收拾得老老实实，消停了两年。好容易熬到毕业那天，阿牛冲出大门口后，回头跺脚挥手冲陈老师骂骂咧咧喊：姓陈的，我不是烂泥，我要活出个样给你看！陈老师抱臂冷笑，回一句，就你这熊样？等哪一天你真的升官或是发财了，我姓陈的用手掌煎鸡蛋给你吃！

……

阿牛黝黑的大脸泛起两朵红云，手拍后脑勺，兀自喃喃，这个，这个，还真的不好去。

大强他们几个才刚松口气，阿牛又咬咬牙说，我还是要去，好多年不见他啦。

也不好拒绝了，大强就警告他，到那后，管好自个儿嘴巴，别提往事，别添乱。

好咧，阿牛咧开大嘴笑了。

车开到了村口，陈老师拄着拐杖早候在老苦楝树下了。大家赶忙提着东西，搀扶陈老师往家方向走，大牛抱着一个大纸箱走在后面。

陈老师家人在院子里备好了茶水、水果、瓜子、花生招待，师生们围着石桌子坐下，滔滔不绝起来。

大强，小虎，桂花……陈老师眯着眼睛一个个认人，一个不差，欢呼声拍掌声响彻小院，吓飞了院里龙眼树上的青丝鸟。

陈老师眼睛扫向了阿牛时，阿牛已经站起来，向前跨几步，肥胖双手紧握陈老师皲裂的老手，嚷嚷：陈老师，我是阿牛啊。

是阿牛？陈老师傻愣了一下。

是我，阿牛。阿牛握着陈老师的手不放，嘴里啧啧说，看看，咱们老师的手还像以前那样孔武有力。大强他们几个心里紧了一下，大强还给他使了个眼色。

阿牛却不管不顾，嘴巴喋喋不休，咱当年是差生，估摸陈老师早把咱给忘了。大强他们几个感觉阿牛说话皮笑肉不笑的。

陈老师爽朗一笑，记得呢，摊开了石桌上厚厚的装订本。

大伙儿围过来看，是陈老师批改过的学生试卷。看到自己泛黄的试卷，阿牛嘴角抽动了一下，眼圈有些泛红。

大强他们几个把带来的礼物摆到陈老师面前。阿牛也把大纸箱摆在石桌上，打开，一个个鸡蛋调皮地露了出来。

阿牛拍拍纸箱，坏坏地笑了，说，陈老师，还记得当年您的承诺吗？

陈老师有些茫然，捋捋胡须，摇摇头，大强他们几个心吊到嗓子眼上了。

大强赶紧掐了他一把，低声呵斥：你不就是开了个养殖场赚了几个臭钱吗？犯得着跟以前的事较真？你难不成真的要陈老师用手掌煎鸡蛋给你吃！

阿牛却哈哈大笑，甩开大强的手说，跟陈老师开玩笑的啦，哪能跟自己老师记仇的？

他一脸认真地对陈老师说，老师，我的养殖场专门研制了土饲料喂养土鸡，产出的富硒蛋常吃可预防老人脑血栓、心绞痛，今儿带来了一箱给您，等吃完了我还送来。

大强他们几个吊在嗓子眼的心总算落了下来，陈老师干枯的眼睛流出了几滴浊泪。阿牛也流泪了，感慨地说，古人说：玉不琢不成器。假如当年没有陈老师调教，我可能早就走上歪路了，谢谢您，老师。

言毕，阿牛给陈老师深深鞠了个躬。欢呼声拍掌声响彻小院，不知几时，几只青丝鸟回来了，叽叽喳喳地绕飞个不停。

差 距

曾立力

老龙班长在电话里发布指示，用一以贯之的语气对他说：明天送我去趟老家的派出所，早八点准时出发！

他忙于生计，正在外地出差，没好气回应说：我在外面赚吃呢！

吃甚？怎重要？比我的事还重要？然后是电话挂断嘟嘟嘟的忙音。晚年时的老龙班长，耳有点背，生怕谁不把他当回事。

第二天，他还是按时赶了回来，驱车去送老龙班长。谁让他是自己的恩师呢？整个中学时期都是他们的班主任，自己虽是班长，能不听班主任的？同学们当面称他龙老师，背后都叫他老龙班长，跟着大伙的口径，一口一个老龙班长，叫顺了口，沿袭至今。

到了派出所，一警官告知：换身份证？市区的派出所均可办，没必要大老远地跑回原籍。老龙班长听了不高兴，一字一顿说：谁办的谁换，这叫物归原主、有始有终。抢白得人家赶紧替他照相、填表。

师母走后，他将老师从郊县接到了市区。老龙班长不愿和他住一起，坚持要另住，他只好就近租了个小套间，请了个保姆照料他。

回来路上，接连爆了两个胎。同行的保姆见他在大太阳下补胎、换胎，累得汗流浃背，说了句客气话：今天害得你老爆胎，忒辛苦了！不料被老龙班长听见，纠正说：我不坐车就不爆胎？我能坐几回？气得他差点晕倒。

证办好后，是他去取的，一并把户口本也换了。当时也没细看，拿回来老龙班长一瞧，不乐意了。新换的户口本说变脸就变脸，文化程度一栏里大本变成了大专。虽只一字之差，呛得老龙班长冲他直嚷嚷：几时文凭也越老越缩啊？一脚就端下去我好几个档次，没文化！

他说：你人都退休多年了，一不要评职称，二不要提拔，三不存在求职找工作，管他啥学历都一样，又不影响生活质量，有甚意义？

老龙班长面露愠色批评他说：什么叫有甚意义？你当人老了，就没精神追求，只坐吃等死啊？身体好点，我要揣着二代证坐高铁去旅游，去看大海，去海里游泳呢。谁说的大本与大专都一样？你不当回事，说明你没觉悟。你当我"十三点"啊？给他上了一课，掰扯了半天。

老龙班长纠结得一天打好几次电话催他去把被端下去的学历给重新端回来。还好，来来往往又跑了两趟，总算改了过来，老龙班长这才满意。

这些年老龙班长的事，都是他在料理。熟悉的人都说：就是亲生儿子也不过如此！或许是老龙班长早把他当亲儿子了，毫不客气地使唤他干这干那，大事小情不断，而且越往老走，麻烦事越多。老龙班长说他的事再小也是大事，没有足够的耐心，还真难使他满意。

人老了毛病多，就是得个感冒，也得咳好多天。更何况老龙班长患有高血压，到如今又是肾衰竭，更糟糕！可他讳疾忌医，不肯就诊。还说百善孝为先，你听我的就是孝！强行拉去看医生，他要先看人家的文凭职称，比他都低，怎能治好他的病？

确诊后，每周要做两次透析，都是他接送，时不时地还要住院治疗，晚上也都是他陪床。老龙班长不愿请护工，护工哪有亲人好？习惯了依赖他。一夜夜守在床前，不光是没觉睡，屁股落座时都少。

老龙班长像小孩样害怕打针，遇上个技术差点的护士，连扎两针没扎中，便在病房里大发雷霆，死活不让再扎。经常会与医师护士发生些小纠纷，害得他三天两头地跑医院说好话从中斡旋，特磨人。

望着血透下的老龙班长，1.85米的大块头就剩把皮包骨，目光呆滞，整个人都已走形。他是又气又疼，感叹人老了尤其是在生病后的孱弱无助，不靠他靠谁？

这阵老龙班长住院，住得有点不是时候。实行二孩政策后，老婆刚生了二胎，他家里医院两头跑，疲惫不堪。晚上他去陪床，老龙班长看起来情况还不错。小孩没满月，他还未来得及抱给老龙班长看，老龙班长却固执地非要将见面礼交到他手中。表情凝重地跟他说：其实生与死离我们都不远，只是一时无法丈量到两者之间的差距。有件事我一直未告诉你，那天我是不知道儿子也溺水了，才先救的你。下垂的眼睑像坠着沉重的往事，面容中显出些曲衷与哀戚。

过了片刻，他又说：你比我命好啊，你有两个儿女，一个不好，还有一个，总有个好的!

　　窗外的雪花,像群翻飞的蝴蝶,扑落在窗台上,静寂无声。

　　许是最近太累,他伏在床边打了个盹,迷迷糊糊中梦见自己像老龙班长样躺在病床上,怎么喊都喊不应,两个儿女一个都不理他……

　　醒来时却发现老龙班长走了,遽然永诀。

　　想起老师的最后留言:是说他做得不好?还是说有差距呢?

　　他潸然泪下,悲痛欲绝。

东篱先生

顾晓蕊

他双手捧起一满碗花雕酒，仰头，咕嘟咕嘟地饮下。而后，他飞快地一抹嘴，碗口朝下，说，要你们久候，这算赔礼。话落，他给我和琴斟酒，端起再敬，谢谢你们会见我这个远道而来的朋友。说罢又一饮而尽。

我和琴一脸愕然，同时扭头对望，目光轻触，又迅速转开，齐齐地射向他。仔仔细细地打量了他一番，仿佛那张脸上能盯出花来。

他四五十岁的样子，身形略瘦，一双幽冷深邃的眸子，仿若冬日的初雪般明净澄澈。这个外表温淳儒雅，透着书卷气的中年男子，带着爱犬小白，从遥远的内蒙古骑行到中原。

想想，一位从未谋面的朋友，骑着一辆老旧的摩托车，穿风渡雨，携一路风尘，只为与你见上一面。这想法令人初始发笑，继而感动。

他一大早发来短信，已抵达河南，但我们直等到夜幕低垂，盏盏街灯亮起，才接到他的电话，说是到了小城，将小白安置在宾馆楼下，相约在附近一家火锅店见面。

他被我们瞧得有些不好意思，摆手说道，都坐吧！我收回目光，心犹不甘地追问，你果真是东篱？在下东篱是也！他故意拖长了腔调回道，许是想缓解初见的尴尬。

十余年前，我刚踏上文学之路，没事写些"豆腐块"文章，经常往外投稿。那时，东篱是某家报社的编辑，他从众多来稿中发现了我，接连刊发几篇随笔。

我加上他的博客，关注起他，这多少有些私心，想拉近跟编辑的距离。

他写在郊外山脚下，置有一处静谧小宅，又称"东篱书院"。每个周末他会来这里，种花种竹，还打理一大片桃园，看得我羡叹不已。采菊东篱下，悠然见南山——多洒脱的田园生活！

他还写自己的骑游见闻，绕行大半个中国，从苍茫戈壁到原始森林，从群山之巅到大海之畔，文末附一帧照片，都是在路上的背影。旁边注有老江摄影。老江是他的骑友，一位诗人。

他嬉笑畅言，幽默谐趣，可谓妙语连连，如珠玉迸落。我常被逗得一口茶水喷出，拍手失笑。我将博客推荐给文友琴。很快，琴也成了他的忠实读者，跟随作品或喜或怅，或慨或叹。

而此时，他就坐在我们对面。然而一坐下，仿佛身上的劲儿被卸掉，他微拧眉头，脸色端肃，像是不会笑似的，显得心事重重。

琴以为他一路劳顿，难免疲乏，关切地问：这一路可够累的，你出来多久了？去了哪些地方？

他说，走了一个多月，骑骑停停，边走边看。到中原后，先去了少林寺、仙人洞、嵩山禅院，这才赶来与你们见面……

出来这么久，家人会担心吧？我插言道。

他仿佛被戳到痛处，眉心皱成一团，长长叹口气，我这次留了封信，是悄然离开的。

隔着火锅子的腾腾水雾，他的声音变得迷蒙且苍凉，话亦多起来。

他说起跟爱人原是师范同学，毕业后，他去山东一所乡村学校教书，她回内蒙古老家。两年后，在电话那头爱人眼泪的浸泡下，他软了心，结束了两地分隔。原想到那边接着教书，没想到爱人动用关系，非得将他调去报社。

有过争执，吵闹，最终他无奈妥协。她一昂头，撇出一丝冷笑，一个穷教书匠，能有什么出息，到报社，还能混出点名堂。

到了报社才知，复杂的人事令他疲于应付，为此苦恼不已。尽管他凭借一手锦绣文章，名气渐盛，成了当地的一位名编。可他说，最好的赞扬莫过于教书时，村民们那一声恭敬热忱的称呼——东篱先生。

他说，尊一声先生，那是把你高看。教书那几年，吃住在山村，他从不为饭菜发愁，一勺面，一捆菜，几个鸡蛋，一捧花生，悄没声儿地放在门口。可自己呢，还是离开了，一想起这事，心里堵得慌。

原来，博客上笔墨酣畅、快意人生的他，生活中并不顺意，好似日子被劈成了两半。这也难怪我们初见到他，总觉得哪里不太一样呢。

他顿了顿，喝了一口水，又道，还记得我的诗人骑友吗？他的日子过得孤独而窘迫，患上严重的抑郁症。这提醒了我，要懂得舍下，活出自我，这趟出行是想回山村，休假一年去支教。

听到此，我恍然明白，他跋涉千里而来，是把我们当成"树洞"，一个可以倾诉的树洞。而且，因为相离甚远，少了拘谨。诉说过后，他可以放下一切，轻松上路。

那夜，我们围炉夜话，喝到微醺，各自散了去。第二天大早，天边腾起殷红的朝霞时，我们赶去送别，他骑车离开了，带着几分悲壮，一人一狗消隐在风中。

一晃半年过去，有一天，我在电视上看到山东某地发洪水了。忽想到，不知东篱所在的村子怎样？我忙打电话告诉琴，心跟着悬起来。

第二天，琴拿着报纸来找我。她激动得连说带比画，洪水冲垮了木桥，一名老师背学生过河，返回时被水冲走。幸好冲出几百米后，被河边一株枯树拦下，村民发现了他，现已送医治疗。看，这是现场照片，那不是小白吗？得救的是东篱先生。琴指着报纸兴奋地说。

隔了几个月，我看到他博客更新，已回内蒙古。就在我以为他兜兜转转了一大圈，又回到生活原点时，发现他的博客又有新内容。

他骑着那辆摩托车，仍带着小白四处游走，只是改为收购旧书，一摞一摞捆整好，打包寄往乡村学校。

其中一张照片，他被一群孩子包围着，身后是"乐淘书吧"，将收来的书摆进校园书屋。阳光落在他脸上，可能是光影的原因，一半脸明，一半脸暗。再看，那微扬的唇角，分明漾着一朵微笑，亮晃晃，绚灿灿的。

送你一缕兰花香

明晓东

火辣辣的太阳光唰唰地扫过来，像鞭子一样狠狠地抽打在黑黝黝的脊背上，一阵钻心的疼从背上传到心里来。王小毛趔趄了几步终于稳住身子，肩上的水泥袋子漏下的水泥被汗浸成黑灰色的水泥浆，顺着脊背慢慢地淌了下来。

这时，王小毛感觉到一道闪电向他射了过来，抬头，王小毛就看见两条白皙的腿，往上是细长的腰身，再往上是平坦的腹高耸的胸，然后是一张精致的脸。那目光像水一样漫过来，一下子把王小毛淹没了。此时的王小毛就像一个溺水的人，一下子失去了重心，整个人似乎滑向了无底的深渊。王小毛步履蹒跚地向楼上走去，却一下子绊倒在楼梯台阶上，一头栽了下去。

一阵钻心的疼痛中，王小毛感觉额头上一热，有血淌了下来。王小毛索性趴在台阶上，大口地喘着气。一阵淡淡的兰花香飘进鼻翼，王小毛闭上了眼睛。只听耳边咯噔咯噔的声音响过，王小毛感觉胳膊上一阵温热，一只细腻的小手扶住了他，王小毛就势爬了起来。这时，另一只粉嫩的小手伸过来，把一张洁白的面巾纸按在王小毛的额头上，王小毛只觉得一阵眩晕，连忙扶着墙才站稳。淡淡的兰花香再次袭来，王小毛听见女孩在耳边说，扛不动就歇歇吧，看你都成这样了。王小毛连忙抬起头，看着女孩充满关切的眼睛，点了点头。望着女孩好看的背影一下一下飘出视线，王小毛赶紧使劲地吸了吸鼻子，生怕放走了女孩留下的淡淡的兰花香。

晚上，王小毛在工友们讨论女人的时候便问大嘴，那个女孩是谁？大嘴扯着大嘴巴嘎嘎地笑着说，小毛想媳妇了？那可是吴老板的女人，你可想不得哟。工友们哄笑起来。二杆说，小毛想媳妇好办，好好挣钱，过年回家让你娘给你把刘寡妇的瓜女子给你娶过来。工棚里的笑声炸了锅，王小毛红着脸钻进被窝，鼻子里似乎又飘来了那若有若无的兰花香，香得连自己的脚臭味都变得不那么浓烈了。从此，十七岁的王小毛的梦里就被那缕兰花香占据了。

王小毛经常在吴老板揽着女孩的细腰在工地上耀武扬威地指手画脚一番，扭着肥胖的屁股离开后，闻着女孩留下了来的兰花香味，在心里叫她兰香姐。王小毛还在吴老板带着女孩离开后偷偷地跟踪他们，终于摸清了女孩的住处。王小毛还知道，吴老板给兰香姐在工地附近买了房子，偶尔会住在兰香姐那里。晚上回到工棚，王小毛就会在工友们的嬉笑声中找出他藏在被子里的画夹，开始他的画家梦。只是在工友们的鼾声响起时，他的画面上不再是城市的高楼和家乡的山水，而是兰香姐的画像，正面的、侧面的，各种姿势的，但画面的一角，总会插进几枝兰草，旁逸斜出，仿佛飘着淡淡的兰香，丝丝缕缕，若有若无。

王小毛似乎天生就是一个画家，心里总是那样的诗情画意。然而贫穷却是扼杀理想的魔鬼，十七岁的王小毛在高二那个暑假来到了工地，一同带来的除了孱弱的身体还有无边的梦想。王小毛就在工地上画呀画，把工棚里的汗臭味画成幽香的春天，把一天的劳累画成美丽的诗情。

王小毛一张一张地画着兰香姐，画到第九十九张的时候，他做出了一个大胆的决定，他要去看看兰香姐。这时，靠着在工地上挣来的钱，他已经考上了这座城市里的美术学院，明天就要离开工地去学校报到了。

王小毛来到兰香姐住的小区，躲在光影斑驳的树丛里，看着吴老板钻进乌龟壳一样贼亮的汽车里扬长而去。然后，他踩着满地的月光上楼，敲响了兰香姐的房门。王小毛在兰香姐惊异的目光里呆呆地站在门口，语无伦次地说，姐，我想送你一件礼物。

兰香姐看了看王小毛说，进来吧。王小毛缩手缩脚地走了进去，把九十九张兰香姐的画像打开说，姐，我明天就要走了。王小毛看到兰香姐的神情由紧张变为惊奇，就说，姐，我是想把这些画送给你，再给你画一张最美的画像，然后去大学里完成我的画家梦。

王小毛在兰香姐默许的目光里撑开画架，他要面对面地给兰香姐画一幅最美的画像。画完最后一笔，兰香姐看了看画，脸一下子红了，她看到了画面上的自己，正裸着身子坐在一株盛开的兰草后面，背后是一条安静的小河，一缕柔柔的阳光打在胸前，洁白的乳房上跳动着圣洁的光芒，像是一个出浴的仙女，美得让人瞬间就会抛弃一切杂念。

她抬起头，正碰上王小毛痴痴的目光，那目光里满是青春的躁动，却又是那样地干净。她不由自主地把王小毛揽进怀里，把一缕缕兰花香味灌进了王小毛的鼻子，王小毛不由得闭上了眼睛。这时，吧嗒一声，门突然开了，吴老板肥胖的脑袋一下蹿了进来。

原来是你，臭小子！吴老板甩手给了兰香姐一个耳光，然后像狮子一样扑向王小毛，王小毛一下子蒙了。吴老板一边狠狠地打着王小毛，一边骂道，毛都没长齐呢，敢动老子的女人？

这时兰香姐扑过来抱住吴老板，对王小毛说，你快走啊，还愣着干吗？王小毛赶紧抓起画架就跑，身后是吴老板的拳脚落在兰香姐身上的声音。

成了美院学生的王小毛再次来到工地时已经是一个月以后了。大嘴告诉他，兰香姐被吴老板打得半死赶了出来，谁也不知道她去了哪里。王小毛找遍了这座城市，都没有兰香姐的消息。他根本就不知道她姓什么叫什么，是哪里人。她仿佛一缕兰花香，随风飘进他的生命里，又随风而逝，只有那沁入内心的香味永远在他心里。

许多年后，著名画家王小毛的画展上，人们看到最显眼的位置挂着一幅发黄了的浴女图，前面的兰草似乎正浮动着淡淡的暗香，美丽的浴女像圣母一样看着人们，美得让人心碎。看着看着，人们总会发现，画家王小毛时常一个人久久地盯着这幅画，偶尔偷偷地背过身去，轻轻地擦掉眼角的泪水，表情庄重而严肃。

放生记

韦如辉

刚下过一场雨，森林公园弥漫着树叶与泥土的复杂气息。

张三面前遇到一汪水，他想跳过去。哎呀，很不幸，他跌倒了。还好，身体的部件好好的，只是双手沾满了泥。

张三在心里感叹着自己的幸与不幸，小心翼翼地向河边走去。河水清洌，在微风吹拂下，波光不紧不慢地制造着情趣。张三无心品尝这种情趣，他需要河里的水，将手上的污泥清洗干净。

下到河边，张三的眼睛里，现出两个圆圆的东西。张三在心里惊叫一声，天哪。

圆圆的东西是两只鳖。随着张三的脚步越靠越近，两只鳖伸出的小脑袋，迅速缩到鳖盖里。

张三顾不得手上的泥，他伸出两只手，按住了两只鳖。鳖受到惊吓，开始往水里跑。

张三只抓到一只鳖，眼睁睁看着另一只鳖沉到深水里。

张三手里的鳖，盖上长有青苔，他不得不两手相互配合，才把它弄上岸。

张三边走在回家的路上，边美滋滋地想，这么大的鳖，足足四五斤，够自己跟刘春花吃几天的。

看到在张三手里爬动的鳖，刘春花惊叫一声，妈啊，哪来的鳖？

张三把事情的经过给刘春花复述了一遍。然后得意地说，赶紧烧水，马上杀鳖。

刘春花紧闭双眼，双手合十，嘴里嘟囔道，阿弥陀佛。

张三看到刘春花的样子，觉得好笑，却笑不出来。一旦他笑出来，刘春花轻则拧他的耳朵，重则骂得他找不着北。

半夜，刘春花惊醒，好像从水里刚上来似的。

张三问，怎么了？

刘春花喃喃地回答,噩梦。梦中,刘春花被一个小鬼追赶着,一路奔逃,来到河边,掉进河里。河水湍急,刘春花在水中大喊大叫,救命啊!

太阳升起的时候,刘春花告诉张三,把鳖放生吧。

张三不解,嘴里嘟囔着,这么大的鳖放生?

刘春花眼瞪起来,愤怒地说,我不想家里有事!

张三想说,鳖跟平安有什么关系?但是张三没敢说出口。

张三拎着鳖去放生。一路上,引来无数人的好奇,哎呀,这么大的鳖!

一个汉子出现在张三的面前,挡住了张三的去路。张三认得,上次在一块喝过酒,开渔行的,姓什么来着?张三记不清楚了。张三叫了句,老板,有事?

汉子递过来一根烟,不说有事,也不说没事。他的眼睛只盯着张三手里的鳖,笑吟吟地说,嗯,野生的鳖,少见了。

张三不管它是野生的,还是饲养的,他都要放生。

汉子听到张三要放鳖,连忙说,张科长,这鳖我要了。

张三一脸的不高兴。他不高兴,不是因为汉子要他的鳖,是他公然叫他张科长,不是明摆着寒碜人吗?

汉子伸出一个巴掌说,五百块。

张三心头一动,五百块,不小的数字,一个星期的薪水。张三又想,不行,刘春花让放生的。

汉子似乎猜透了张三的心思,他这样跟张三说,你这只鳖给我,我给你一只同样大小的鳖,再找给你四百块钱,咋样?

张三心里,好像两瓶好酒在蹦跶。刘春花怎么办?她可是个难缠的主儿。

汉子再劝,反正是放生,放哪只不一样?你看这两只有什么区别?汉子快步跑到一个水盆边,拎起来一只拧着脑壳看着张三的鳖。

张三拎着鳖,兜里揣着四张"红皮",兴高采烈地往河边走,正好碰到王五。

王五知道张三逮住一只野生鳖后,高兴得不得了,接二连三地表扬张三。

张三受到王五的表扬,不但没高兴,还摇头叹息告诉王五,他要去放生。

王五说,放生?神经病!王五的眼睛越瞪越大,唾沫星子喷了张三一脸。

王五把嘴伸到张三的耳朵上,告诉张三一个秘密,科长老婆犯一种病,到处买野生鳖作药引子。王五的意思很明确，张三应该把野生鳖送给科长。

张三本来没有这个想法，他也不想巴结谁。而王五满嘴跑火车，搞不好他没到河边，科长就知道了。

好了，张三自然把鳖送给了科长，科长跟老婆直夸张三是个好同志。

到了年底，张三没有评上先进，科长坚决反对张三当先进，尽管张三的民意测评并不差。

王五酒后将张三拉到一边说，你那鳖不是野生的！

张三的脑袋瞬间大了，科长怎么知道的？

一夜没睡，张三明白了，那次跟汉子在一块喝酒，就是科长招呼的。

消失的李斯

叶 孤

　　我找了好久都没有找到李斯，他从我的生活中消失了，凭空消失了。

　　李斯跟我是同村，一起玩泥巴长大的发小。我们从小学到初中，一直都是同学。初中毕业后，我们又一起从苏北来到苏南打工，也在同一个电子厂里。

　　从小到大，我们的关系一直很好，好到可以穿同一条内裤，直到进了电子厂之后，我们才把形影不离这个成语劈开。

　　那一次，车间缺一个组长，我本来有希望顶上去的，哪知道李斯这家伙动了点手脚，请车间主任在厂门口饭店吃了个饭，就捷足先登了。李斯是我兄弟，我自然不会说什么，我还为他高兴。有时候我感觉，他就是我，我就是他。

　　半年后，车间主任生病回家休养，位置空了下来，李斯送了厂长两条香烟，顺利补了车间主任。在高兴之余，我劝李斯不要急功近利，这才进厂大半年时间，就当了车间主任，车间里的好多老工人都议论纷纷。也只有我关心李斯，才跟李斯说。

　　李斯非但没有领情，还说我羡慕嫉妒恨。我说我没有，我们是从小玩到大的好兄弟，我是真心希望你好。

　　李斯当了车间主任后，车间里不少小姑娘都找机会接近他。我能感觉到这些女人接近李斯是有目的的，想把加班多记一点，想把产量多报一点，那样她们的工资也就多一些，但是李斯完全没有察觉，还觉得自己英俊潇洒，讨女人喜欢。后来我也不好再说什么，如果李斯真的找到媳妇带回苏北老家，我也会为他高兴的。

　　一个月后，李斯出事了。他和车间里一个叫小惠的女孩好上了，哪知道小惠是有夫之妇，他们的丑闻很快传遍整个车间整个电子厂，小惠的老公提着一把菜刀找到厂里，把他砍伤了。

　　在医院，李斯孤孤单单的，除了我之外，没有一个人来看望他。李斯说，还是你这个兄弟好。李斯坐在病床上还暗暗发狠说，等我伤养好了，一定去把小惠老公给砍死。我就使劲劝阻，冤家宜解不宜结，何况是你先勾搭人家老婆。李斯回了我一句说，是小惠那个死女人先勾引我的！

几个月后，李斯伤愈出院。他回到厂里，发现车间的形势变了。在李斯住院期间，以前的那个车间主任休养痊愈回来了，小组长的岗位也早被其他人填满了，要回厂继续上班，除非李斯愿意从车间的操作工重新干起。

一气之下，李斯离开了电子厂。李斯说自己要创业开厂，开的也是电子厂。作为好兄弟，我当然支持他，我也辞职追随李斯创业。

李斯这人脑子灵活，做事会耍手段，做什么都能成功。他租了两间民房，从电子厂里接点零碎活，招了两三个年纪大、工资低的工人，开始了小老板的生涯。电子厂的活也不是那么好接的，但是李斯还是用同样的套路，联系上了电子厂的厂长，请厂长吃饭，送高档香烟，还带厂长去娱乐场所消费，两次就把厂长给拿下了。

几年后，李斯把一个手工小作坊做起来了，注册了自己的公司，租赁了更大的厂房，工人已经好几十个了。李斯没有忘记当年的屈辱，花重金把小惠等几个老电子厂的工人挖过来，并且继续和小惠勾搭在一起。小惠在公司里宛如老板娘，甚至凌驾于我之上，而小惠的老公很奇怪，竟然从此再没出现过。

我又发挥着我的良药功能，劝说李斯，不要和有夫之妇纠缠，不要好了疮疤忘了痛。虽然公司初具规模，但毕竟是事业上升期，不能胡乱瞎搞。

李斯说，不要以为你不告诉我真相，我就不知道。当初小惠主动引诱我，就是老车间主任一手策划的，他是为了抢班夺权，把我搞下去，暗中唆使小惠的老公砍伤我……

其实这个事情我一直没有告诉李斯，就是怕他知道真相，更加惹出事情来。

李斯继续说，我公司发展壮大，上了规模，我也买车买房，我成了大老板，我故意把小惠请到厂里，继续睡她，就是为了报复她……你知道小惠老公明知我和他老婆的事为什么不敢吭声吗……因为我给了他很多钱……哈哈……说到最后，李斯竟然露出狰狞的样子，让我都快不认识他了。

后来公司渐渐变大，李斯也越来越有钱，车变豪车，房变别墅，小惠早已被他抛弃，换成了别的小姑娘……而我也和李斯渐行渐远……

　　直到有一天，快要过年了，我才想起李斯。以前我俩总是一起回苏北老家过年，这次我又准备邀他一起回去。结果，我发现李斯不见了。

　　我找了好久都没有找到李斯，他从我的生活中消失了，彻底消失了。

　　我只好一个人回到了苏北农村的老家。刚到村口，我就遇到一个熟人。他热情地跟我打着招呼：哟，李斯回来啦！

鼓　掌

朱士元

　　步入柔和的聚光灯下，屠总看了看主席台上的席卡，又向台下瞥了一眼，随后坐到了自己的位置上。

　　台下，600多双眼睛一起集中到屠总的脸上，好似要在那张脸上发现新大陆似的。

　　朋友们，家人们，你们辛苦了！屠总手拿话筒走到台前，边说边向台下深深地鞠了一躬。

　　掌声，从左边开始响起。那掌声，很快响彻整个会场。

　　坐在中间的李老汉，两只手情不自禁地跟着鼓了起来。这个掌鼓得让他有点厌烦，时间太长了。

　　朋友们，家人们，你们的到来，让我万分地高兴，我感谢你们！屠总又向台下鞠了一躬。

　　掌声，从右边开始响起。那掌声拍得很有节奏，一波一波的。

　　李老汉随之跟着拍了起来，可就是拍得不协调。他的掌声总是在大家的空隙中响起，可谓一枝独秀。

　　朋友们，家人们，为了一个共同的目标，我们相聚到一起，我为你们的选择感到无比高兴。屠总话音未落，带头鼓起了掌。

　　掌声，从四面八方响起。那掌声，穿过门窗传向远方。

　　前后看了看的李老汉，每个人的手都在使劲地鼓着。不知不觉中，他也用力地鼓了起来。

　　朋友们，家人们，你们选择"鼎盛"这一最具时尚的保健品，你们选对了。选择"鼎盛"就是选择了健康，选择了幸福。我感谢你们，我祝福你们！

　　掌声，从后边开始响起。转眼间，全场掌声如潮，一浪高过一浪。

　　站起身来的李老汉，左右看了一下，好多人在拼命似的。掌声中，李老汉感到自己的双手有些麻木，几乎合不到一起了。

李老汉，快点鼓掌啊，屠总在看着你呢！一位打扮奇艳的小姑娘走到李老汉身边说。

我——我——我的手有点麻木了。李老汉看了看那个小姑娘不知该说什么。该死的王老三，你劝我来参加游玩活动，难道就是让我来鼓掌的吗？

快，快点鼓啊！小姑娘催促道。

我——我——李老汉朝台上看了看，那屠总的目光像一把利剑正刺向自己呢。他随即用两只手拍向自己的大腿。

台上，屠总的声音高昂激越，不免激动人心。

不过，掌声一次比一次低沉，再也没有刚才那股潮水声。三三两两的掌声似水滴一样，没有一点生气。

觉得奇怪的李老汉，他向前后左右看了看，每个人的脸上不再有刚才的兴奋了，留下的是一种怀疑的神色。

朋友们，家人们，为了感恩你们的到来，我们的产品今天只收半价，以表示对你们今天来到现场的回报！屠总放开两臂，大声疾呼起来。

我要两箱！我要三箱！我要五箱！有三十多个人抢先站起身，向屠总拼命地叫喊。

服务人员把产品很快递到了每个人的手上。拿到产品的人高兴得鼓起掌来，满场的人也跟着鼓了起来。

李老汉朝那些买到产品的人看了看，又听了听那掌声，不知这掌声怎么又一下子响起来了。

向四周再次看了看的李老汉，不觉大吃一惊。那站在边上带头鼓掌的人不都是这家公司的员工吗？是——是他们在引导大家鼓掌啊？我——我上——上当了。

李大爷，你看人家都买了这么多的产品，你还犹豫什么呀？还不赶快去买啊。不知那个打扮奇艳的小姑娘什么时候又站到了李老汉的身边。

我——我没——没带钱。李老汉吞吞吐吐地说着。

没带钱，怕什么，还能怕你跑了？小姑娘催促道。

不——不可以。李老汉不觉中想起三年前也是参加这样的游玩活动，硬让那售货的小姐给派了三千块的货，当时没给一分钱。到家没有一个月，小姑娘天天上门来催要，好不容易把钱凑够了。可那玩意儿，没见一点效果，反而弄得身体有些不适。这回啊，万万不能再拿我这点退休金去打水漂了。

老哥哥，这个产品好着呢。我上次买了，效果特别好，我现在血压不高了，血糖正常了，血脂也正常了。你呀，千万不要错过这个机会。一位年近六十的老大妈对李老汉说。

李大爷，你看人家王大妈，都吃出这么多好处来了。你还不赶快去拿几箱。人哪，除了健康，别的还想什么呢？

从那个打扮奇艳的小姑娘手里接过三箱"鼎盛"保健品的李老汉，两手不停地抖着，心里确实没个底啊。如果这东西再无效果，浪费钱倒是小事，那不就更容易带来反作用了吗？

李老汉刚接过保健品，全场的掌声如雷，快要把会场的房顶给震破了。

心里慌张的李老汉，抱着那保健品一步一步地向大门外走去。掌声，仍在他的身后不停地响着。

两个月过去了。王大妈来到李老汉家中取钱。

睁圆了双眼的李老汉，好半天才说上一句：怎么会是你啊？

王大妈没有回答，用两手轻轻地鼓起了掌。

该死的掌声！那玩意——李老汉话未说完已瘫倒在沙发上

公 输

陈振林

公输卧在榻上，满脸倦容。

他已经老了，老得让皱纹爬满了脸，让头发染上了霜。他已经病了，病了半年了。曾经的他，真是名满天下。

他又叹了一口气。做相国几十年了，他放心不下国事。他知道，如果没有一个人来接替他的位置，恐怕国就会慢慢衰弱下去了。

他的对面，坐着王，这个国的王。王是前来探望他病情的。但他知道，王也是来向他询问国事的。

王看着他的脸，也陪着他叹了一口气。气流从王的口中慢慢地飘出，像一段音乐。

老公输知道王的心里在想什么。

就着卧枕，老公输的身体向前倾了倾："王啊，我走之后，您并不用担心的，我其实，早已为国物色了一个优秀的年轻人。"

"哦。"王应了一声，惊喜的样子。

"这个年轻人才能于我，十倍。"公输的声音大了一些，他将"十倍"说得重重的。

"那他，人在哪里？"王有些急切。

"这个年轻人，就在我的家中，帮着我做些事儿，有时只是抄抄写写，有时和我谈古论今。但他的才，十倍于我啊。"公输又说。

王点了点头。王没有继续问下去。

老公输吞了吞口中的唾液，压低了声音："王啊，您能用上这个年轻人，乃举国百姓之幸运。"

王又点了点头，没有说话。

"但是，王啊，要是您不用这个家伙，那请您一定杀了他。"老公输又提高了自己的声音。

"那是为什么？"王提出了自己的疑问。

"因为，不为我用，定为他用，将会成为我们的劲敌。"老公输一字一字地说，字字铿锵。

"哦。"王又应了一声。王似乎是记下了这件事，他叮嘱老公输身体要紧，自己急着回到王宫去了。

一袭白衣从老公输面前晃过，老公输轻轻地咳嗽了一声。白衣飘到了病榻前。

老公输顿了顿嗓子，对着白衣小声说话："年轻人，我刚才已向王举荐了你。"

"谢过师傅。"年轻人立在病榻前，恭敬回话。

"如果王用你，你定会大有一番作为的。"老公输说。

"多谢师傅用心。"年轻人又回应道。

"可是，如果王不能用你，请你迅速远离本国。"老公输的语气变得严肃起来，"因为我向他也说了，你之才十倍于我，如不能为我国所用，将会为他国所用，成为我国之劲敌。"

年轻人站在病榻前，泪流满面。他的心里，感激这位就要离开自己的老人。

老公输离开人世的时候，安详地看着年轻人。

就在当夜，有人传话，王派出大批武林高手前来捉拿年轻人，要置之于死地。公输府内，不少人已做好应对的准备，想要保护府中的这个年轻人。

年轻人并不慌张，也没有做好出逃的准备。他轻轻地对来人说："我要料理老人的后事。至于其他，可以不顾。再说，我想，王肯定不会加害于我。"

果然，并没有传言中的杀手到来，年轻人有条不紊地忙着老人的后事，计划着自己未来的事。

一个有着皎洁月色的夜晚，年轻人带着一个随从不慌不忙地离开。小随从不停地问："你为什么就知道王不会杀掉你呢？"

白衣飘飘的年轻人哈哈大笑："在他的心里，我并非有用之才。既然非有用之人，为什么要杀掉呢？"年轻人将手中的马鞭挥了一挥，白马如流星一般，向西奔去。

刮旋风了

穗　子

早晨我是被大门一阵紧似一阵的吱嘎吱嘎声吵醒的，掀起窗帘一看是又刮旋风了，这股旋风把村道上的灰尘和垃圾吹起来，在我家门口团成了一根乌烟瘴气的立柱。我吓了一跳，哗的一下把窗帘全部拉开："柱子你看，这是咋了？"

河沿村西面和北面靠山，东面是河，南面是溜平溜平的田野。公路在村东头一里地之外，一座木板吊桥是这个屯子跟外面的唯一联络。一到了大地解冻的时候屯子里就经常刮旋风，我刚嫁过来那会儿还觉得新鲜，婆婆跟我说："有这么个拐把子山挡着，年年春天闹旋风，有一回刘跑腿子家的房盖都给揭下来了，那风刮得才邪乎呢。早年间住茅草屋的时候，家家户户院子里必备几块大石板，一到刮旋风的时候就得上房压。到了夏天还得把石板取下来，省得屋顶存水，草烂得快，哪年都得这么折腾一次。咱家大门口铺的那几块石板，就是当年压房顶用的……"做饭时婆婆当初的絮絮叨叨犹在耳侧，吃完饭得想着让柱子给大门抹点黄油了。

大舅妈急急地走进院时，我和柱子刚坐到饭桌跟前，今天早晨炸了鸡蛋酱，喷香喷香的。我还没来得及起身，大舅妈已旋风一样坐在了炕沿上。

"还有心思吃饭，你们还有心思吃饭！"

"大舅妈，这又咋的了？"我笑嘻嘻地瞅着她的一脸乌云。大舅妈是柱子的大舅妈，她就这样，遇上丁点儿的事儿也能愁得半死。"我刚熬的小米粥，你来一碗不？"

"我问你们，前屯赵三家的牤子丢了你们知道不？"

"知道，昨天留根儿媳妇来说的，说派出所的人还来咱屯打听了呢。"

"现在，满屯子都传开了，说是牤子是柱子给整走的。"

柱子乐了："大舅妈，这不是瞎扯吗？咱啥时候干过那缺德事儿。"

"卖店里的人说得有鼻子有眼儿的，说是丢牛的那天早上四点来钟，村东头老李太太看到官道上一辆四轮子拉着一头牛，开车的就是柱子。"

大舅妈这么一说，我才意识到昨天留根媳妇不对劲儿，嘴撇着，眼睛在我身上一剜一剜的。我胸口立刻像被塞进去了一团乱麻，没有胃口吃饭了。

"老李太太都老成啥样了，官道离得那么远，她能看见吗？"柱子依然吧唧吧唧喝粥，头都没抬。

接下来大舅妈领我去了老李太太家。老太太牙都没剩几个了，说话直漏风："嚼舌头都嚼到我老太太身上了，这是哪个不得好死的这么丧良心？我这么大岁数能扯那个闲话吗？拉瞎话的人也不怕哪天我死了变成鬼找他算账去……"

可是，下晌乡派出所的人就来我家了。

"柱子，7号晚上你在哪儿？干啥了？"

"我在家呀。睡觉了。"

"谁是证人？"

"我媳妇呗，还能是谁？"

我点点头，一声没出。

"8号早上呢？"

"8号？8号是哪天？我干啥了？"柱子瞅瞅我，眼神怯怯的。我立刻接过话茬："曹所长，你也不用东问西问了。俺家柱子是老实人，绝对没干那缺德事儿。别说是个牤子呀，就是只老虎俺们也不稀罕，你说说是哪个不要脸的把屎盆子扣到俺们头上的？"曹所长到底没说什么就走了，大舅妈却给打听出来了。"是孙寿的老婆到处嚷嚷的，她现在就在卖店，你去，你去骂她一顿。"

说起孙寿家还真有可能。去年冬天的晚上，素无来往的孙寿来串门了。孙寿跟着他老姨父包工程挣到了钱，回村来竞选村长，那些天他每天晚上都得走几家。云山雾罩地白话一通后，他留下了600块钱，说是给柱子买烟的。柱子说啥没要，撕扯到大门口才把钱塞进他的口袋，投一票200元这是孙寿开的价。不能选孙寿哇，他家盖房子强占邻居的地盘儿，把大梁家的傻闺女搞大了肚子，砍死在地里偷嘴的邻居带崽儿的老母猪……那家伙啥事儿都干，就是不干人事儿。孙寿没当上村长，他显然是记恨了柱子。

"大舅妈，我不去。"

"完蛋玩意儿！咱又没偷牛，有啥怕的？许她到处败坏咱名声，就不许咱跟她说道说道？"

"可我不会骂人哪。"

"你去就行。你往那一站，我帮你骂。要是你老婆婆还活着，这事儿还用我出头？"

"大舅妈，你帮我骂我也不去。孙寿老婆那么泼，我害怕。"

"完犊子的货，活该挨欺负！"大舅妈恨恨地走了。

之后的几天我和柱子都不敢出屋，连给大门抹黄油都不敢，天天听着旋风摇门，吱嘎吱嘎响得瘆得慌。到了夜深人静的时候，我俩才牵着手去村头吊桥上透透气，那时候闹腾了一天的旋风总算停了下来，只有薄冰底下的流水，还是那么从容不迫。

连我们自己都觉得像是偷了牛。

我再一次炸鸡蛋酱的那天早上，留根媳妇又来串门了。"那犊子找到了，让旋风刮到北山根大崴子摔死了，放羊老头儿看到的。"留根儿媳妇走后我和柱子相视一笑，胸口那团乱麻立刻没了影。

"都怨你，你早点儿炸鸡蛋酱，不就早没事儿！"柱子这会儿又来了能耐。

1960年的牛肉

袁良才

1960年冬天，我们生产队发生了一件大事：一头老牛在山坡上吃草时，不小心跌落摔死了。

我爸老秋当时是生产队长，听说老牛摔死了，真比我爷爷奶奶先后饿死还要伤心，他扑在早已失去体温的老牛身上，哭得鼻涕一把泪一把的，大伙儿却并未显出多少悲伤，反而掩饰不住心底往外冒的惊喜，把我爸拉胳膊抱腰地拽起来，劝慰道，牛死不能复生，它只有这么长的阳寿，一切都是天意。秋队长，好在队里还有几条身强力壮的犍牛，不会耽搁"大跃进"。你看，这死牛怎么办？

我爸终于止住了鬼哭狼嚎，咳嗽了一阵说，还能怎么办？报告一下公社，叫老拐来，把牛皮剥了。我爸话刚落地，围观的社员们禁不住发出一阵欢呼，我爸眼一瞪，幸灾乐祸啊？看把你们这班家伙馋的！大伙儿赶紧屏声敛气，不是低头缩脖子，就是挤眉弄眼吐舌头儿。

很快，老拐便被人从饲养室叫过来了，丁零当啷地带着"家伙什"。老拐看到老牛尸身的那一刻，眼圈儿立马发红了，喉咙里咕噜好一阵，到底憋住没哭出来。他颤抖着手，先是抚了抚牛头，又摸了摸牛身子，空气仿佛凝固了一般，此刻没人敢胡乱走动，更没人胡咧咧扯混账话儿。

虽然是在背风的山窝里，但人们听得旷野里的朔风刮得吹口哨似的叫，开始有雪粒打在脸上，生疼生疼。山上松树林里的老鸹凄厉地叫个不停。老拐猛地立起身子，满是黄牙的大嘴丫子里横噙着一把尖刀，大喝一声，老牛老牛你莫怪，你也是人间一道菜！来世你投个好胎——只见老拐单膝跪地，先敲掉老牛的四只蹄子，刀下霍霍地剥开牛腿上的皮，接着从牛唇上下刀，掀开牛头上的皮，然后顺势先后犁开牛背和牛肚皮，弯腰拼尽全力扯了几扯，整个牛皮就被完好无损地揭下来了，带着淋漓的血污。

好身手！围观的人群这才齐声喝一阵彩，开始有说有笑起来。老拐难免有些得意，暂时停了手脚喘口气儿，就有人紧忙着趋前给他捶背捏腰儿，还有人给他递上旱烟袋，一缕缕白烟袅袅地冒出来，很快又迷茫在漫天的雪花里。

秋队长，回头我晾好牛皮，开春卖给供销社，也是生产队的一笔收入。我爸一直蹲在人群外面，闷声不响地一锅一锅地吧嗒旱烟，这时才猛醒似的有气无力地搭话，好嘞。老拐，杀牛，外带侍弄牛皮，队里给你记三个工分，不让你吃亏。说着，终于立起身，挤进人群，瞭了瞭白光光的牛身子，咕哝道，怕有小四百斤肉哩！杀好，就按人口来分肉，精肉搭下水，莫埋怨吃亏上算的。

老拐歇足了劲，开始将牛大卸八块，边卸边恨恨地说，还挑肥拣瘦？得亏这老牛通人性，选择在这个当口跌死，不然队里又该饿死人啦！大伙儿唏唏嘘嘘一阵，纷纷表示，听队长的，按人口分，没得话讲。老拐号称一刀准，不偏心儿。

我爸突然吸溜了一阵鼻子，哽咽着说，我提议，牛头就别分了，找个向阳有水有草的地方，把它埋了，给堆个坟包儿。老牛不容易哩！大伙儿一致赞同。这天黄昏，我们生产队家家户户屋头上都冒起了迷人的炊烟，村头村尾都飘溢着牛肉诱人的香味儿，一时间真比过年还要喜庆。我家分到了六斤牛肉，我爸对我妈说，我们留一半吧。另一半，让春儿送给她大姨家，那个生产队更饿肚子哩。

我姐望春用小竹篮拎着三斤牛肉，顶着漫天雪花，乖巧地深一脚浅一脚去了十华里外的大姨家。直到天黑透，还不见我姐回来。妈急了，心神不定地说，说好了等她回来吃牛肉。春儿不会有事吧？我爸连啐我妈道，瞧你这乌鸦嘴，能有甚事儿？但爸到底不放心，对妈说，你先别忙着烧牛肉，我去迎迎春儿。

我爸雪人似的一气跑到大姨家，大姨说，春儿没来呀！我爸心里咯噔一下，知道不好，又一路往回找，一路找，一路喊，凄厉的喊声震得天地间的雪花坠得愈急愈密。我爸终于在一个陡坡下，发现了我姐望春几乎被白雪覆盖了的僵硬的瘦小身体，竹篮子被压扁了歪倒在一边，只是不见了那三斤牛肉……

我们家那次没吃牛肉，从此我们家每个人都不吃牛肉，甚至尽量回避提起那个敏感的字眼。

没过几天，我爸就被县公安局抓走了，说是有人检举我爸故意害死了耕牛，我爸对此供认不讳，被判处三年有期徒刑。

我姐望春的命案却成了无头案，我妈为此哭瞎了眼睛。

直到六年后我来到这世上，爸对我讲起这段往事还泣不成声。

仓爷的命根

徐国平

乡里下了通知，收下这茬玉米，地就不能再种了。

好好的地咋就不让种了？仓爷怎么也想不通，就跟丢了魂一样，茶不思饭不想，一趟一趟地往乡政府跑。他说不想要那么多钱，只想安安生生地种好自家的地。他还再三说自家那块地肥得都淌油呢，方圆几十里也找不出那么好的地。

一说起那块地，仓爷就跟夸自己的亲生儿子一样，絮叨起来就没完没了。

起初，工作人员耐着性子听，还跟他解释，占地是乡政府的统筹规划，为了招商引资，更好地发展全乡的经济。仓爷的耳朵眼里却跟塞满土坷垃块一样，半句也听不进去，较着劲说，不能为了经济，老百姓就不种地吃饭了。人们就笑他傻，有了钱想吃啥不中啊，看你八成是一下拿那么多钱烧晕了头吧！仓爷说有人才傻，守着金山银山也备不住挨饿。

后来，乡里的人干脆跟躲瘟神一样躲着他。

四周的邻地，没几天工夫就签字了。现在还有几个好好种地的人？粮食不值钱，种地是累赘，许多人巴不得早把地占去，换成大把的钞票，拿着更现实些。仓爷瞧着又伤心又生气，一个人在地头跺着脚骂，这些败家子，地都卖没了，子孙还吃啥？

只剩下仓爷那块地了。乡政府不断派人劝说仓爷。可无论谁劝怎样劝，仓爷就是不签字。无奈之下，乡政府撇开仓爷，采用迂回的手段找到仓爷在城里的儿子粮囤。

粮囤一家都在城里搞装修，生意很忙，也几次劝仓爷进城，可他就是不去，说："家里的地谁种？"粮囤说："干脆转给别人吧。"仓爷不放心，说："那块肥地还不给毁了。"粮囤生气："难道就你一个人会种地？"仓爷说："这辈子没别的能耐，俺就会种地。"

粮囤几次回来，瞧见整片地里就仓爷一个人挥汗如雨，挥锄耪地。粮囤怨仓爷死心眼出憨力，喷上除草剂多省事啊。仓爷说："哄人哄不得地。"粮囤就笑：

"你打的粮再好，还不跟别人一个价卖掉，换回的面粉也不知是谁种的，你能吃到自个种的粮吗？"

仓爷斗不过粮囤的嘴，就赌气说："你咋说，俺也要把地种好。"

粮囤也就懒得再理仓爷。

这回，粮囤一听乡里要占地，自然高兴。一来断了仓爷种地的念想，二来还能拿到大笔的占地补偿。

粮囤连忙回家劝仓爷："全村就你死脑筋，种了大半辈子地，还嫌没种够啊，乡里补偿那么多钱，你拿着享清福多舒坦啊。"

仓爷没点头，却给粮囤讲起了故事："一次发洪水，一棵树上躲着一个农夫一个商人。农夫背着一口袋干粮，商人背着一褡裢元宝。洪水几日不退，农夫不急，吃着袋子里的干粮，商人眼巴巴瞅着饿坏了，从褡裢里掏出一个元宝买了农夫的一块干粮……"

粮囤早就听厌了，不耐烦地说："你又来了，都讲了多少遍了，不就是农夫不卖给商人干粮，洪水退后，商人饿死了，农夫没有死，还白得了商人的元宝。"

仓爷叹了气说："再讲十遍怕也白搭，因为你们这帮年轻人根本不知挨饿的滋味。"

粮囤只好背着仓爷签了字。

仓爷气得吐血，将那几沓钱甩在了粮囤的脸上。

随即，仓爷就变傻了。自早到晚站在地头，呆呆地盯着推土机开进了那块肥地，浑浊的老眼被风吹得失去了所有光泽。他模模糊糊地看着那些推土机在那块肥地上肆意地碾轧，挖土机巨大的挖斗将一团团泛着油亮光泽的泥土托举到半空中，然后将它们扔进一辆辆卡车的车厢内。

突然，仓爷感到一种无比的剧痛感，就像挖他的心肝一样。他一步一步地朝着挖土机下面走去，他的呼吸被泥土迷人的芬芳气息牵引着，就像看见自己年轻时扶着的犁头下翻动的泥土。仓爷的脚步轻盈起来，他听见新鲜的泥土被他的双脚一下一下地踩过，它们在秋日的蓝天下发出一种动人的低吟，像哭泣像歌声像浇地的水在广袤的土地间蜿蜒流淌。

仓爷知道在这个季节农民是不能闲着无事可做的，他们应该撒肥耙地耕地，然后再打埂播种。而现在他再也不能像往常一样消闲地劳作，那块肥地从今往后永远不再属于他了，赖以生存的命根彻底没了。

于是，仓爷变得泪眼婆娑，他平生第一次有了败家的羞耻与惭愧，他用耙子一样弯曲粗糙的手一次次抹干眼角盈积的泪水，像一个罪人跪拜在泥土上，久久不起。很快，他完全被耳边巨大的机械轰鸣声掩盖了，他最后一次看清楚头顶的那方天空还是和从前一样湛蓝无垠。

这时，仓爷想起他爹饿死前留给他的那句话：守得方寸地，留与子孙耕。

事后，那个操作挖掘机的司机说他根本没有看见下面有人，可当他倒车的一瞬间却真真切切地听到了一声惨叫，那喊声如同从地缝中钻出来一般，让他从无数次噩梦中惊醒。

仓爷完全是死于意外。

去帮忙料理丧事的人们，一走进仓爷的家，无不惊叹于他存了足足一万多斤粮食，三间屋里，除了一个窄小的土炕全是粮食，几个粮囤都有一人多高，满满的！

人们都纳闷，现在都啥年景了，仓爷还存这么多粮食干啥？

养 女

张 弘

车上除了司机和售票员外，乘客就母女俩。

他们四人一直无语。最终，还是小女孩打破了宁静，她问道："妈妈，我们去哪啊？"

母亲没理会她，歪着头看向窗外，脸上写满了心事。

小女孩噘着嘴显得不太开心，但也没敢多问。

售票员看着小女孩那闷闷的样子，终于没有忍住，对她说："小闺女，我们是去岩村。"

"岩村？我们真的是去岩村吗？"小女孩兴奋地摇着妈妈的手臂问。

"嗯，我们是去岩村。"

"那我就能见到大外婆啦，岩村的大外婆。"小女孩一提到大外婆，这位母亲沉默地望着窗外，两只手不自觉地搓着衣角，似乎岩村和大外婆都是她的禁区。

"大妹子，你是岩村人吗？我跟这条线路那么多年，好像没见过你呢？"售票员疑惑地问，仔细端详起这位母亲。年轻的母亲则低下了头，好像生怕被认出来。

"我想起来了，你是小红，老李头家的？这么些年了，你终于知道回来看看了。"认出小红之后，售票员并不友好地说，"老两口把你从三四岁养到那么大，到头来你还是回了亲妈那儿，你可真能做得出来……"

被叫出名字的母亲将女儿的双手紧紧地攥在手里，抬起头用乞求的眼光看着售票员。售票员望着小红渐红的眼睛，再看看边上的小女孩，把余下的话咽到肚子里。

直到岩村她们再没说话。汽车吱呀一声，停在路边，小红拉着女儿慌忙逃离了车子。她抬头看到了站在路边的养父，眼泪终于没有忍住。

老李头拉着小红的手，关切问道："你妈妈好些了吗？这么多年难为你了。"

"爸，是我不孝，这么些年苦了您和娘，要不是二叔来找我说起，我都不知道娘得了这么严重的病。"小红哽咽着，想要擦干眼泪，却越擦越多。

"闺女，不哭，不哭哦。让爸看看你的孩子。"

"来，叫外公，你不是一直想看看岩村的外公外婆吗？"小红将女儿的手交到老李头手上，一边招呼着女儿。

"这就是你上次说领养的那个小姑娘吧？我来抱抱！"老李头轻声地对小红说。

老李头拉着小姑娘，满脸爱惜："大外婆身体不太好，不能来接你，我们去见大外婆好吗？"

"太好了，我要见大外婆喽，我要见大外婆喽！"小姑娘搂着外公的脖子高兴地说。

"我第一次见到你时，你也就这么大。"老李头感慨道，像是对小红说，又像是自言自语。

六 爷

天 晴

　　六子，是我们水城犄角旮旯儿都找不到的小人物，名字常不被提起，最近两年因为在家排行老六，熟人称他六子。怎么排的呢？老娘为大，女儿第二，老婆谦居第三，两只泰迪老四老五，轮到最末，就是他老人家了。

　　六子在家怕老婆。老婆给一家私企当副总，钱赚得多，买了两套房。经济基础决定上层建筑，老婆地位日益飙升。要不是人家懂事，宠女儿，早就拿第一把交椅了。老婆整天忙得不见人影，六子的活计就是遛狗，或者说，两只泰迪遛他。

　　六子有工作，镇上一个什么所，不忙。双休日、节假日，常跟三五个牌友凑一起玩儿。玩儿啥？打升级。从2打到王，再回过头从3打到王，依此类推。他们不要钱，一玩就到日上三竿，几个人轰轰烈烈打发时光。

　　遇到三缺一的时候，牌友就电话找六子。有次六子声音极小，说我老婆看电视呢。靠！跟你老婆看电视有啥关系？几次这样说，大家伙儿才闹明白，原来老婆一看电视，他六子就被拴在裤腰带上陪看，陪看就出不来了。

　　六子家有套闲房，却害怕大家去祸害，于是牌友们打游击战，最多的是去老张家，老张家在南四环，清静。老张的老婆脾气随和，还给沏茶倒水，有时招待一盒香烟。等烟雾在客厅里袅袅升起，她就躲进卧室或者外出逛街，她气管怕呛。六子每次来，为了这口烟，另带一身运动服。换上之后，靠沙发上，手里捏着扑克牌，眯着眼吞云吐雾，仿佛天下美事儿就这了。临回家，再把运动服脱下换上临来的服装。为啥？媳妇闻不出烟味儿啊。

　　在家怕老婆，在外面也怕人，尿样！大家对六子恨铁不成钢。这天他正开车去老张家，连同两个牌友山子和立武，三人有说有笑的。正缓缓直行，猛地从右手胡同蹿出一辆车，"咣当"干上了。俩车打完趔趄，都停下。

　　对方的车是桑塔纳，没咋地。车主虎背熊腰，脸膛黢黑，愣愣的。

　　六子的马自达右车门有一片剐蹭的痕迹，掉了核桃大小的一块儿漆。黑汉和六子都哑巴了。

立武说一通。黑汉的手颤得厉害，脚也跺起来，说什么急着去杀人，他老婆有外遇，怀了人家的种云云。

山子一通说。黑汉从裤兜里抓出一把钱，总共200大洋。

打住，六子开腔了，我听大哥口音是青龙人，在这儿人生地不熟的，我也不为难你，这钱你装回去，就算我运气不好，自己修修算了。

"吱——"，山子和立武泄了气。

黑汉怔了一下，脸上肌肉松弛下来。

不过，你听我说，别去杀人。六子说。

磨叽，狗男女正在酒店鬼混，别耽误我时机！黑汉嘟哝了手机号，"哧——"，车就跑远了。

老张家门口。六子拨电话，你要冷静啊，杀了人，你的命也搭上了！

老张家卫生间。六子说，既然她心不在你这儿，要不就离了，再找一个，好女人有的是……

不要命的人你也管，你今儿个犯糊涂了！大家冲六子横眉冷对。

转眼腊八了。早晨六子在公园遛狗，电话响了：嘿，咱爷，想不到吧？是我！我还活着。

哦，青龙的傻兄弟。

哈哈，腊七腊八，冻死鸡鸭，我叫人给你送去两只鸡，还有八宝米、粉条啊。

小年先天，六子正打升级，收到一个莫名短信：晚六点开心酒店306有请，必到，欢迎带好友。几人叽叽喳喳去瞧个究竟。

桌上螃蟹、皮皮虾两大盘，玉溪烟一条。

六子"啪啪"摁打火机。

青龙水豆腐——小二端盘上菜，扯下白帽子露出一盘黑脸，龇牙叫道：欢迎各位爷，我青龙汉子在这儿跑堂三个月了，今儿个特意答谢各位爷，是你们给了我新生。

众人一看，呀嗬，是那青龙黑汉。

黑汉"嘿嘿"笑着，抱拳闪身，几乎是从他腋下钻出个瘦小女的。

我新娶的老婆小燕儿，快来见过六爷！

小燕儿红着脸，鞠了躬，怯怯地叫声六爷。

这以后，小范围内，"六爷"的大号传开了。

有天老张去六爷家找他，电话不接，好半天才开门，是他老娘挪着小脚开的。厨房里传出"当当"切菜声。六子呢？老太太把嘴往里屋一努，眼神怪怪的，低声说耽误了遛狗，老四憋不住在阳台上撒了泡尿。

往里一瞧，天，六爷挺胸抬头，双手自然下垂，对准裤缝，目光平视前方，贴墙根儿罚站呢。老张扑哧一乐，六爷还是六子。

炮 手

余显斌

连队只有一门炮，还是小鬼子的。战士们打退鬼子，打扫战场，就发现了一门炮，已经报废。连长看看说："算了，坏了，扔了吧。"

炮手当时还不是炮手，是马夫，在旁边见了说："还……能修理呢。"

连长眼睛一亮，打量着他，许久道："真的？"

炮手点着头，说真的。炮手说话的时候，手一直颤抖着，也因为这，进入部队后，他一直没有拿着枪上前线，而是成了一个马夫。连长有点不信，再次问道："真行啊？"炮手也再次点点头，很肯定。

于是，这门破炮就留下了。

当然，还有一箱炮弹。

战士们喊着号子，一二加油，一二加油，就将这门炮推回据地，有人对炮手说："老王，如果收拾不好，你可对不起我们的汗珠子啊。"

炮手笑笑，不说话。

那天，他在大家的注视下，流着汗鼓捣着炮，一直从清晨到中午，脸上满是油腻，满是黑灰，可是，炮还是不响，还是一门破炮。战士们议论纷纷："这个老王，一双手颤抖着，咋能修炮？"连长吧嗒着烟，很是笃定。到了下午，连长也沉不住气了，跑来看，炮手在那儿忙碌着，就说："行不行，不行算了。"

炮手不答话，仍忙碌着。

过了一会儿，他抬起头，轻声叨咕了一句，连长没听清，问他说啥。他说，给自己一瓶好高粱酒，喝了就能修好。

连长睁大眼，再次望着炮手，然后就嘎嘎笑了道："小子，别是为了骗酒喝吧？"

炮手说："真的，不骗人。"

连长吩咐通讯员，在村里找一瓶好高粱酒拿来。这儿出产高粱，家家户户酿制高粱酒，要别的没有，要好高粱酒有的是。不一会儿，通讯员拿来一瓶。连长交给炮手，他打开盖子，扬起脖子，咕嘟咕嘟，一会儿工夫，酒瓶见底，打一个酒嗝，如换了一个人似的，腰伸直了，手不抖了，也利索了，拿了工具，不一会儿工夫，一门炮的零件就散落在地。再一会儿工夫，一门炮又恢复原样。他一笑道："行了，好了。"

连长不信："真的？"

他一笑："试一炮？"

连长看看炮弹，舍不得。

通讯员在旁边怂恿："如果没好，炮弹放着也是白放着啊。"

连长点点头，指定目标，炮手开始填入炮弹，校正目标，单眼吊线，一拉炮栓，一颗炮弹呼啸一声飞了出去，直飞到对面山梁上，"轰隆"一声，连长指定的那块巨石不见了。大家都睁大眼，连长也睁大眼，然后大家疯了一样扑过来，将炮手抬起来，如抬一个英雄一般。

这家伙原来是炮校毕业的，因此，就成了炮手。

连长说，炮手和大炮是连里的宝贝疙瘩，不到紧急时候，不许上战场。

炮手一笑，准备放马，马儿早已被别的战士牵走了。他笑笑，就跟着大炮走。

大炮一直没响，跟着部队转移，最终用上，是在丰城保卫战。小鬼子三次进攻丰城，都铩羽而归。第四次下了血本，一个少将竟然带着部下，亲自坐镇指挥。三连接到命令，必须在僧道关一带阻击日军三天，连长看看战士们问："能做到不？"

大家异口同声道："能做到。"

连队于是赶往僧道关，开始一场生死决战。那是一场什么样的战争啊？多年后，战士们回忆说，山上的树都被日军炮弹削光了，山石都被震酥了，纷纷落着碎末。战士们开始用子弹还击，接着用手榴弹投掷，最后用石头砸。也就在最危急的时候，连长在望远镜里发现了情况，一群日军簇拥着一个日军军官，站在那边山包上，向这边用望远镜望着，比画着。连长断定，那一定是日军指挥官，说不定是那位少将呢。

连长想，用炮轰。

于是，炮被悄悄推来，炮手也跟着来了。

连长指着那边，轻声道："来一炮，必须一炮解决，否则就完了。"

炮手嘴唇哆嗦着，手也颤抖着。

连长急了，问道："怎么样？"

"悬乎。"

连长火了，养兵千日，用兵一时，这会儿悬乎怎么行？因此下了死命令："必须一炮，必须。"

炮手听了，嘴唇抖得更厉害，手如打摆子一样。

连长生气了："你能不能不抖？"

炮手眨巴着眼睛摇摇头，过了一会儿轻声道："给一瓶好高粱酒。"连长一愣，想起修炮的事，忙让通讯员找酒，好在部队卫生员就带着高粱酒，作碘酒用，给伤员消毒。酒拿来，送到炮手手里。炮手举起瓶子，咕嘟咕嘟，几口见底，顿时有了活气，脱了上衣，填上炮弹，校正目标，突然站起来，一拉炮栓，一颗炮弹呼啸而出，飞向那边山包，"轰隆"一声，对面一群人不见了。

当天，日军退兵。

一炮击退敌人，炮手受到奖励，军分区首长问他要什么。他一笑道："一瓶好酒。"

多年后，当连长询问他原因，他才告诉了连长个中秘密：他当年在战场上炸碉堡时，曾伤及神经，牵拉着双手颤抖，喝酒后麻醉，才能暂时止住颤抖。

棋 迷

朱祥秋

快过年了，家家户户照例酿高粱酒。今年高粱大丰收，黑宝父亲想多酿些酒，换点钱花。黑宝想，等酒卖了钱，跪下求父亲都行，给自己哪怕买副小孩玩具象棋。于是，自告奋勇承担接酒任务。

黑宝见人嘿嘿傻笑，大人忙糊口的事，没人管，脏兮兮的。满街跑，什么也不会，哪儿人多，往哪儿钻。

镇上冒出个摆残棋的摊，围着许多人。每天必到的，除了摊主，就是黑宝。有时他比摊主去得还早，摊主索性让黑宝给占摊位，看棋时让他坐个好位置。

摊主一摆上残棋，黑宝两眼放光，不错眼珠看着。看多了，有的残棋看出来怎么走，他也不敢上手，兜里没钱，人家不让。

有天，一个穿戴整齐的人来下残棋，闻到黑宝身上的怪味，捂着鼻子说："你不下棋，躲一边去。"随手把黑宝推倒。这下黑宝火了，坐回原位，对那个人说："有种咱俩下，你赢了，我给你磕仨响头；我赢了，你给我磕仨响头。"那个人被黑宝一将，只好坐下来，跟黑宝下残棋。黑宝早把残棋琢磨透，没人上手，他验证不了。正好，这个讨厌鬼送上门来，十招之内把他将死了，假装尿急跑了。

黑宝高兴地往家走，半道一个常看棋的人挡住去路，跟他商量："我出钱，你出招，赢了钱咱俩平分。"黑宝说："我不干，摊主对我不错，我怎么能坏他的事。""我家里有一副漂亮的象棋，只要你干，我就送给你。""你说话算话？""当然算话。""明天你把象棋拿来，我就听你的。"

转天，黑宝先把残棋看明白，借着上厕所，把破解之招告诉掏钱的人。掏钱的人再出来上手下残棋，果真赢了。黑宝再回来看残棋，看明白，又去上厕所。摊主觉得黑宝跟往日不一样，赶紧换了残棋。等掏钱的人按黑宝说的去下，一下输了，气得扇了黑宝两个大耳光。等黑宝红着脸再回来看残棋，摊主毫不客气地轰他走。

残棋不让看了，黑宝跑到商场看柜台里摆着的象棋，眼馋地想，自己要有这样一副象棋该多好。想什么时候下，就什么时候下，别人谁也管不着，也不受别人的气。不过，自己只能想想，兜里没有镚子，拿什么买。

酒没流出来之前，黑宝无事可干，把记在心里的残棋一遍一遍地想。想着，想着，手就痒痒了，长叹一声："什么时候再手起棋落。"看着祖上留下来的长条桌，他有了主意，用木炭在长条桌上画了个大棋盘。把吃饭的碗抱来当棋子。自己跟自己下棋。

酒在夜里流出，家里往年装酒的坛坛罐罐都满了，他只能用饭碗装酒，一碗碗酒摆满长条桌。

黑宝一滴酒没喝，被酒气醺醉，脸红红的，腿打晃，眼睛直勾勾看着长条桌上的一碗碗酒。看着，看着，这些酒碗动了起来，像棋盘上的棋子在动："当头炮，把马跳。""拱卒，飞象。""跳马，出车。"……

他有些站不住了，双手扶在长条桌上。哎，他感觉长条桌对面站着个人，醉眼蒙眬看不清，舌头打着卷儿问："你是谁？"对方回答道："想知道我是谁，下棋赢了自然告诉你。"他一听，心里乐了，正愁下棋没对手。

酒碗在他俩的挪动中酒香扑鼻，哪个酒碗被吃掉，那个人就让他仰脖把酒喝干。最后只有四五碗酒在桌上摆着，他醉得趴在长条桌上呼呼大睡。

转天，黑宝是被父亲打醒的，问他："碗里的酒呢？"他迷迷糊糊地说："棋子被吃掉，里边的酒理当喝干。昨天的酒棋下得爽极了！"父亲一听，火儿更大，高声骂道："今天，你要不给我说个明白，就滚出这个家门。"

父亲这句话把黑宝吓得彻底醒了，他看清父亲旁边站着的是摆残棋的摊主，心想，可能是父亲叫来买酒的。黑宝站在长条桌前，开始用盛酒的碗复盘棋局。等桌上只剩下有酒的碗，父亲见摆残棋的摊主直点头，还是不相信，让黑宝再重下一回。黑宝又下了一回。这回父亲没说什么。

摆残棋的摊主掏出几张大票儿，递给黑宝的父亲，说道："酒钱照付。这孩子将来下象棋不得了。我这趟民间寻访没白来，让他跟我走吧。"

人们知道的黑宝不见了，省城里出了个象棋王。

一根头发引发的惶恐

寇建斌

沃克从实验室抱回新研制的MB仪，摆在父亲面前，做了详细讲解。本以为父亲会大喜过望，不料，待要操作时，父亲却摇头不已，拒不配合。沃克诧异地看着父亲，大感不解。

沃克是当今生命科学研究领域的顶尖专家，他研发MB仪的原动力是找回父亲的记忆。父亲是国家重要部门的前高官，亲自策划参与了多项影响国内、国际政治走向的重大事件。垂暮之年，他曾想把大脑中储存的大量极具价值的信息整理成书，把历史真相留给这个世界。不料突然失忆，大脑如同被海潮冲刷过的海滩，连一个脚印也没有留下。沃克把找回失忆患者记忆作为专项研究课题，花费了大量心血，终于研制出世界上第一台"大脑储存信息分析读取仪"，简称"MB仪"。

父亲显然看到了沃克的困惑，却不做任何解释，仍面无表情，频频摇头。这时，一件意想不到的事情发生了。一根银发从父亲头上款款飘下，掉落在仪器上。沃克刚要弹开，忽然发现仪器频闪。他信手点击读码器，屏幕上竟然涌出海量信息。这些信息错综复杂，没有头绪，却正是这台仪器连接人脑后应有的现象，只要通过海马体引导软件处理，就能把这些庞杂的信息理顺厘清。

沃克兴奋得差点蹦起来，他没想到这台新研发的仪器竟有这项奇异的功能——只需一根头发就能解密一颗大脑！这太不可思议了！这是一项意外收获，它将使仪器的操作变得简便易行，称得上是改变人类学历史的一项重大发明！他抱起仪器，扔下目瞪口呆的父亲，一头扎进实验室。

许多天之后，沃克仿佛从旷日持久的长途旅行中归来，既疲惫，又兴奋。《父亲回忆录》的出版，引起巨大轰动。然而，当他再度面对父亲这具衰败的躯体时，不由百感交集。通过那根头发，他不仅获知了他曾经的辉煌，也洞悉了他曾经的卑劣。那些卑劣简直无法想象，难以启齿，特别是对母亲的伤害，几乎不能容忍和饶恕。当然，他只写了父亲的辉煌。这符合世人对父亲的认知。假如把另外那些写上，不仅会颠覆父亲的形象，也令母亲蒙羞，令他和整个家族无颜面对世人。他把厚厚一本书递给父亲，父亲茫然地翻着，面无表情。

沃克剃去一头漂亮的金丝卷发，脑壳光光，要求进入实验室的助手必须当着他的面梳头。为此，他准备了几把细密的梳子。助手们虽然觉得莫名其妙，还是依照要求做了。毕竟是在实验室工作，保持洁净没错。直到沃克正式公布那项意外获得的科研成果时，他们才明白，在沃克眼里，他们已经成了赤裸的人，他对他们过往的一切了如指掌。从此，他们必须对他绝对服从。沃克吩咐助手去医院和疗养院搜集资深议员、退役将军、退休高官等一切"有故事"的重要人物的头发，之后，又将范围扩大到当政官员、当红影星、歌星以及各界知名人士。他组建了出版公司、报社，连续出版了大批人物传记，爆料了许多重要事件和重要人物鲜为人知的隐秘内情，摇身一变成为传媒界大亨。

沃克的实验室成了热搜地名，客户络绎不绝。不仅有失忆症病人，还有警官、律师、法官、检察官等，他们不用再苦苦寻找证据，只需带来犯罪嫌疑人的头发，便马上可以得到明晰的结论。后来，政府在任命官员前，也先行带来头发测试，查看是否有不良行为，以防任命后引发争议。接着，企业用人也仿效此法。之后，客源越发广泛，政客寻找对手的丑闻、劣迹，作家、记者搜取名人的隐私，夫妻查找对方的不忠行为……五花八门，无奇不有。

一时间，理发店、浴池、泳池、按摩室、旅馆等可以掉落头发的店铺成了特殊管制场所，营业者必须当着客人的面将收集的头发焚毁。为了避免麻烦缠身，人们不论男女老幼，干脆一律剃成光头。这种新发型火速风靡全国，造成一些与头发相关的产业迅速消失，也催生出许多护头的新兴产业。

人们对头发的恐慌情绪影响了沃克，他越来越担忧父亲。他给父亲剃了头，并且一待头发钻出头皮便马上再剃。为了阻止父亲头发的生长，沃克研制了几种药物，效果均不理想。他觉得父亲那颗毫无生气的光头，很像秋后瓜蔓上剩下的瘪瓜，即便没有人摘，也会被随后而来的寒流冻成一摊污迹。他想到了一个一劳永逸的完美方式。

沃克在浴缸里注入大量颜色鲜亮的液体，然后跟父亲谈了自己的想法。他说一切都是为父亲着想，为维护其毕生的荣誉。当然，对于实施过程，他说得比较委婉。以父亲目前的智商，不知能否听懂。之后，他自行充当了牧师，为父亲低声诵读了大段经文。做完这一切，他双手抱起父亲，走向了那个浴缸。

那具衰败的躯体连同挂在上边的那颗瘪瓜瞬间化为乌有。浴缸里的液体除了变得稍显浑浊，没有太多变化。

沃克长出了一口气，摁下出水按钮。

沃克忽然很累，躺倒在床上，很快沉沉睡去。

沃克在睡梦中听到一阵喧嚣。他揉揉眼，隔窗望去，发现门外站着几个人，指指点点，议论纷纷。他一惊，跑到楼下，看见洗浴间通向一楼的管道破裂了，污水流过门厅，流到了门外。所有的细节他都想到了，却百密一疏，犯下致命错误。

沃克来不及细想，抓起 MB 仪，从后门逃了出去。

一场全境大搜捕开始了。不仅出动了警察，还调动了警备队，甚至边防军，并且高额悬赏。社会各界空前踊跃，自动投入到搜捕行动中，人人皆欲得而诛之。

沃克逃进深山密林，慌乱中走到一处悬崖。崖下有个深潭，他看过一个科学探索节目，说这个深潭深不可测，通向另一个人们不可知的空间。

沃克痴坐在崖边。潭水泛着璀璨的蓝光，看不到一丝涟漪，充满神秘的诱惑。

人声渐近，沃克站起，抱着 MB 仪纵身一跃，跳了下去……

保险柜

梁柏文

太太常为要找的"贵重"东西找不到而伤脑筋。虽经她手存放，可时间一长，又怎么也找不着，弄到翻箱倒柜。太太抱怨，要有个保险柜专放贵重物品就好，不会丢三丢四的。

先生坚决反对。认为家里根本就没有贵重物品，无非是一些证件，至于存折、银行卡等，别人拿去也没用。如果买个保险柜反而容易招贼，岂不是此地无银三百两。

太太找一回东西，就痛骂一回，恨不得立马有个保险柜，既方便又安全。先生始终坚持不买。为此，两人不知吵过多少回。

后来，太太真有了贵重物品，如金银首饰。当中有先生送的戒指项链，有女儿送的手镯耳环。

这样，太太就有足够的理由买回一个保险柜，先生也不好再说什么。

太太把保险柜安放在屋内一个最隐蔽的地方。然后，仔细分门别类放进去。结婚证、户口簿、房产证、学历证、独生子女证，存折、银行卡、金银首饰，还有票据……

太太仔细端详，又把几件物品轻轻变换一下位置，然后，满意地设好密码关门拔钥匙。太太实现了多年的保险梦，长长地舒了一口气。

太太约好黄金周举家与亲友一起出游。一路上，她惦记着家里的保险柜。行程结束后匆匆赶回，直奔三楼卧室。她打开房门，掀开遮掩的帘布，一下子吓傻了眼，保险柜门敞开着，一些物品散落地上，金银首饰不翼而飞……"有贼呀！"随着一声惊呼，她感到心突然往下沉，双腿发软瘫在地上……

先生闻声赶来，看到其他物品尚在，才松了一口气。望着痛哭失声的太太，他有些幸灾乐祸，冷蔑一笑："哼！我早就说，这东西招贼，你就是不听……"

"报警！"太太抹着涕泪，气愤地说。

"慢！"先生挥一下手，若有所思，"不就是几件金银首饰吗？破案可能性极低，惊动警察又调查又笔录，很心烦。况且传出去也失颜面。"

太太只好忍气吞声。她冷静反思，怪自己当初想省钱，买了个普通的保险柜才让贼得逞。

于是，太太一气之下先斩后奏，买回一个新科技智能保险柜。重新把物品一一装进去，只是少了一些金银首饰。心想：可恶的贼人，看你这回怎么打开它。

不久，太太的母亲病重，先生只好陪她回娘家。临行前，太太吸取教训，把仅有的贵重物品随身带，柜内不放现金，只留下各种证件、存折和银行卡。

半个月后返回，太太照例急急上楼去看保险柜。不看则已，一看惊晕。这回整个保险柜不翼而飞。"天呀！"太太一声惊叫，没有像上次那样痛哭流涕。她庆幸自己棋高一着，不然新买的那点宝贝又要易主了。估计贼一时打不开柜，又怕弄出动静而出此下策。

先生怒骂，不到黄河心不死。他指着太太："你知道吗？有的证件是无法补办的，就算能补办，也要奔走两三个月。我宁愿丢失的是钱财，是你的宝贝……"

"报警！"太太痛定思痛。

"报个屁！"先生瞪着太太不耐烦地说，"你丢钱了吗？岂不自寻烦恼。"

没有保险柜的日子也不是滋味，一切又回到原点。贵重物品只能乱藏乱放，越急越找不着。太太又气又恨。

后来，先生被提拔当上单位副手，家里真正的贵重物品慢慢多了起来。先生觉得还是要买回一个保险柜。这次他选一个特大特重加数码的保险柜，没有三四个人搬不动，没有科技手段打不开。

夫妻又要外出旅行。先生想想，还是放心不下，贵重物品随身带。那些费九牛二虎之力补办的证件则放到书房隐蔽地方。他想看看盗贼的能耐与智慧到底如何。

归来之时，先生自然好奇，匆匆上楼看个究竟。推开卧室门，眼前一幕让他惊呆：保险柜门敞开着……他转身走到书房，隐藏的证件被搜出撕落满地……书桌上压着一张纸：穷鬼，没有贵重东西要保险柜有鸟用？下次不留点辛苦费，我就一把火……先生感到气愤，五指合拢，把纸条揉成一个球。

太太又吵着要报警。先生质问："你丢了东西没有？没有！报警作死呀！我多少捞了点油水，调查时说错一句话就可能引火烧身！"太太不知道还有这么深层次的问题，只好作罢。

先生不得不佩服贼人的聪明才干。他想，放火烧屋事大，倒不如留点"辛苦费"。后来家人旅游、度假、探亲，先生就留下几百元钱，贵重物品隐藏米桶，其他放柜里，柜门虚掩，并留纸条：家里确无贵重物品，拿上钱，从哪儿进来就从哪儿出去……

这样，先生和贼人有了共识，贼人曾出入几次，彼此相安无事。

怎知那次先生出差，太太回娘家后早返，太太发现先生纸条，质问："你不是同流合污吗？我们报警！"

"千万不能，我在明，贼在暗，惹怒他，放把火烧了别墅怎么办？"先生谨慎提醒，"破财挡灾呀。"

"那保险柜不是形同虚设了？"太太感到痛心又失望。

"长此以往肯定不行！"先生又若有所思，"干脆把柜搬走或卖掉。"

第二天，先生找人艰难地把保险柜抬到楼下。想贱卖，无人要。就暂时放在别墅门口。随后先生在上面放了一块坐垫，家人出入换鞋就坐在上面，挺舒服的。此后屋里一直没发现贼迹，保险柜也无人问津。

先生的官越做越大，贵重物品越来越多。先生又想起门口当凳坐的保险柜。他就试着放些许东西进去，还真无人光顾。

先生的胆越来越大。收受的贵重物品就利用换鞋机会放入，保险柜多年安然无恙。

那天，先生遭举报，家里突然被搜查，可并没有搜到什么。那些东西在门口保险柜里连同先生一起躲过一劫。

做　局

郑玉超

　　那次，我到 N 市出差，专门选了一家偏僻的小旅馆。虽然有点偏远，可丝毫不影响店名的大气磅礴，大大的七个大字"忆苦思甜大酒店"，闪着耀眼的光芒。我倒不是图省钱，而是为了清静，我天生喜欢独处和怀旧，不爱喧嚣热闹，这店名吸引了我。

　　酒店店面还算可以，有六七间客房。那天我入住时，独享五星级酒店尊崇服务，酒店里所有服务员只为我一人驱使。说出来，怕你瞧不起我，不说出来，又怕你想歪了——整个酒店除去老板，只有服务员两人，一女一男。那天一开始，偌大酒店只有我一个客人。

　　放下行李，我简单冲了个澡，下楼到餐厅用了简餐。那简餐也简单得可以：半盆玉米面粥厚得像农家粘贴对联的糨糊，一碗萝卜干咸菜让人闻着就酸掉大牙，粗面窝窝头满脸褶皱掩不住的憔悴，三五个水煮鸡蛋久历风雨"衣衫褴褛"。让人无端生出些许乡愁来。

　　我问服务员："就这种饭菜吗？"

　　女服务员嫣然一笑，抬手向门楣上一指。我不解其意。她又一笑："先生，我们酒店名字就叫忆苦思甜大酒店啊！我们得秉承这个宗旨，所有的服务也会一直贯穿忆苦思甜这个理念。"

　　我更加迷惑了："可房费并不便宜啊！光吃这个，哪用得着那么高的费用呢？"

　　"先生，那您就不懂了。您享受的是追忆艰苦岁月，憧憬美好未来，哪能光惦记着吃那样低品质饭菜的事情呢？"只见她朱唇轻启，口吐莲花。

　　我听得云里雾里："可我……"

　　根本不容我多言，她忙见缝插针："先生您想想看，让您整天吃山珍海味，您决不会记得，然而我们大酒店弥补了这种缺憾和不足，让您尽情享受孤独和简朴。我想，不管过去了多少年，您也决不会忘记！"

　　我终于懂了。说得直白点，我被她口若悬河的演说，或者说是游说折服了。

说得也是啊。吃着粗茶淡饭，住着僻静小馆，享着孤独幽旅，念着村野乡愁，这一切恐怕真的让我难以忘怀了。

向街道对面望去，一排店面冷冷清清，灯影里三两个包子铺早已打烊，唯有超市门牌上方滚动的字幕还能让我想起这是个叫城市的地方。

我皱着眉头，吸溜下一碗玉米糊，啃了半边窝窝头，上楼蒙头大睡。半夜里被饿醒，我摸着肚皮，辗转难眠，伴着床铺吱呀作响的声音，叹了好久的气。我忽然悟到，忆苦真的起了作用，愈加想念起美味佳肴来。

我恨恨地想，今生再不会来了。别了，我的忆苦思甜大酒店！

迷迷糊糊，黎明时分我被饿乏了。天刚蒙蒙亮，我就被楼下的吵闹声惊醒。披衣下楼，我发现酒店里围了一大群人。一问才知道，抓到了一个小偷——酒店里那个男服务员。昨天只和我打了一个照面，我就记住了他，个子高高的，满脸络腮胡子，眼如铜铃，一看就不是个好人。

原来，半夜里又住进了一个旅客。那旅客说自己一路劳顿，忘记锁门就睡下了，络腮胡子趁机偷了他的钱包。恰巧，被半夜巡视的酒店老板抓个正着，店老板没有遮羞，毫不犹豫选择了报警。

这不，警察来了。确切地说，来了个便衣警察，瘦巴巴的，个子矮矮的，像条秋刀鱼。瘦弱的警察费力地揪着络腮胡子的衣领，这让我想起努力顶举的撑衣杆。

警察说："跟我去局里说清楚。"

那旅客脸红脖子粗，不依不饶，非要老板给个说法。

围观的人群里就有人看不过去了："人家老板发现的，非但没有包庇，反而报警。应该感谢才是。你这人也真是的，还想反过来敲诈店家。"

那住店男子闻听此言，只好嗫嚅着作罢。

没想到，店老板却大度地说："我们大酒店会补偿您的。您看，免费提供您吃住半个月，要不，补偿您一千元精神损失费。"边说边从裤衩里掏出钱包，扯出一沓钱，飞快地数了十张百元票子甩给了那男子。

那旅客捏着钱不好意思起来，连连说："我会给你们店送锦旗的。今天真是遇上好人了。"边把钱放进兜里，上前一步，紧紧握住店老板的手晃个不停。

"这是我们店应该做的。不然,也对不起我们店的金字招牌。"店老板一脸正气,从那男子手中抽出手向上一扬,指着那门楣,"回忆苦涩经历,享受甜蜜未来。"

我差一点流下热泪来。我不自觉地喊出声来:"说得好!下次我还会来你们店住。"女服务员边笑着附和,边带头鼓起掌来。

那便衣警察也松开了手,边上响起一片热烈的掌声。就连那个男服务员——不,小偷——也不自觉作势鼓掌,忽然想起了自己的角色,才低下了头。

围观者不住叫好。有的说等会就来这里登记住宿,老板蛮有人情味。我接着话茬,说:"人心淳厚才会住得安心放心。"

"先生您也说得不错。"那女服务员嫣然一笑,向我竖起了大拇指。

我敢说,我是怀着美好的记忆离开酒店的。我为这次选择感到庆幸。我常常回忆起那段往事,女服务员的睿智,店老板的正气,酒店的返璞归真,还有富有人情味的乡愁情结。我也会常常和朋友们说起那段经历。

三年后,我又一次出差到N市。我想都没想,摸起手机,预订了忆苦思甜大酒店。

故地重游,发现酒店一切依旧:安静未变,饭菜未变,店员数未变,门前冷落未变。

我的心暖暖的。

我来,许是为了寻梦。

第二天下午,我刚从外面办完事回到大酒店,就见大厅里一片闹腾。我下意识地上前瞧个究竟。

我怀疑自己的眼睛,莫非是在梦中?我掐了掐自己的大腿,不是梦。

只见络腮胡子揪住秋刀鱼的衣领,仿佛一个卖货的在用杆秤称量货物。

这两个人好面熟。围观者七嘴八舌中,我才知晓两个人的角色发生了对调,秋刀鱼摇身一变成了酒店服务员,络腮胡子倒成了便衣警察。

事情很简单,几乎是三年前故事的翻版。

身为酒店服务员的秋刀鱼偷了住店客人——那客人我也熟悉,依然是三年前入住被盗的那一位——的钱包,店老板发现后毅然报警,络腮胡子——不,便衣警察过来抓人。

事后，我找到了被盗的那位旅客。接过我递过去的两张钞票后，他告诉我：那两个人——也就是我说的秋刀鱼和络腮胡子——和他都是托儿，不断互换角色，一旦事先得知将有大批外地游客经过酒店门前，店老板就会亲自导演猫捉老鼠游戏，吸引旅客入住。

"老板告诉我们，这叫营销策略。每次演完，我们每人就会得到五十元奖励。"那旅客笑眯眯地提醒我，得为他保密，"下次，就轮到我扮演便衣警察了。我已好久没过警察瘾了，那劲头倍儿爽！"

说实话，我倒真愿意那是个梦，而不是局。尽管多少年过去了，我的内心深处还潜藏着一丝残存的美好回忆。但，我知道，它正如一场春雪，终将消失殆尽。

真功夫

祁和山

单位宣布破产倒闭，大军的师傅就被一家私营工厂接走。时间不长，师傅把大军推荐给另一家铸造厂。

大军一去就担任技术科科长，工资是原来的三倍。大军心存感激，处处替老板负责。站稳脚跟后，大军想到了老肖，当年没有他，也不会有自己的今天。大军去找老板，说老肖技术不错，可以让他负责钻床和装配，至于脱产不脱产，随便。

老板同意了大军的建议，叫老肖尽快来上班。老肖很高兴，对大军说了不少感谢的话，一定尽心尽力，不丢大军的脸。

一次开炉，大军发现配料工把锰放多了，有人说是生产厂长特意吩咐的。大军说，你们先等一下，我找他一下。生产厂长不以为然，说以前一直按这个比例配的，从来没有出现过问题。大军不慌不忙，把原因一二三说了出来。生产厂长不耐烦了，你才来几天啊，也敢指手画脚，听你的还是听我的？

大军坚持自己的意见，生产厂长却说，你们就按这个配，有问题我负责！

劝说无效，大军赶紧打电话给老板，一直打不通。他眼睁睁地看着，急得直跺脚。果然，被大军说中了，近 10 吨的毛坯件全部报废，回炉重新加工。不光成本增加，更耽误了供货时间，影响很恶劣。

老板暴跳如雷，把所有人骂了一遍。得知真相，老板免了生产厂长的职，让大军接任。老肖说，张厂长啊，要不要替你庆贺一下？

大军慌忙摆手，说，莫闹莫闹，低调低调。

那天，大军正在办公室里翻看资料，老肖推门进来。大军招呼老肖坐下，问什么事。老肖不真不假地说，没事就不能找你玩玩？到底是官做大了，不一样了呀。大军笑笑，说，什么官不官的，都是替人打工。从一个战壕里爬出来的，以后不要再说这种话，生分。

老肖说，言归正传，我还真有点事想跟你说。苏北前天找过我，也想来上班。

大军一愣，半天没吱声。

苏北是大军在老厂的同事，欢喜拍马屁，一天到晚围着车间主任转。后来，大军带头揭发车间主任的错误行为，没想到他只受了一顿批评，自己却从此倒了霉。车间里除了老肖敢跟大军说两句话，别的人像躲瘟神似的，尤其是苏北，为了讨好车间主任，落井下石。车间主任更把大军视为眼中钉，肉中刺，处处刁难。大军实在待不下去，想辞职。老肖不忍心，把大军介绍到又脏又苦的铸造车间。铸造车间主任是老肖的师弟，碍着面子接受了。大军因祸得福，在那里学会了全套的技术。

老肖见大军神色不对，忙说，他还好意思开口呢，换成我就是饿死了也不丢这个孬。

大军平静地说，你叫他来吧。

老肖说，叫他来？你叫他来上班？

大军说，是的，叫他来上班。过去的已经过去了，再计较也没有多大意思。不到一定难处他也不会开这个口，不管怎样，都是一个厂一个车间出来的，能帮的就尽量帮帮吧。再说了，不是他，我同样不一定有今天。

老肖冲大军一竖大拇指，大人有大量。

苏北想请大军吃顿饭，以表歉意。大军借口太忙，拒绝了。晚上，苏北用蛇皮袋装了两只大鹅送到大军家里，说老丈人养的，纯野生的。他一口一个三爷，叫得自然而亲热。

大军不要，苏北差点下跪。大军说，你硬要给，就不要去上班。苏北一惊，不敢再提。苏北出了门，大军突然说，私人企业，凭的真功夫。

苏北小声说，晓得呢。

轮　回

黄静远

　　安静的孩子刚上小学，学校是当地的"贵族学校"。带孩子去报到的那一天，办完新生注册手续后，年轻貌美、妆容精致的班主任梅老师就迫不及待地拿出手机"唰唰"地划了几下，调出一张二维码，说道："这是我们班的家长群，任课老师和大部分家长都已经进群了。日后通知、作业、孩子在校表现等，我们都会在群里发布，有什么事您也可以在群里和老师、家长们直接交流。"梅老师顿了顿，继而"语重心长"道："现在我们正好在竞选家长委员会主任，您赶紧加上吧，免得错过了通知消息，对孩子不好。"

　　在梅老师这一阵"噼里啪啦"的连珠炮下，安静连声诺诺。一入家长群，就听见消息铃声此起彼伏，消息框一条条地弹出，安静点了进去——

　　"尊敬的各位老师、各位家长，大家好！我是小 A 的爸爸。现在知名外企担任 CFO，另有一个占地 500 亩的'西山农庄'，欢迎大家来做客！我竞选家长委员会主任，一来因为本人工作时间相对自由，可以做到随叫随到；二来我平时爱好摄影，可以为班级活动拍摄照片。非常高兴能成为我们班大家庭的一员，为班集体献上绵薄之力是我的荣幸。无论能否当选，我都会做到'为人民服务'。"

　　"Hello，我是小 C 的妈妈，毕业于美国哥伦比亚大学，现供职于世界 500 强公司，孩子爸爸现就职于联合国派驻机构。我参加竞选，自荐理由如下：工作时间有弹性；曾担任过幼儿园家长委员会主任及幼儿园毕业典礼主持，在培养孩子的语言表达方面颇具经验……"

　　安静往下翻看着，每一条都洋洋洒洒、辞藻华丽、文采斐然，每一位家长都在施展着"十八般武艺"，使出浑身解数毛遂自荐。安静感觉在这个群里，那些家长仿佛是部落里被打上了烙印的臣民，而老师们则是这个部落的首领，臣民们都在极力讨好着首领。梅老师手机上的那张二维码宛如一个"上流社会"的部落图腾，扫描成功的那一声"嘀"，便把"无才无艺"的安静生拉硬拽进了这个人人皆"大佬"的"上流社会"。

身处"上流社会"的安静秉持着"沉默是金"的原则，其他的家长可一点儿也不沉默——平日里只要老师一发消息，群里必定人声鼎沸。有一次甚至闹出个"乌龙"——一群家长在群里"刷屏"："收到。"一位老师却冷不丁地冒一句："收到什么了？我们什么也没发呀。"但逢年节，群里就炸开了锅，家长们绞尽脑汁、花样百出地恭贺年节快乐。有人发了一段英文，接下来就跟出一长串的法语日语德语甚至是爪哇语的祝福，有的则附庸风雅、吟诗作对，一时间才子佳人纷纷涌现。

虽然梅老师在建群时曾"约法三章"——"不在群里拉票，不在群里砍价，不在群里闲扯"，强调要建成一个"与高素质的家长相匹配的'高大上'的家长群"，但群里却依然乱象丛生。每天狂轰滥炸的消息令安静越来越厌烦这个家长群，起先一言不发的她，后来干脆就把它设置成"消息免打扰"。一天，梅老师通过孩子给她带回来一顶"与老师沟通不积极"的帽子，使得她原本欲逃之夭夭、早点离开这个"是非之地"的想法只得作罢。如今，她才真正体会到了自己母亲当年的感受。

安静想起自己读大学时母亲加入的那个家长群，当时已成年的她总在担心，母亲因反感班主任无休止的砍价、拉票而捅娄子。而眼下，她的孩子还仅仅是个刚读小学、不谙世事的小毛孩，她不由得又担心起来了。

安静决定找母亲讨教。

母亲听罢旋即一笑："嘿，你还别说！你大学那个班的家长群，班主任梅老师在群里总让我们给他不是购物砍价就是点赞拉票，那些家长不也是这样'无所不用其极'！后来你毕业后说是还要留着，我就一直没删。"母亲刚说罢，就听得"叮咚"一声手机响，"你看，这不，又要大家给他小外孙投票了。"

安静凑头一瞧，只见手机屏幕上的宝宝仿佛正在为自己拉票——他躺在婴儿床上，左手紧攥着手机，右手点着屏幕，上面赫然写着"'西山农庄杯'最可爱宝宝评选大赛"。安静苦笑，忽而又听到自己口袋的手机"叮咚"一声，点开一看——同样的评选大赛，同样编号的照片，发消息的却是孩子的班主任梅老师。

电光石火间，安静和母亲似乎都想到了什么，她们同时抬头，四目相对，骤然惊呼："莫非他们是……"

安静自叹："天道好轮回，苍天饶过谁。"